灼眼のシャナXIV

高橋弥七郎
イラスト／いとうのいぢ

Design : Yoshihiko Kamabe(zen)

「池く——っ、」
「吉田一美さん、僕は、あなたが好きです」
悠二を慕う少女
吉《よし》田《だ》一《かず》美《み》

灼眼のシャナXIV

二学期終業式からの帰り道、

「あー、やっと冬休みだな。シャナちゃん、明後日《あさって》のこと知ってるか？」

田中栄太《たなかえいた》が訊《き》いたので、

「宗教主催者《しゅさいしゃ》の生誕日を祝う『クリスマス』のことなら、中村公子《なかむらきみこ》に聞いた」

私は軽く答え、

「また変なこと吹き込まれたんじゃ……」

悠二《ゆうじ》が頬《ほお》を掻《か》いて、

「今度、この皆で集まるのは三十日ですね」

一美《かずみ》が微笑《ほほえ》み、

「それだけどさ、なんでクリスマスじゃなくて晦日《みそか》にパーティーなんだ？」

佐藤啓作《さとうけいさく》が首を傾《かし》げ、

「ク、クリスマスはそれぞれ予定とか、あるかもしれないでしょ」

緒方真竹《おがたまたけ》が早口に言い、

「ふうん。なるほど、ね——っうわ!?」

池速人《いけはやと》が頷《うなず》いた、そのとき、

緒方真竹《おがたまたけ》が、ハンカチを風に攫《さら》われた。
冴《さ》え渡った青い空の中に、その白いハンカチは吸い込まれるように、飛んでいった。
強く冷たい冬の風を受け、どこまでも遠くに、軽やかに飛んでいって、なくなった。
目の前の信号は、赤だった。
みんなで追いかけていれば、なくさずに済んだのだろうか。
大通りに、車はまばらだった。
フレイムヘイズとしての力を使えば、取り戻せたのだろう。
封絶《ふうぜつ》を張って、ただ跳べば。
造作《ぞうさ》もない些事《さじ》を、しかしそのとき、なにもせず見送った。
それができたのに、しなかった……それだけのことだった。

プロローグ

遠くから、深くから、声が零《こぼ》れ落ちてくる。

「この世の〝歩いてゆけない隣《となり》〟……異《い》世界〝紅世《ぐぜ》〟より渡り来た〝紅世《ぐぜ》の徒《ともがら》〟が、人間の持つこの世にあるための根源の力、〝存在の力〟を喰らい、いなかったことにしている」

「知ってるよ」

即答《そくとう》した。

気付けば、真っ黒な自分が、正面に立っている。

そこから、さらなる声が零れる。広い空洞《くうどう》を渡るように、声は反響《はんきょう》していた。

「奪った〝存在の力〟で、〝徒《ともがら》〟らはこの世に不思議《ふしぎ》を自在に起こし、自由に跋扈《ばっこ》する。彼らは、己《おの》が行為の世界へと及ぼす影響《えいきょう》のことを考えない。そこに本来あった者の欠落により生まれた歪《ゆが》みが、いずれ双方《そうほう》の世界に齎《もたら》すという——大災厄《だいさいやく》のことを」

「知ってるよ」

また、即答した。

真っ黒な自分の輪郭《りんかく》が、幽《かす》かに揺れる。

そこから零《こぼ》れてくる声はどこか虚《うつ》ろで、吹き荒《すさ》ぶ風鳴《かざな》りのようにも聞こえる。

「その大災厄《だいさいやく》への危機感から、一部の強大な〝徒《ともがら》〟たる〝紅世《ぐぜ》の王〟らは、無道《むどう》の同胞《どうほう》らを狩《か》ると決意した。彼らは人間に……〝徒《ともがら》〟の存在に気付き、愛《いと》しい者を喰われ、復讐《ふくしゅう》を望む……そんな人間に、全《ぜん》存在を〝王〟の器《うつわ》として捧げさせ、代わりに異能《いのう》の力を与えた」

「知ってるよ。フレイムヘイズ、だろう？」

今さらの確認に、答えを先取りした。

ふと、真っ黒な自分が、平面の存在だと気付く。

虚ろな声は構わず、零れてくる。まるで、確認するような口ぶりで。

「そして〝徒《ともがら》〟は、存在の欠落という歪《ゆが》みを感じ追ってくるフレイムヘイズから逃れるため、喰らった者の残り滓《かす》から代替物《だいたいぶつ》〝トーチ〟を作るようになった。トーチは残された〝存在の力〟の消耗《しょうもう》とともに、ゆっくりと役割や居場所《い》、存在感を失い……やがて消える」

「知ってるよ。僕も、その一人だ」

寂寥《せきりょう》と悲哀《ひあい》の答えに、僅《わず》かな憤怒《ふんぬ》が混じった。

真っ黒な自分が、水面に映った影だったことに気付く。

虚ろだった声に突然、感情の火が入る。僅かな憤怒が、燃え広がっていくように。

「おまえは望んだ――『この戦いを、いつか』と。ただ実現を待ち、願ったのではなく、自らそこへ向かうと、望んだ——それは、おまえだからこそなのだ」

「……」

答えに詰まった。次の問いへの予感と、既視感《きしかん》を抱く。

真っ黒な自分、その影の奥は、遠く、深い。

声は、熱く強く浴びせられる。

「どう、するんだ？」

「……」

答えられない。まだ、答えられるだけの材料が、ない。

真っ黒な自分が、それを映す水面が、近付いてくる。

いつしかその声は、眼前から発せられている。

「どう、したい？」

「……」

額《ひたい》を突き合わせているとと感じるそれに、答えられない。

真っ黒な影の奥の奥、水底《みなそこ》へと、視線が注《そそ》がれる。

渇《かわ》くように脅《おど》すように、それは声をぶつけてくる。

「どうやって、そこに辿《たど》り着く、坂井《さかい》悠二《ゆうじ》——？」

「僕、は——」

目覚まし時計のベルが鳴って、夢は途切《とぎ》れた。
途切れた夢の記憶《きおく》を失っていないことに、坂井《さかい》悠二《ゆうじ》は初めて気が付いた。
ないはずの心臓《しんぞう》が、痛いほどに激しく、胸を打っていた。

1　十二月二十三日

早朝にたゆたう痛いほどの寒気を、木の枝が斬《き》り奔《はし》る。

それは、八ヶ月前に振るわれたものより真剣で、六ヶ月前に振るわれたものよりも正確で、四ヶ月前に振るわれたものよりも重く、二ヶ月前に振るわれたものより速かった。

「――」

見た目十一、二歳《さい》と見える、しかし異常な存在感と貫禄《かんろく》を体操着《ぎ》の総身《そうしん》に満たす少女――フレイムヘイズ『炎髪灼眼《えんぱつしゃくがん》の討《う》ち手《て》』シャナは、二十振る中に一つだけ混ぜた当てる打撃を、

「――っふ！」

眼前、ジャージ姿の少年に向けて打ち放つ。

その少年、宝具《ほうぐ》『零時《れいじ》迷子《まいご》』を宿す〝ミステス〟坂井悠二は、

(シャナの髪《かみ》が前に靡《なび》く、この形は)

視界《しかい》に入るものから自然と、薄く思考《しこう》を流した。無意識に同調した片膝《かたひざ》から力が抜け、体は横に反らされている。

（体の死角《しかく》から、素早い切り返しが来る前触《まえぶ》れだ）

予測に違《たが》わず、振り下ろされた先から、刃（に見立てた面）を返したシャナの斬撃《ざんげき》が猛烈《もうれつ》な速度で跳ね上がってきた。切り返し、あるいは返し太刀《たち》と呼ばれるものである。

（まずは、よけて）

跳ね上がった軌跡《きせき》は、まるで定められた道を辿《たど》るように、反らした体の横を通り抜ける。

その陰で悠二《ゆうじ》は膝《ひざ》へと再び力を込め、体勢を立て直していた。のみならず、引き絞《しぼ》った弓状の姿勢をも、反撃《はんげき》へと転用する。

（できた隙《すき》を、突く！）

右手に握られているのは、シャナと同じ、鍛練《たんれん》に使う木の枝。

その、七ヶ月前には持つことすら考えられなかったもの、五ヶ月前にやっと握ることを許されたもの、三ヶ月前はただ握っているだけだったもの、一ヶ月前にようやく振る余裕《よゆう》を得たものを、力の赴《おもむ》くままに解き放つ。

「はあっ！」

「！」

自分の斬撃をかわされたシャナは、その振り抜いた体勢の間隙《かんげき》へと打ち込まれる悠二の一撃《いちげき》に、僅《わず》か目を見開いて驚いた。驚いてなお、

「っひゅ！」

鋭く息を吹いて体を横に回転、横向きに付いた勢いに膂力《りょりょく》を足した斬撃が再び奔《はし》って、悠二の一撃が届く前に、その手首を打つ。

パン、と乾いた打撃音が、

「いだっ⁉」

悠二の叫びとともに、坂井《さかい》家の庭に響《ひび》いた。手から木の枝がすっぽ抜けて、勢いよく庭の茂みへと突き刺さる。

「っ、つつ――っ！」

思わず手首を押さえて飛び跳ねる少年に、

「力任せに最短《さいたん》距離を選んで反撃してもダメ」

仁王立《におうだ》ちするシャナは、遠慮容赦《えんりょようしゃ》なく言葉をぶつけた。

「相手にどの程度、反撃のための動作的余裕《よゆう》が残されているか、見た目と感じた力で計って、その隙があったときだけ打ち込むようにしないと」

悠二は口を尖《とが》らせる。

「簡単に難しいこと言うなあ」

文句を言いつつ飛んだ木の枝を拾いに行く背中に、

（でも、ただ打たれるだけだった頃と違って）

声には出さず、シャナは続けていた。

（混ぜた本気の『殺し』を明確に察知《さっち》して、打ち返せるほどには、上達《じょうたつ》してる）

悠二《ゆうじ》の申し出で始めた、主に身体《しんたい》能力の向上に充てる早朝の鍛錬《たんれん》は、『振り回す枝を、目を開けて見続ける』から、『前もって声をかけた一撃《いちげき》を避ける』へと進み、『十九回の空《から》振りの後に繰《く》り出す、二十回目の本命の一撃を避ける』を経て、今は『二十回の中に混ぜた本気の一撃をかわし、隙《すき》を見出したときは反撃《はんげき》に転じる』ところにまで至っている。

（この感覚に慣れて、『殺し』の機運《きうん》を見出せるようになれば、もう〝徒《ともがら》〟とだって戦える）

そこまで考えてから、シャナは贔屓目《ひいきめ》を冷静に捉《とら》え直して、

（……かも）

と付け加えた。

思う間、見る先で茂みに突っ込んだ木の枝を引き抜こうとする少年、その後頭部へと、別の場所から緩い放物線《ほうぶつせん》を描いて、小石が飛ぶ。

「っと！」

振り向かずに悠二は避けた。

「ふむ」

と、座った縁側から石を投げた給仕服の女性が、つまらなさげに鼻を鳴らす。これは無論、『万条《ばんじょう》の仕手《して》』ヴィルヘルミナ・カルメルである。戦技無双《せんぎむそう》を謳《うた》われるフレイムヘイズたる彼女は、手塩《てしお》に掛けて育て上げた少女に近づきつつある少年を、大いに警戒《けいかい》している。

早朝および深夜の鍛錬に加わっているのは、二人に効率的な指導を行うため、と説明しているが、その言《げん》を真《ま》に受けている者は周囲にはいない。

「集中している間なら、不意討《ふいう》ちへの対処も可能となったようでありますな」

妙《みょう》な口調《くちょう》で言って、また掌《てのひら》の内にある小石を一つ、振り向いた悠二に放った。

「はあ」

悠二は生返事《なまへんじ》をして、これも軽くかわす。

ここしばらく、ヴィルヘルミナは悠二に不意討ちへの対処、常時警戒の体得《たいとく》を命題《めいだい》として課していた。奇襲《きしゅう》による先制を敵に許さない、という戦いの基本を仕込むためである。

悠二も、望むところ、と熱心に取り組んでいた。シャナとの鍛錬による経験の蓄積《ちくせき》に加え、死線《しせん》を潜《くぐ》る実戦《じっせん》の数々が促《うなが》した、身の内に秘める宝具《ほうぐ》の感知《かんち》能力の開花、という現象《げんしょう》も手伝って、今のように集中し警戒した状況下ならば、ある程度の対処も可能となっている。

しかしもちろん、ヴィルヘルミナはそれを褒《ほ》めたりはしない。むしろ、より重い課題を突きつけてくる。

「そろそろ、鍛錬の間、という区切りを取り払うべきでありましょうか」

「平素配意《へいそはいい》」

その頭上、ヘッドドレス型の神器《じんぎ》〝ペルソナ〟から、短く同意の声（恐らく）があがった。

彼女と契約し異能《いのう》の力を与える〝紅世《ぐぜ》の王〟、〝夢幻《むげん》の冠帯《かんたい》〟ティアマトーのものである。

悠二《ゆうじ》は寒風の中で冷や汗をかく。

「そ、それは、まだ早いんじゃ」

鍛錬《たんれん》の間に気を張っているだけでも、相当の精神的疲労《ひろう》を覚えているのである。日々の暮らしをこんな極限状態で過ごすことになれば、本当に神経を病んでしまうかもしれなかった。

シャナが、できるだけ弁護《べんご》に聞こえないよう気をつけて言う。

「あんまり一時《いっとき》に詰め込んだら、習得《しゅうとく》の効率が落ちる」

そのジャージの胸に下がるペンダントから、

「たしかに、な」

遠雷《えんらい》のような同意の声が響《ひび》いた。黒い宝石に交差する金の輪を意匠《いしょう》したこれは、シャナに異《い》能《のう》の力を与える〝紅世《ぐぜ》の王〟、〝天壌《てんじょう》の劫火《ごうか》〟アラストールの意思を表出させる神器《じんぎ》〝コキュートス〟である。

「現在に至るまでの急速な技能習得も、『零時迷子《れいじまいご》』の特性あってのこと。軽々《けいけい》に重荷を背負わせるのは感心せぬな」

アラストールはシャナと違って、悠二を庇《かば》ったわけではない。

（そのとおりだ）

と悠二自身《じしん》も理解している。

彼は人間ではない。かつてこの御崎《みさき》市を襲《おそ》った〝紅世《ぐぜ》の徒《ともがら》〟一味に〝存在の力〟を喰われて死んだ『本物の坂井悠二《さかいゆうじ》』の残り滓《かす》から作られた代替物《だいたいぶつ》・トーチだった。それが人格や存在感を維持《いじ》したまま日々を送っていられるのは、毎夜零時《れいじ》に宿主《やどぬし》が一日に消耗《しょうもう》した力を回復させるという永久機関『零時迷子《れいじまいご》』を身の内に宿した〝ミステス〟だからである。

その宝具《ほうぐ》の持つ機能の一つなのだろう、彼は〝存在の力〟の流れを、ときにはフレイムヘイズをも凌《しの》ぐほど鋭敏《えいびん》に感知《かんち》することができた。シャナの放つ斬撃《ざんげき》、ヴィルヘルミナによる投石の気配《けはい》をある程度――気を張っている間だけとはいえ――察し得るまでになっているのは、この能力あればこその芸当《げいとう》である。どころか、今までの鍛錬は、この感知能力を実用に堪《た》えるレベルで根付かせるために行われてきた、とすら言えた。

その完全な感得に至る前に、気力体力を常時消耗するような荒療治《あらりょうじ》を行えば、かえって当人の感覚機能に無用の混乱を引き起こしてしまう……という理屈《りくつ》の面から、アラストールは意見したのだった。

言われたヴィルヘルミナは、顎《あご》に手をやって考える。

「ふむ」

元々、さほどの熱意を持って提案したわけではない、悠二へのプレッシャーを作為的《さくい》に与え続ける行為（嫌がらせとも言う）の一環《いっかん》である。あっさりと前言を翻《ひるがえ》す。

「では、いま少し警戒の感覚を自然と纏《まと》えるようになるまで、この件は保留ということにするのであります」

「残念至極《しごく》」

ティアマトーは言葉の置き土産《みやげ》を忘れない。

(助かった……)

とりあえずの安堵《あんど》を得た悠二《ゆうじ》に向け、シャナは甘やかしていないとヴィルヘルミナらに示すため、また実際に厳しい教官として、大きく鋭く叱声《しっせい》を上げる。

「私もアラストールも楽をさせるために言ったんじゃない。規定時間内だけ、と決まったのなら、その間はちゃんと真剣にやって」

「分かった」

〝ミステス〟の少年は顔を引き締め、打たれて痛む手首に、改めて力を入れる。

それからさらに三度、木の枝は飛んだ。

しばらくして、

「二人とも、そろそろ時間ですよ」

と家の中から、声があがる。

悠二の母・坂井《さかい》千草《ちぐさ》が、掃き出し窓を兼ねる坂井家の縁側《えんがわ》、ヴィルヘルミナの傍《かたわ》らにお盆《ぼん》を置いた。その上に載っているのは、湯気を上げる熱々のココアを満たした三つのコップと、同じく湯気を上げる三つのおしぼりである。

「いつもいつも、お世話になっているのであります、奥様《おくさま》」

「いえいえ」

律義《りちぎ》に立ち上がって礼を述べるヴィルヘルミナの『いつも』に、千草も和《なご》やかな微笑《ほほえ》みという『いつも』で答える。

「さ、冷めないうちにどうぞ。二人もね」

「うん」

「ん」

悠二とシャナの返事が、早朝の鍛錬《たんれん》終了の合図だった。

千草は〝紅世《ぐぜ》〟に関することをなにも知らされていない一般人だったが、この熱心過ぎる鍛錬やヴィルヘルミナの監督に、不審《ふしん》の気配《けはい》を見せない。悠二を鍛《きた》えてくれている、とごく表面的に捉《とら》えて、それ以上の詮索《せんさく》もしてこない。ただ、二人の日課に時間の区切りを持たせることだけを、自分の役目と定めているらしかった。

「ちゃんとおしぼりで手を拭《ふ》いてからよ？」

二人は各々《おのおの》頷《うなず》いて、お盆の上から指先に染みる熱さの塊《かたまり》を取り上げる。

シャナが、縁側に膝《ひざ》をついた千草の隣《となり》に、ストンと腰を下ろした。寒気に強張《こわば》った頰《ほお》を、広げたおしぼりでホコホコと温めつつ、尊敬《そんけい》する専業《せんぎょう》主婦のお腹《なか》を見る。

「まだ生まれないの？」

「ふふ、まだ五ヶ月だもの。これから、目に見えて大きくなってくるはずよ」

千草《ちぐさ》は包容《ほうよう》力そのものという微笑《ほほえ》みで返した。

彼女の懐妊《かいにん》を一同が知ったのは、ほんの一週間ほど前のことである。

海外に単身赴任《ふにん》していた父・坂井貫太郎《さかいかんたろう》の一時帰宅《きたく》に際し、このことを告げられた悠二《ゆうじ》は戸《と》惑《まど》いつつも喜び、シャナはまずその作り方について尋《たず》ねていた。

フレイムヘイズとなる者には必要のない知識だから、と教育を怠《おこた》っていたヴィルヘルミナは激しく動揺《どうよう》し（二次性徴《せいちょう》を迎えてから教える、との方針だったらしいが、生憎《あいにく》とそうなる前にシャナは彼女の元を巣立ってしまっていた）、すぐさま坂井夫婦《ふうふ》、およびスピーカーを繋《つな》いだ携帯電話に入ったアラストールも加えた、親族《しんぞく》会議の場を持っている。

結論としては、とりあえず生物学的な見地からの知識を与える、次にその関連《かんれん》情報を不《ふ》用意に口にするのは甚《はなは》だ不体裁《ふていさい》であるという社会常識を持たせる、以上二点を基本方針とすることで、双方《そうほう》親族の合意を得た。

後者の方は、学校で吉田一美《よしだかずみ》から諭《さと》されたとのことで、改めて言い聞かせる必要もなくなっていたが、前者の方、生物学的な知識は、当人にとって相当な衝撃《しょうげき》だったらしい。

「なんだか、嫌……」

レクチャーを受けた直後、彼女は小さく呟《つぶや》いて、どういう本能か、育ての親たるヴィルヘルミナ（ハラハラしながら、少女のすぐ横に付き添っていた）に抱きつき、そのまま一時間余、じっとしていた。貫太郎も千草も、もちろん携帯電話の中に入ったアラストールも、幼い女の子が事を飲み込めるまで放置した……。

それから数日の間、少女は悠二から微妙《びみょう》に距離を取ることで、心に受けた傷を癒《い》やし、アラストールやヴィルヘルミナ、ティアマトーらも、

「もう悠二の部屋には泊まらない」

と宣言されることで、一連の騒動《そうどう》については、ある程度の落着《らくちゃく》を得た……と判断した。もちろん悠二には、この教育は元より、宣言のあったことも秘されている。

ともあれ、今では彼女も、千草に軽く尋《たず》ね、新たな命が育ち生まれくる現象《げんしょう》への好奇心《こうきしん》を覗《のぞ》かせるまでとなっていた。

悠二の方も、既《すで》に死んでしまった本物の坂井悠二、どんな理由で消えるかも知れない今の自分、双方に代わって両親の元に居続《いつづ》けてくれる弟か妹の誕生を、寂寥感《せきりょうかん》を伴った喜びの元、待ち焦《こ》がれている。

あるいは『自分が居なくなっても、両親に子供が残される』、その状況の実現した時こそが、人間としての日々を過ごした、まだ過ごしている、この御崎《みさき》市から旅立つ一つの区切りになるのかもしれない。

そう、今も思いながら、

(構わないさ……生まれないより、生まれる方が、そう、ずっといい……)

少年は、熱いおしぼりの中に表情を隠《かく》す。

(それに僕は、僕らが守るべきものを、やっとこれで実感できたんだ)

この世の本当の姿を知らなかった頃には、空々《そらぞら》しいとしか感じられなかった一つの言葉が、今は痛いほど悲しいほど、重く強く、肌《はだ》に心に宿っている。

未来。

かつてアラストールは言った。

(――「新たな命の可能性、一つ一つを苦しみ齎《もたら》し、またその子らが次の子らを産み育て、世界は連綿《れんめん》と続き広がってゆく……我らフレイムヘイズは、その世界の正常な営みを守る者なのだ」――)

と。

(僕は、少し便利な宝具《ほうぐ》を宿しただけの〝ミステス〟だけど……いつか、その営みを守る者として、シャナと一緒に……)

かつては、人間としての生を失った自分にとってそれ以外の道はない、と縋《すが》りつくように望んでいた『共に行く』という道を今、少年は自分の明確な望みとして目指しつつあった。

(……?)

そのシャナが、湯気を上げるココアのカップを手に、じっとこっちを見ている、と悠二《ゆうじ》は気付いた。

「なに？」

訊《き》くと、そっぽを向く。

「別に」

背《そむ》けた顔から、声だけが返ってきた。

「？」

未熟《みじゆく》な少年は気付けない。

「なんでありますか」

「えっ？　さ、さあ？」

「悠二が私をジロジロ見てた」

「ほう……このような会話の中、どのような意図で？」

「悠《ゆう》ちゃん？」

「意図って、母《かあ》さんまでそんな、僕は別に」

少女がまさに、自分と同じ気持ちで見つめ返していた、ということを。

入浴に朝食、という安らぎの時を終えたシャナが、ポフン、とソファーに身を沈めた。ヴィルヘルミナの用意した着替えのパンツルックが、小柄《こがら》な体軀《たいく》によく似合《にあ》っている。

その色合いの組み合わせを、自分が用意してあげるときの参考に、と眺《なが》めていた千草《ちぐさ》が、軽く尋《たず》ねた。

「今日から冬休みだけど、シャナちゃんはこの後、予定とかあるの？」

「うん」

シャナは頷《うなず》いて、ソファに深く腰かけなおす。

学期中は、早朝の鍛錬《たんれん》、入浴、朝食、登校という流れになるが、土日や休日には専《もっぱ》ら千草の買い物に付き合ったり、貫太郎《かんたろう》の書斎《しょさい》で本を読んだり、あるいは悠二《ゆうじ》や吉田《よしだ》らと何処《どこ》かへ遊びに行って夕方に戻ってきたり、と坂井《さかい》家の住人同然《どうぜん》の暮らしを送っている。

ヴィルヘルミナが御崎《みさき》市に現れた当初は、一般人との不用意な付き合いを警戒《けいかい》した彼女に、早朝の鍛錬後《ご》すぐ同居先《さき》である平井《ひらい》家へと呼び戻されていたが、いつの間にか元の暮らしに戻っている。今では、鍛錬直後に平井家へと戻るのは、フレイムヘイズの情報交換《こうかん》・支援施設《しせつ》たる外界宿《アウトロー》からの書類を整理したり（これには最近、悠二も駆り出されている）、ヴィルヘルミナ個人の用事があったりする等、特別な理由がある場合に限られていた。

「今日は、もう少ししたら出かける」

「あれっ、シャナもか。どこに？」

こちらも冬休みで普段着《ふだんぎ》姿の悠二が、飲み終えたコーヒーカップを置いて尋《たず》ねた。

いつもなら平明快活《かいかつ》に回答するはずの少女は、

「っ、……」

何事か言いかけて、なぜか黙った。

「カルメルさんの用事？」

と悠二は遠回しに、フレイムヘイズとして何らかの処理案件《しより》でもあるのか、と尋ねなおしたが、それは、

「いえ。私の方からは、なにも」

と台所から暖簾《のれん》を潜《くぐ》って居間へと入ってきたヴィルヘルミナに否定された。彼女は、頻繁《ひんぱん》に朝食をご馳走《ちそう》になるお礼として、その呼ばれる度《たび》に後《あと》片付けを引き受けているのである（調理は大いに不得手《ふえて》だったので、これは自然な役割分担《ぶんたん》だった）。

「カルメルさん、いつもありがとうございます」

「いえ、大したことでは」

千草とヴィルヘルミナ、いつもの遣《や》り取りが交わされる間に、

「……」

シャナは黙ったまま、また悠二を見る。

「なに？」

また問われて、

「悠二《ゆうじ》、明日は——」

また答えかけ、突然ゴロンとソファに寝転《ねころ》んでしまう。

(一美《かずみ》に黙ってしちゃ、ダメだ)

そう、律儀《りちぎ》に念じた。

悠二は途中までの言葉を何気なくなぞり、

「明日……?」

はたと気付く。

明日は十二月二十四日。世間的には、少年少女に限らず、恋やら愛やらに縁《えん》のある二人が共に過ごすのが当然と、やや以上に強迫観念《きょうはくかんねんじ》染みた常識でもって語られている日。

「明日って、クリスマ——」

「う、うるさいうるさいうるさい、なんでもないの!!」

怒鳴《どな》るやシャナは飛び起きて、足早に居間から出て行ってしまった。

「出かけてくる!」

そのまま玄関《げんかん》へと向かう少女に、悠二は椅子《いす》から身を乗り出して叫ぶ。

「シャナ! 僕、今日は昼から佐藤《さとう》の家に行ってるからね!?」

返事のないまま、ドアの閉まる音が響《ひび》いた。

(この距離でシャナが聞き逃すはずもないし、ちゃんと伝わったよな)

思って、座りなおす彼の目の前で、

「あ、あ、明日、クククリスマス・イブ……まま、まさか……」

少女の言葉に自失して棒立《ぼうだ》ちになったヴィルヘルミナが、ぶつぶつと何やら呟《つぶや》いていた。

千草《ちぐさ》は黙って、過保護《かほご》な元養育係《もとよういくがかり》のためにお茶を淹《い》れた。


年も押し迫った朝の街路は、足を速める毎《ごと》に冷たさを染み込ませてくる。

それが、まるで顔の熱さを教えられているように思えて、シャナは面白くない。

と、

「なにをそんなに慌《あわ》てている」

胸元から、アラストールが尋《たず》ねた。

「……」

その声に白々しいものが含まれているように思われて、やはりシャナは面白くない。

「……知ってるくせに」

「たしかに、これから行く先と予定については知っている。数日前、清掃の折に約した協議のため、公園に向かっているのだったな？」

改めて明確に言われるとバツが悪い。誤魔化《ごまか》すつもりで、口を尖《とが》らせてみせた。ほとんど駄《だ》々を捏《だだ》ねるつもりで、強く断言する。

「もう、決めたんだから」

「そうか」

それっきり、アラストールは口を閉じた。

フレイムヘイズたるの使命、坂井悠二《さかいゆうじ》への警戒《けいかい》、今もっと気を配らねばならないことがある等々、自分の立場を再認識《さいにんしき》させてくれる声のないことに、少女は心細さを覚える。

「……」

「……」

父や兄、師や友とも思ってきた魔神《まじん》の沈黙《ちんもく》を、重く感じる。

「……アラストール」

「なんだ」

問えば答えてくれる。その当たり前の関係を、不意に嬉《うれ》しく思う『炎髪灼眼《えんぱつしゃくがん》の討《う》ち手《て》』は、
しかし口にしてから、自分が明確な問いを用意していなかったことに気付いた。

「私の、あの」

あの、何なのか。分からないまま、動揺《どうよう》する心中《しんちゅう》から質問を探しに探して、ようやく核心《かくしん》へ
と思い至る。

「吉田一美《よしだかずみ》との、こと」

それは、一人の少女の名。

シャナが『平井《ひらい》ゆかり』という存在に割り込み潜《もぐ》り込んだ、市立御崎《みさき》高校一年二組のクラスメイト。見た目のおとなしい印象《いんしょう》とは裏腹《うらはら》に、ただ一つの気持ちだけを力として果敢《かかん》に挑《いど》んでくる、恐るべき敵手《てきしゅ》にして、一番親しい友達。

ただ一つの気持ちとは、坂井悠二《さかいゆうじ》への想い。

シャナと同じ、坂井悠二への想い。

出会ってからこの方、無自覚だった時、自覚した時、近付いた時、深まった時……悠二と過ごした全ての時々において、真正面からフレイムヘイズと互角《ごかく》に渡り合い、一歩たりと引かずここまで一緒に来た、嫌いになれない恋敵《こいがたき》だった。

（そういえば）

その名を口にしたシャナは、全く今さらのように、改めて確認したかった、今までなんとなく訊《き》きそびれていた事柄《ことがら》に、思い当たった。

（どうして、なんだろう？）

不思議《ふしぎ》といえば不思議な、不可解《ふかかい》といえば不可解な疑問を、率直《そっちょく》に尋《たず》ねる。

「アラストールは、あの掃除のときも……全部、そこで聞いてたんだよね？」

「ゆえにこそ、答えた。隠《かく》されもせず、聞くなと求められてもいなかったはずだが？」

「その……いいん、だよね？」

シャナは、たった今、駄々《だだ》同然に断言したことも忘れて、おずおずと許可を求めていた。千草《ちぐさ》に言って出た、アラストールが答えた、今日の用事について。

数日前、シャナは吉田に、こう訊《き》かれた。

（――「シャナちゃんも、好きだ、って言うの？」――）

そして、はっきりと答えた。

（――「言う」――）

と。

悠二は母の懐妊《かいにん》を知り、心の整理を始めていた。それまで、自己の存在への恐怖で千々《ちぢ》に乱れ、重く沈んでいた彼は、新たな出発と対峙《たいじ》に向かって、動き出していた。

シャナには、それが分かった。だからこそ、とある事件以来うやむやになっていた一つの言葉を、少年に届けることを決意したのだった。

吉田は覚悟《かくご》した上で頷《うなず》き、

（――「うん」――）

シャナももう一度、はっきりと、

（――「悠二に、好きだ、って言う」――）

確認するように宣言し、さらに、

（――「私は、ただ言うだけで終わらせない」――）

と続けていた。

ただの言葉として届けても意味がない、三人の現状は何一つ動かない、動かせない。

だから、想いの丈《たけ》を悠二《ゆうじ》へとぶつけるこの機に、今の三人の関係にも決着を付ける。

彼女にとって、自分が動くとは、そういうことなのだった。

その急な話に、当初こそ狼狽《ろうばい》の色を隠せなかった吉田《よしだ》一美《かずみ》だったが、それでもすぐに立ち直り、同意した。彼女も、シャナが告白する気になった、という最大の転機《てんき》の元、坂井《さかい》悠二を巡る二人の長い戦いに、一つの幕を引くことを望んだのだった。

（――「でも、どうやって？」――）

シャナには腹案《ふくあん》があった。

（――「十二月二十四日を、『決戦』に使おうと思う」――）

（――「けっ、せん……『決戦』？　二十四日の、クリスマス・イブに？」――）

その日、クリスマス・イブが、『愛し合う者たちが互いの気持ちを確認し合う特別な日』であることを、彼女はクラスメイトの中村公子《なかむらきみこ》から教わっていた。

（――「この日、悠二に選んでもらう」――）

（――「私たちの、どちらかを……？」――）

そうして二人は、とある約束を交わした。

イブ前日に当たる今日、数日をかけて考えた何らかの行為を互いに提示し、『決戦』実行のための協議を行う、と。

ところで、アラストールは以上の相談をした日に時に、シャナの胸にぶら下がっていた。吉田一美は既に〝紅世《ぐぜ》〟の側へと足を踏み入れ、当然のこと、アラストールの存在についても知っている。彼が黙っている理由はないはずだった。でありながら、二人が悠二に関する相談を行っている間、彼はなにも言わなかった。

今、許可を求められて初めて、答えを返す。

「未熟《みじゆく》や幼さからの暴走ではない、明確に理解感得《かんとく》し、結果への覚悟《かくご》も持ったのであれば、我が今さら何をか言う必要もあるまい」

その声には、恋に苦しむ女の子を慮《おもんばか》り慌《あわ》てる動揺はない。恋、あるいはもっと強く、愛を抱く少女を見守る達観《たつかん》のみが漂っていた。

「これは全く、おまえの問題なのだから、な」

「……うん」

シャナは、その当たり前の、しかし気付き難い事実に気付かせてくれた、大好きな〝紅世《ぐぜ》〟の魔神《まじん》に、強く頷《うなず》いて見せる。

「だが」

と、遠雷《えんらい》のような声が付け加えた。

「なに？」

身構《みがま》える少女へと、生真面目《きまじめ》な声がかかる。

「吉田《よしだ》一美《かずみ》嬢《じょう》との協議は、昼過ぎからのはずだ。出立《しゅったつ》には、いささか早すぎはせぬか？」

「——ふふっ」

一瞬《いっしゅん》、キョトンとしたシャナは、熱さが顔だけでなく胸にもあることを感じた。微笑《ほほえ》みに乗せて、凛然《りんぜん》と答える。

「いい。もう少し、アラストールと一緒に歩いてたい」

「そうか」

二人で一つのフレイムヘイズ『炎髪灼眼《えんぱつしゃくがん》の討《う》ち手《て》』は、寒風に微塵《みじん》も揺らがず、自分の道を進んで行く。

佐藤啓作《さとうけいさく》の実家は、御崎《みさき》市における旧《きゅう》地主階級《かいきゅう》の人々が集《しゅうじゅう》住する『旧住宅地』の中でも指折りの旧家《きゅうか》である。見た目も豪邸《ごうてい》と呼ぶに相応《ふさわ》しい、地区の一画を丸ごと高い塀《へい》で囲うほどの大きな構えを持っている。

その、やはり大きく古い正門の呼び鈴《りん》を、約束どおりの時間に訪ねてきた悠二《ゆうじ》が押した。通りを抜ける風から身を守ろうと、ジャケットの襟《えり》に首を埋《うず》める。

普段、この家は昼勤《ちゆうきん》のハウスキーパーらによって保守管理されており、悠二も何度か彼らに案内された経験を持つが、今日は佐藤が自分で出迎えに現れた。

「よう、待ってたよ」

なかなか見ない、作務衣《さむえ》に半纏《はんてん》の姿。和風スタイルも、なぜか彼にはよく似合《にあ》う。

こっちの方が暖かそうだな、と悠二は思い、襟の内から挨拶《あいさつ》する。

「おはよう」

「もう昼だぞ？」

「そういや、そうか」

二人、他愛《たあいな》無く笑って、時の重みに沈みこんだ踏み石を、ゆっくりと渡ってゆく。

と、その終点、

「坂井」

玄関《げんかん》の引き戸に手を掛けた佐藤が、妙《みよう》な逡巡《しゆんじゆん》を見せた。

「あの、だな……実は」

口の重さを察して、悠二は訊《き》く。

「あ、もしかして他にお客さんとか来てる？　迷惑《めいわく》なら――」

「いや、そうなんだけど、そうでないっつーか……だいたい、今日お前を呼んだのは俺なわけだし……」

言い澱《よど》む佐藤《さとう》は、困った風《ふう》に一瞬《いっしゅん》考えると、

「ええい、ま、いいだろ！」

すぐ思い切りよく戸を開けた。

「あれっ、池《いけ》？」

悠二《ゆうじ》は、玄関《げんかん》先に腰を下ろしている、ダウンジャケットの少年を見て驚いた。

「やあ」

「珍しいな、池が佐藤の家に遊びに来てるなんて……？」

答えながら靴を脱ごうとして、池が靴を履《は》いたままであることに気付く。

「遊びにって言うか、ちょっとした相談、かな」

「相談って、池が？」

ますます珍しい。一年二組の誇る、文武両道《ぶんぶりょうどう》人格温厚《おんこう》信頼抜群《ばつぐん》のスーパーヒーロー『メガネマン』が、相談を持ちかけられるのではなく、持ちかけることなど、これまで聞いたためしがなかった。また、自分ではなく佐藤を相談相手に選んでいた、という事実も、中学以来《いらい》の親友として、悠二には少なからずショックだった。

その横、佐藤がサンダルを脱いで、軽く誘う。

「どうする、池？　坂井《さかい》も来たし、やっぱ上がってくか？」

「いや、いいよ。最初から長居《ながい》する気はなかったし」

言って、池は立った。

幽《かす》か、彼と視線を合わせた悠二は、害意《がいい》とも悪意とも違う気迫《きはく》のようなものを、その奥から受け取って、目を見張った。

「池……？」

自分に向けられたものの意味を、『親友だから』と率直《そっちょく》に、声に出して尋《たず》ねるのが、彼の若さであり、甘さであり、良さでもあった。

それを分かっている池の方は、『そんな親友』を快く、羨《うらや》ましく、そして疎《うと》ましく思う。

「ごめん」

唐突《とうとつ》に謝り、

「って言うのも変かな」

また誤魔化《ごまか》す。

全く彼らしくない不明瞭《ふめいりょう》さと、視線に込められたものの強さ、その二つから、悠二は不意に勘付《かんづ》くものがあった。彼がこうなる理由は、ただ一つしか思い当たらない。

（吉田《よしだ》さんの、ことか）

害意や悪意の陰湿《いんしつ》さを持たない、強い気迫の正体は、純然たる敵意。

悠二は、その感情に覚えがあった。数ヶ月前、学校の屋上において行われた『感情の暴発による弾劾《だんがい》』という形で。あのとき池をそうさせた理由は、吉田一美《かずみ》に対する悠二の仕打ち――

と彼は弾劾《だんがい》し、悠二《ゆうじ》も反論しなかった——だった。

なぜ佐藤《さとう》を選んだのかは分からなかったが、自分に持ちかけることだけは絶対にできないだろう、と消極的に納得する。なにより、池《いけ》は〝紅世《ぐぜ》〟のことを何も知らない。

（僕が決められない、躊躇《ちゆうちよ》してる理由も……いや）

優柔不断《ゆうじゆうふだん》には変わりがないか、と悠二は自己弁護《べんご》を止める。

吉田一美《よしだかずみ》の気持ちは知っていたが、自分はトーチであり〝ミステス〟である。まともな人間とは到底《とうてい》言えない。しかし彼女は、自分のことを全部知った上で、好きだと言ってくれた。シャナの気持ちにも気付かされていたが、彼女と行くしかない、そんな縋《すが》るような態度で選ぶことは不実《ふじつ》であるように思われた。しかし今は、縋るのではなく、自ら望みつつある。

でありながら、今なお二人の気持ちに応えることができていない理由は、彼女らの方でなく自分にある。好意を向けられることが嬉《うれ》しい、という子供のような感情以上の確信……おそらくは愛情というものなのだろう、その気持ちを明確に自覚できていないからだった。

自分自身の存在についての危険や問題があまりに重すぎて、それ以外の気持ちをじっくりと見つめなおす心の余裕《よゆう》がなかった、というのは事実だが、だとしても彼女らにとって、いつまでも宙ぶらりんなままという状況は相当に酷《こく》なことだろう。

ともあれ、母・千草《ちぐさ》の懐妊《かいにん》という新たな、素晴らしい出来事によって、自分の心を持っていく場所は見え始めた。悩みや苦しみは、少しずつ意欲と熱気へと変わっているように思える。

それらが即、二人に対する気持ちの整理へと直結しているわけでもなかったが。

（よし決めるぞ、応えるぞ、と思ってできるものでもない、よな）

我ながら煮え切らない、と自己嫌悪《けんお》する中で突然、理解の筋《すじ》が通った。

（そうか……だから、池みたいに頭のいい奴《やつ》でも他人に相談をするんだ）

その池は、既に背を向け、歩き出している。

「それじゃ。三十日のパーティーの件、また纏《まと》めといてよ」

「おう、任せろって」

佐藤が明るく返し、門まで送るべく、引き戸を開けた。

庭木の匂《にお》いを乗せた寒風が吹き込んでくる。

「池——」

悠二の問い、その上から被《かぶ》せるように、

「明日、クリスマス・イブだな」

短くも強く、池は言い置いて、帰った。まるで悠二の葛藤《かっとう》に、一つの答えを示すように。

「……クリスマス、か……」

少年少女の抱く、特別な日、という幻想《げんそう》。

そこに光り輝いて見える、変化への機運《きうん》。

実情に幻滅《げんめつ》するほどの経験を未だ持ち得ていない少年の胸に、その言葉は期待と不安の響《ひび》きを持って木霊《こだま》していた。

今すぐにでも自分から、どちらか一人……あるいは双方に働きかけて、膠着《こうちゃく》した事態を動かそう、という発想の湧《わ》かない辺り、まことに不甲斐《ふがい》ない。


池《いけ》が帰ってから、悠二《ゆうじ》は佐藤《さとう》の自室に通された。数ある豪華《ごうか》な応接間《おうせつま》でなく、佐藤のプライベートな部屋に入るのは、実は初めてのことだった。

もちろん、豪邸《ごうてい》の令息《れいそく》（本人には言いたいこともあるらしいが）といっても同年齢《ねんれい》の少年である。広さ以外に、特別変わったところがあるわけでもない。

奥に大きめの、シーツもグシャグシャなベッドがあり、種々雑多《ざった》な雑誌が、重そうな本棚にギュウギュウと押し込められて、衣服も幾《いく》らか、テレビ前のソファに掛けられている。それらしい器具が見当たらないのに部屋が暖かいのは、板敷きが床《ゆか》暖房だからか。

「おー寒っ、家はだだっ広いから、廊下が冷えるんだよな」

半纏《はんてん》の袂《たもと》に手を入れて部屋に入った佐藤は、ソファ傍《かたわ》らの置き台から、用意してあったらしいカップを二つ、取り上げた。

「これコーヒーだけど、いいだろ？」

「うん」

「ま、座ってくれ。上着はそこな」

「えーと」

悠二はジャケットを傍らの、コート等々で埋もれた洋服掛けに被せると、ソファから毛布をどけて——ついでに畳《たた》んで横に置いてから——座る。見れば、テーブルの上には、もうカップが置かれていた。ありがたく受け取る。

「ありがとう」

口を軽く付けたコーヒーはブラックだったが、今さら砂糖をくれと言うのも恥ずかしいので黙って飲む。とりあえずは、冷えた体を温められれば文句もなかった。

こちらは当然のようにブラックをすっていた佐藤が、

「で、例の件、どうだった？」

いきなり訊《き》いてくる。常は軽い調子で会話を楽しみ、場の空気を読むことに長《た》けた彼も、真剣な話のときには気が短くなる、ということを悠二は最近になって、ようやく知った。

「うん。すぐに、とは言えないけど、脈はあると思う」

「本当か！」

佐藤は叫んだ拍子に、手のカップを危うく取り落としそうになった。

興奮する友達を落ち着かせようと、悠二は急ぎ言葉を継ぐ。

「もうしばらく、説得は必要だと思う。でも、そもそも外界宿《アウトロー》のことを佐藤に話したのはカルメルさんだったわけだから、その辺りを梃子《てこ》に動かせるんじゃないかな。アラストールも賛成してくれてるし、不可能じゃないはず――」

「そうか、よろしく頼む！」

いつものような、おどけて掌《てのひら》を合わせるのではない、両膝《ひざ》に手を付いて頭を下げるという大仰《おおぎょう》な友達の様に、悠二《ゆうじ》は焦った。

「や、やめてくれよ。これでダメだったら後が怖い」

数日前、悠二から『ヴィルヘルミナの元で、外界宿《アウトロー》から届けられた書類の整理を手伝わされている』と聞かされた佐藤《さとう》は、そこに自分も加えてくれるよう頼み込んでいた。

彼は、この世のバランスを巡るフレイムヘイズと〝徒《ともがら》〟の戦いに巻き込まれ、また潜《くぐ》り抜けてゆく中で、尊敬《そんけい》する女傑《じょけつ》……今、屋敷《やしき》に居候《いそうろう》している『弔詞の詠み手《ちょうしのよみて》』マージョリー・ドーを手助けするための、一つの道を見出していた。

フレイムヘイズの情報交換《こうかん》・支援施設《しせつ》『外界宿《アウトロー》』である。

ヴィルヘルミナは佐藤家において開かれた酒席（要するに、マージョリーに愚痴《ぐち》でも聞いてもらいに来たのだろう、と悠二は睨《にら》んでいた）上で、この汎《はん》世界的な秘密《ひみつ》組織に、ただの人間が数多く、各々《おのおの》の持つ才幹《さいかん》と職能を生かす形で加わっている、と語ったのだという。

佐藤にとってそれは、フレイムヘイズを手助けする、という少年の腕力《わんりょく》と熱意《ねつい》程度ではどうにもならない望みを叶《かな》えられる、理想の道と見えたらしい。ゆえにこそ、関わるための糸口《いとぐち》として、悠二の話に喰らい付いたのである。

喰らい付かれた悠二も、当初は友人の決意、まず一時の体験では済まないはずの望みを聞かされ驚いたが、今までの戦いで一度ならず彼の本気の程《ほど》を見ている。ともかくも、とヴィルヘルミナやシャナに相談してみたのだった。

反応は、意外《いがい》に悪くはなかった。

シャナは単に外界宿《アウトロー》にそれほど馴染みがないためであるらしいが、厳格であるはずのアラストールや、うっかり語った張本人たるヴィルヘルミナとティアマトーらも、強い拒否の姿勢を見せなかった。佐藤がどの程度〝紅世《ぐぜ》〟に関わっているか、マージョリーの役に立ちたいと願っているかは、既に関係者一同のよく知るところだったのである。後者二人は、

「しばし、検討の時間を頂くのであります」

「決定猶予《ゆうよ》」

と言ったのみだったが、本当に駄目《だめ》であれば、彼女らの性格上、その場で問答無用《もんどうむよう》に断っているはずだった。悠二の推測するに、二人は許可することを前提《ぜんてい》に、機密《きみつ》情報を守れるほどの志操《しそう》を佐藤が持っているか、彼に組織の支障となる背後《はいご》関係はないのか、念《ねん》には念を入れて審《しん》査《さ》しているものと思われた（そして、それは事実だった）。

それにもう一つ、実務に携《たずさ》わった身として、悠二には思うところがある。

（さすがにあの量は、カルメルさんでも処理しきれないだろうし）

外界宿《アウトロー》は今、外部から齎《もたら》された組織首脳《しゅのう》の殲滅《せんめつ》、内部から発生した泥沼《どろぬま》の権力闘争《とうそう》、いずれも未曾有《みぞう》と言っていい、二つの大《だい》混乱の渦中《かちゅう》にあった。

必然的に諸《しょ》業務の滞《とどこお》りも深刻《しんこく》なレベルに達しており、本来は吟味《ぎんみ》要約されてから届く状況報《ほう》告《こく》が、ほとんど一次収集《しゅうしゅう》の聞き込みと関連《かんれん》情報の羅列《られつ》ままという、膨大《ぼうだい》な量として送りつけられていたのである。情報管理《かんり》の中枢《ちゅうすう》――悠二《ゆうじ》が書類整理《せいり》の中で知ったそれは『クーベリックのオーケストラ』という奇妙《きみょう》な名称だった――が丸ごと、〝徒《ともがら》〟によるものらしき敵襲《てきしゅう》を受けて壊滅《かいめつ》してしまったらしい。

　おおよそ二週間毎《ごと》に届く書類の量は、今やダンボールの大箱で三十に余る、という体《てい》たらくであり、それゆえに悠二も駆り出されて、ただの伝票やそのコピー、取るに足りない聞き込み情報、長期の天気予報から主要路線《ろせん》の運行ダイヤ等、明らかに不要と思われる情報の分別を担当させられる羽目となっていたのだった。

　当初こそ、『読めないから』と書類の大半《たいはん》が日本語でないことを盾《たて》に手伝いを逃げた彼だったが、そうして断った次の回から、書類はご丁寧《ていねい》に日本語版《ばん》も加えて、当然のことながら量をほぼ倍増《ばいぞう》させて、送られてくる仕儀《しぎ》となった。書類とは、増やそうと思えば幾《いく》らでも増やせるものらしい。言った以上は日本語の書類を整理せねばならなくなったという藪蛇《やぶへび》、また『余計《よけい》なことをしてくれた』というヴィルヘルミナからの非難《ひなん》の視線、双方《そうほう》の責任を一身《いっしん》に背負い浴びるという笑えない惨状《さんじょう》は、今も続いている。

（信用できる人手《ひとで》なら、幾《いく》らあっても足りないということはないよな）

それら、自分たちの苦労と表裏《ひょうり》一体な友人への忠告《ちゅうこく》を、悠二は前もっての念押《ねんお》しとして、口にする。

「前も言ったけど、そんなに面白い仕事じゃないぞ？　凄《すご》く地味で単調で、書類と睨《にら》めっこするばかりのつまらない仕事なんだ。それでも——」

「ああ。本当に、頼む」

頭を上げないまま、佐藤《さとう》は求めた。

「どんなつまらないことでもいい。一度二度だけでもいい。できる内に、関われる内に、目指してるものの端《はし》っこを、この手に実感させてほしいんだ」

「佐藤？」

その口ぶりや態度が、決意による必死さだけでないことに、悠二は気付いた。

佐藤は手にしたカップを一気飲《の》みして景気をつけて言——おうとして躊躇《ちゅうちょ》し、

「……」

やがて、自分で作った沈黙《ちんもく》に耐え切れなくなったように、続ける。

「……実は、親父《おやじ》と話をした」

「えっ」

思わず悠二が驚きの声を上げるほどに、佐藤はこれまで自身の家族についての話題を避けてきた。その態度、および彼とより長い付き合いを持つクラスメイト・田中栄太《たなかえいた》と緒方真竹《おがたまたけ》から断片的《だんぺん》に聞いただけでも容易に察することができる、険悪《けんあく》と言うも生温《なまぬる》い、断絶《だんぜつ》に近い関係であるはずだった。それが自分から、

「なんというか、俺の努力……じゃない、苦労、でもない、なんだ……まあいい、そういうヤツの結果じゃないんだけど」

などと、誰に向けてなのか、言い訳めいたことを混ぜて話している。

「とにかく一昨日《おととい》に、だな。ハウスキーパーの婆《ばあ》さんが、電話の周りで、俺がウロウロしてるのを見かねて、親父《おやじ》の方から電話させたり、した結果なわけなんだけど、な……ホントあっさり、そうなっちまった」

「そう、なんだ」

としか悠二《ゆうじ》には答えようもない。

「で、だな。話を、実際にしてみたら……どうも俺の方から、意地張《いじは》って会うのを拒否ってただけ……らしくてな」

まるで他人事《ひとごと》のように言う。実際、本人にとっても予想外にすんなり進んだらしい成り行きへの実感がなさそうに見えた。

悠二は自分の常識から『良かったな』と言いかけて、危うく口を塞《ふさ》いだ。下手《へた》につつけば、その実感を不意に取り戻して、やり場のない鬱屈《うっくつ》が爆発するかもしれなかった。当面は彼の言

うに任せることにする。つもりだった。

「でさ、親父が『来い』って言いやがるんだ」

最初、あまりに自然な形でそれは入《い》っていたため、引っかかりもしなかった。

「元々こっちは本家《ほんけ》の家屋敷《いえやしき》をそのまま残してあるってだけで、俺がいたのは完全に自分の都《つ》合《ごう》だけだったんだ。親父も兄貴《あにき》も、生活してるのは向こうなんだよ」

「……？」

佐藤《さとう》が長々と、なにを言っているのか分からなかった悠二は、

「拍子抜《ぬ》けするくらい無邪気《むじゃき》に、『もう離れてる理由もない、早くこっちで暮らせ』って言いやがった。今まで必死こいて、逆らったつもりでギャンギャン吼《ほ》えてた俺って……なんだったんだよ、畜生《ちくしょう》」

「こっちで、暮らせ――、っあ!?」

鸚鵡返《おうむがえ》しに言う内に、ようやく悟《さと》った。言い草《ぐさ》とは裏腹《うらはら》に、佐藤がその提案を受け入れる方向へと傾いていることに。なぜ外界宿《アウトロー》からの書類に触れたいと願っていたかも。

「佐藤」

「ああ――転校だ。結構《けっこう》、遠い。早けりゃ年明けにでも、ここを出る」

「そん、な」

悠二は眩暈《めまい》を覚えた。

親しい友達の転校という、眼前に現れた衝撃《しょうげき》的な出来事だけが理由ではない。考えもしなかった、今まで当然あった光景が崩れること、それが呼び水になって全てが変化する予感に、自分でも驚くほどの動揺《どうよう》を覚えたのだった。

「実はな、無理矢理《むりやり》にでも入れてやる、って親父《おやじ》の言う学校が、結構なボンボンどもの集まる名門らしくてさ。どうせなら、そこで勉強なり人脈《じんみゃく》作りなり、マジに頑張《がんば》ってやる、とか皮《かわ》算用《ざんよう》なんかしてる」

「それは……」

悠二《ゆうじ》の、途中で切《き》れた質問に、

「ああ」

佐藤《さとう》は不敵《ふてき》な笑《え》みを閃《ひらめ》かせた。

「いつか外界宿《アウトロー》に、マージョリーさんの手助けに加わるため、できるところまでやる。まだ高一だ、なにかを目指すのに、遅すぎるってことはないだろ」

彼という男の面《おもて》を飾る笑みには、しがらみやわだかまりを捨て、使えるものを使い、欲する場所へと突き進む、ギラギラした貪欲《どんよく》さが満たされている。それが、

「へへ、我ながら格好《かっこう》つけて吹いてんな」

子供のような照れ笑いに変わった。

悠二は、その姿に途方《とほう》もない羨望《せんぼう》を覚える。

「田中《たなか》や、緒方《おがた》さんたちには？」

こんなことしか言えない自分、決められずフラフラしている自分が情《なさ》けなかった。

佐藤は軽さを装って、すらすらと答える。

「二人には昨日《きのう》、帰りに話した。付き合いも長いし、お互いさばさばしたもんさ。池《いけ》には今さっき言った。向こうの相談を聞いた代わりに、こっちも上手《うま》い勉強法とか人付き合いの仕方とか、訊《き》いたりして。シャナちゃんと吉田《よしだ》ちゃんには、晦日《みそか》に集まるときにでも、伝えようかと思ってる」

「もう、決めてるんだな」

「ああ」

躊躇《ためら》いがちな確認への、間髪入《かんぱつい》れない答え。

それは、揺るがないと決めた、強い意思《いし》の表明だった。

と、悠二は最後に、最も重要だろうことに気が付いた。

「マージョリーさんには？」

「……」

今度は一瞬《いっしゅん》、答え遅れた。

「……言った。大丈夫、今までどおり、この家には居てもらえるようにするさ」

女傑《じょけつ》がなんと返事をしたのか、佐藤は言わなかった。とぼけるように誤魔化《ごまか》すように、いま二つほど不分明《ふぶんめい》な表情で、無理矢理《むりやり》に明るい声を作る。

「なんだよ、別に消えてなくなるわけじゃないし、ちょくちょく戻ってもくるぞ？　それより、作業を手伝わせてもらう件、カルメルさんにちゃんと言っといてくれ」

「分かった。絶対に加えてくれるよう、話をつける」

別れの迫る友達に、この程度のことしかしてやれない、という今の自分の狭さ小ささに、悠《ゆう》二《じ》は自覚できるほどに肩を落としていた。

佐藤《さとう》は、そんな友達を笑い飛ばす。やはり、無理矢理に。

「バカ。なに今日、お別れするみたいな顔してんだよ」

その扉の外、

「お願い、されちゃうらしいわよ？」

室内バーから酒瓶《さかびん》片手に彷徨《さまよ》い出た美女、栗色《くりいろ》の長髪《ちょうはつ》を軽く結《ゆ》い上げ、チューブドレスを纏《まと》ったフレイムヘイズ『弔詞《ちょうし》の詠《よ》み手《て》』マージョリー・ドーが、

「いつもみてえに意地悪《いじわる》したら、さぞかし恨《うら》まれんだろうなあ、ツヒヒ」

その右脇に下がった巨大な本型神器《じんぎ》〝グリモア〟に意思《いし》を表す〝紅世《ぐぜ》の王〟、〝蹂躙《じゅうりん》の爪牙《そうが》〟マルコシアスが、彼女らを探しに出てきた隣《となり》の女性へと、意地悪く話を向けた。

「……今さら、断る理由もないようでありますな」

イブ当日におけるシャナの行動を監視《かんし》すべきか、男女の理《ことわり》に詳しい知友の許《もと》へと相談に来ていた『万条の仕手《ばんじょうのして》』ヴィルヘルミナ・カルメルが言い、

「受諾妥協《じゅだくだきょう》」

その額《ひたい》のヘッドドレスから、〝夢幻の冠帯《むげんのかんたい》〟ティアマトーが短く追認《ついにん》した。

マージョリーは満足げに笑い、ラッパ飲みに酒を大きく煽《あお》る。

まるで、子分《こぶん》の決意へと、改めての祝杯を挙げるように。

御崎市《みさきし》西側の住宅地、新《しん》御崎通りの北に広い公園がある。

木の数こそ林と呼んで良いほどに多いが、手入れは実に雑で、秋に散った枯葉《かれは》が木の根元に積もり、白けた芝の上に舞い、側溝《そっこう》を埋めていた。

その、枝間に冬空を透《す》かす寒々しい並木道を、吉田一美《よしだかずみ》が歩いている。ダッフルコートに厚手のボタンスカート、毛糸の手袋《てぶくろ》という、見た目にも温かな装いである。

彼女が向かっているのは、シャナと待ち合わせた公園中央の広場。目的は言うまでもない、クリスマス・イブにおける『決戦』の打ち合わせをするためだった。

数日前の掃除の時間に、シャナと決めた。

明日、坂井《さかい》悠二《ゆうじ》に、二人の内、どちらかを選んでもらう。

その具体的な方法や場所等《など》の細かな事柄《ことがら》を、それぞれ数日の時を置いて考えた案を、今から互いに突き合わせ、取り決め、実行に移すのである。

いかにも仰々《ぎょうぎょう》しい『決戦』という言葉はシャナによる表現だったが、吉田《よしだ》にとっても、その言葉は二人の置かれた立場に全く相応《ふさわ》しいものであるように思えた。重ね綴《つづ》ってきた想いと行動が、とうとう一つの決定的な結末を迎えるのだから。

(入学してすぐからだから……八ヶ月)

この一年にも満たない、人生に占めるほんの僅《わず》かな月日で、人と人、見るもの、取り巻くもの、抱え込むもの、全てがこうも変わってしまうのか、と思わず溜《た》め息が漏れる。

(短いかもしれない、でも、小さくはない)

最初は、一クラスメイトとして遠くから見つめるだけの、淡《あわ》い気持ちだった。それが、体育の授業でシャナと悠二に助けられたという事件で、何もかもが変わった。

実はこのとき、既《すで》にシャナは吉田の親友だったはずの平井《ひらい》ゆかりに存在を割り込ませていたという。親友が〝徒《ともがら》〟の一味に喰われて死んだ、という事実は、衝撃《しょうげき》的で悲しむべき事態のはずだったが、吉田には理屈《りくつ》としての納得《なっとく》以外、気持ちとしての喪失《そうしつ》感をほとんど抱くことができなかった。自己嫌悪《けんお》に陥《おちい》った彼女に、正体を明かした後のシャナが言うには、存在を肩代わりされたのだから、失った実感を周囲は得ない、世界の法則として得ることができない、とのことだったが……。

　ともかく、吉田を助けたあの時既に、宝具《ほうぐ》を宿した〝ミステス〟坂井悠二と、彼を守る『炎《えん》髪《ぱつ》灼《しやく》眼《がん》の討《う》ち手《て》』シャナ＝平井ゆかりが一緒にいることは至極《しごく》当然——以上に、そうせねばならない間柄となっていたのだった。その『親友と思っていたフレイムヘイズ』の行動が、坂井悠二による手助けという連鎖《れんさ》反応を起こし、引っ込み思案な吉田にも接近させるだけの大きなきっかけを齎したのだから、世界というものは、よほど複雑にできている。

（いろんなことが、あった）

　御崎《みさき》アトリウム・アーチでの初デートや、校舎裏《うら》におけるシャナとの衝突《しようとつ》という、少女としての想いを高めたりぶつけたりの、日常に過ごしていた日々。

（本当に、いろんなことが）

　フレイムヘイズ『儀装《ぎそう》の駆《か》り手《て》』カムシンとの出会い、ミサゴ祭りの中で坂井悠二が〝ミステス〟と知った絶望、それを超えた告白という、非日常に踏み込んだ日々。

（私は、変われただろうか）

　みんなで花火をした。誕生会を開いてもらった。遊園地でデートをした。仮装《かそう》行列で一緒に歩いた。他にも沢山《たくさん》、沢山……そして、一人の〝紅世《ぐぜ》の王〟に、出会った。

（これを、使えるほどに）

　日常の中に在れば、非日常の側に踏み込まなければ、絶対にこうはならなかっただろう、一つの結果が、今、ギリシャ十字の形をしたペンダントとして胸に下がっている。

（これを、使うほどに……）

思う内に、並木道を抜けた。ベンチを外周に配した円形の広場である。中央に据《す》えられた簡《かん》素《そ》な噴水《ふんすい》は、冬の間は止められ、水も抜かれている。

その、水代わりの寒風と枯葉《かれは》を舞わす噴水の低い縁石《えんせき》に、一人の少女が座って、小ぶりなメロンパンを美味《おい》しそうに頬張《ほおば》っていた。

顔を綻《ほころ》ばせて、自称《じしょう》するところの「カリカリモフモフ」方式で大好物《だいこうぶつ》を満喫《まんきつ》している、この少女こそ、フレイムヘイズ『炎髪灼眼《えんぱつしゃくがん》の討《う》ち手《て》』シャナ。

戦いの中で紅蓮《ぐれん》に煌《きらめ》く髪と瞳《ひとみ》は、今は黒く静かに艶《つや》めくのみ……と目で見ても吉田《よしだ》は一瞬《いっしゅん》、その貫禄《かんろく》と存在感から、炎髪灼眼《えんぱつしゃくがん》の偉容《いよう》を幻視《げんし》していた。

「！」

と、シャナも吉田に気付いて、最後の一欠けをモグモグすること数秒、ピッと指を振って炎《ほのお》で洗う（清《きよ》めの炎、というらしい）こと加えて一秒、口を開く。

「予定よりも早い」

「えっ？」

言葉に突かれて、ようやく吉田は我に返った。早足で歩み寄る間に、手首を返して腕時計を見れば、待ち合わせ時間には、まだ十五分余《よ》の間がある。自然と笑《え》みが零《こぼ》れた。

「待ってたのはシャナちゃんなのに」

その笑みに、改めて気付かされる。いつの間にか、先のような畏敬《いけい》を親近感が上回り、平井《ひらい》ゆかりという仮の姿を介さずとも、このフレイムヘイズの少女と友達になっていることに。

シャナも同種の笑みで返し、縁石から立ち上がった。

「うん、少し前から街を歩いてた」

（それって、この話し合いへの心構えをしてきた……ってことなのかな？）

吉田は少し買いかぶった想像をして、自分も気合《きあい》を入れなおす。

「シャナちゃん」

呼びかける声の静かさ硬さは、すぐにでも話を始めることを促《うなが》していた。

声の風韻《ふういん》だけで通じるほどにお互い近しくなっている、それを示すように、

「うん」

シャナも頷《うなず》いた。

生真面目《きまじめ》な彼女は、余計《よけい》な修辞《しゅうじ》や前置きを好まない……吉田がそうと理解して早々に切り出したことが分かった。お返しとして、自分も単刀直入《たんとうちょくにゅう》に話を始める。

「明日を、私たちの『決戦』の日に、決めた」

「うん」

今度は吉田が頷いた。

数日前の掃除の時間、シャナが「十二月二十四日に二人の『決戦』を行う」と表明《ひょうめい》した瞬間に、彼女は親しい友達として、直感していた。このフレイムヘイズの少女が本気で動き出すとしたら、生温《なまぬる》い結果で終わるわけはない、と。

案《あん》の定《じょう》、告白という一事《いちじ》だけでなく、そこからさらに先、どころか一気に勝負の雌雄《しゆう》を決する地点……坂井悠二《さかいゆうじ》の気持ちを確かめ、二人の内どちらかを選ばせる、というゴールにまで、彼女は突き進もうとしている。性急《せいきゅう》とすら言って良い、その勇猛果敢《ゆうもうかかん》な姿勢には、驚嘆《きょうたん》と畏怖《いふ》を感じずにはいられない。

(でも、しようがない)

吉田《よしだ》はその性急《せいきゅう》さが半分、己《おのれ》の呼び寄せた結果であることも痛感している。告白、それだけなら自身が既《すで》に行っていた。でありながら、それ以降も三人の関係は縺《もつ》れたままである。

(そう、なのかな?)

チクリ、と心の奥に、暗い痛みが疼《うず》いた。縺れたままだったのは、今までの三人の関係を動かすことを、他でもない自分が拒んでいたからなのではないか。いつだったか、

(——「私は、二人分の喜びが欲しい、一緒に喜び合いたいんです。坂井君が喜ばないと、私にとっては、なんの意味もないんです」——「だから、シャナちゃんと同じ場所に立ち続けよう、とだけ決めているんです。坂井君が決めるときまで、ずっと」——)

そう言って、坂井悠二の側からの行動を待つ、と決めた本当の理由は、喜びが欲しかったか

らではなく、自分の欲しくない結果への恐れを抱いたからではなかったか。坂井悠二の優しさに甘えて、行動によって齎《もたら》される結果への重い責任を、彼に押し付けたのではないか。

不意に湧《わ》いた幾つもの疑念《ぎねん》を、

（私は……）

胸にあるペンダントとともに押さえつける。

その眼前で、恐れを知らぬようにも見えるシャナが、

「悠二は、同時に私たち二人を前にしたら、なにもできなくなる」

当人が聞けば、グウの音《ね》も出ないだろう事実を、はっきりと言い切った。

吉田も、これには同意の頷《うなず》きを返すしかない。

「うん」

「だから、私たち二人が、別々の場所で待ち合わせをして、どっちに行くかを悠二に選ばせる方法を取る。選ばれた方が、勝ち」

「どうやって、その約束をしてもらうの？」

想定《そうてい》していただろう問いに、シャナは即答《そくとう》する。

「事前の干渉《かんしょう》を断って冷静に判断させるのなら、文書による通達《つうたつ》が最適だと思う。私も、今日はもう、悠二の家には行かない」

吉田は、告白のための待ち合わせに冷静な判断もないんじゃや、と呆《あき》れる反面、こういうこと

を勝敗で判断するところがいかにもシャナちゃんらしい、という感嘆《かんたん》も覚えていた。それら情《じょう》動《どう》に、僅《わず》か躊躇《ちゆうちょ》と妥協《だきょう》が混じる。

「その手紙には……私たちが坂井《さかい》君を呼び出すことの意味も、書くの?」

「書かないと、勝負が成り立たない」

なにを今さら、という強い声。

さすがに吉田《よしだ》も、この弱音《よわね》を恥じた。

「ごめんなさい」

「いい。それよりも、待ち合わせの場所だけど」

「うん」

埋め合わせに、と自分が考えてきた提案を口にする。

「明日、駅の北側の通り抜けで、『イルミネーションフェスタ』ってイベントがあるの」

「?」

シャナにはその説明だけでは分からない。

吉田は、ずっと温めてきたデートの計画を、この『決戦』に供《きよう》する。

「新築した駅舎と繋《つな》がったショッピングモールが、イブに一斉《いっせい》オープンする記念のイベントなんだって。そのモールは、駅のこっち側から入って、高架《こうか》向こう側のデパートに突き当たって南と北に別れる、T字型になってるの」

「！」

シャナにも、ようやく発言の意図が分かってきた。

「その、線路を抜けた先の北の端《はし》と南の端で、私とシャナちゃんが、それぞれ同じ時間に、坂井君と待ち合わせをする……っていうのは、どう？」

「いい、考えかも」

言いつつ、シャナはほとんど同意の気配を示している。

「その催《もよお》しはいつから？」

「点灯《てんとう》開始は夜の六時から。イブだけは結構《けっこう》遅くまで、周りのお店も開けて人を呼ぶみたい。賑《にぎ》やかになるはずだし、家にも心配かけなくて済むと思う」

吉田の言う家への心配云々《うんぬん》の意味はよく分からなかったが、ともかくシャナは頷《うなず》いた。

「分かった」

少し考えて、先に決める。

「私は北側の出口にする。いい？」

「うん。それじゃ私は南側の出口だね」

吉田も頷き、

「坂井君との待ち合わせは、夜の七時でどう？」

と提案した。

シャナはもう一度頷《うなず》く。

「それでいい」

「これで全部、決まったかな――」

言いかけた吉田《よしだ》は、

「あっ、そうだ」

もう一つ、決めるべき大事な事柄《ことがら》が残っていたと気付いた。

「送るって決めた手紙……家で書いて、私が坂井《さかい》君の家に届けていいのかな？」

「手紙は今書けばいい。悠二《ゆうじ》に会わないように、私が届ける」

「今？」

訝《いぶか》しむ吉田の前で、

「うん。道具は一式《いっしき》持ってる」

シャナは肩だけに軽く、私物を収容する自在《じざい》の黒衣《こくい》『夜笠《よがさ》』を現して、その中から紐《ひも》でくくった茶封筒《ちゃぶうとう》とレポート用紙らしき紙束、封を切っていない黒のサインペンという、手紙に必要な筆記用具一式を取り出した。

「――」

吉田は『要項《ようこう》を箇条書《かじょうが》きされた茶封筒入りのラブレター』を想像し……我に返って、思わず叫ぶ。

「──駄目《だめ》だよ、そんなのじゃ！」

「えっ!?」

「二人で買いに行こう！」

「え、えっ？」

目を白黒させるライバルの手を強引《ごういん》に引いて、吉田は歩き出していた。

シャナの言う『決戦』、二人で歩いてきた今までの、終着点《しゅうちゃくてん》なのである。まともな形で対決できなければ、積み重ねてきたなにもかもが台無《だいな》しになる。そんな、危機感にも似た気持ちが、彼女を衝《つ》き動かしていた。合理性とは別次元のまともさ……『女の子としてキッチリ』決着をつけたかったのである。

「商店街に、いいお店があるから！」

「──？　──っ？」

手を引き、手を引かれて、二人の少女は決戦の準備に向かい、歩き出す。


池速人《いけはやと》は、佐藤《さとう》家を出てから、昼下がりの街をどこへともなく歩いていた。

御崎《みさき》市における大抵《たいてい》の人間と同じく、散歩の行く先が決まらないときに妥協《だきょう》する場所……真《ま》南川《ながわ》の堤防《ていぼう》に上がって、座らず止まらず、考えを集中させる行為として、ただ歩き続ける。

考えとは、言うまでもなく吉田《よしだ》一美《かずみ》のこと。

より正確には、吉田一美への好意を、何らかの形で示すこと、である。

(告白、か)

一番手《て》っ取り早い、そしてそれ以外にない行動を、しかし池は未だに躊躇《ちゅうちょ》していた。

吉田一美の気持ちが坂井《さかい》悠二《ゆうじ》に向けられていると、また自分の一方的な横恋慕《よこれんぼ》が、心優《こころやさ》しい彼女を困らせるだけと分かりきっていたからである。

彼女の気持ちの進展を手助けしてきたのが他ならぬ自分、という事実もある。

(馬鹿《ばか》な真似《まね》をした——とは、思わないけどね)

そうやって喜ぶ彼女の姿に、強く惹《ひ》かれたのだから。

(吉田さんが、坂井を好きになっていく姿に、か)

理不尽《りふじん》な成り行きに、思わず溜《た》め息が出る。

(やっぱり、馬鹿な真似をした——かも)

佐藤《さとう》家近《ちか》くから上がった堤防は、すぐに御崎大橋《みさきおおはし》へと至った。堤防を歩き続けたいのなら、橋を下から潜《くぐ》れば良かったが、特段執着《しゅうちゃく》する理由もない。そのまま橋の広い歩道に入り、自宅のある西側《にしがわ》住宅地へと足を向ける。

　橋上の街灯には、駅前から連なるクリスマスの飾りが、白だの赤だの緑だの、ゴテゴテと釣《つ》り下がり、絡み付いている。背後、市街地から零《こぼ》れる空々しい鈴の音が、吹き抜ける風に混じって、ウンザリするほどの寂しさを少年の身に感じさせていた。

「寒……」

思わず池《いけ》は言って、ジャケットの襟《えり》に首を埋《うず》める。

(まったく、我ながら勝手《かって》な話だな)

想いは全て、吉田《よしだ》一美《かずみ》の知らぬ場所で生まれ、知らぬ場所で育っていた。当の池自身が戸惑《とまど》うほどに、大きく強く。明確に自覚したのは数ヶ月も前だったが、そのときは見事に逃げを打っていた。時間稼《かせ》ぎの捨て台詞《ぜりふ》だけを、偉そうに恋敵《こいがたき》へと置いて。

(——「ま、いきなりなにがどうなるわけでもないさ。変わらないといえば、全く変わらないよ。どうも僕は態度も暴力も、乱暴なことは好きじゃないようだし」——)

まったく、今思い出しても呆《あき》れ返るほどの、酷《ひど》い開き直りだった。あの時の自分に対する嘲《ちょう》笑《しょう》、過不足なく自分を理解した上での嘲笑が、白い息に乗って口の端《は》から漏れる。

(どうせ、吉田さんを自分が困らせるのが嫌で、なにもできなかったくせに)

なんのことはない、想いを自覚しながらも遠《とお》巻《ま》きに眺《なが》めるだけだったのは、これまで自分の在った場所……揉《も》め事を収拾《しゅうしゅう》する側から、その反対側……揉め事を起こす側に回ることが怖かった、それだけが理由なのだった。

(他人には、知った風《ふう》なことを散々《さんざん》言ってるくせに、な)

長い御《み》崎《さき》大橋《おおはし》も、思考《しこう》の供《とも》とするには短すぎる。もう渡りきってしまった。

池は住宅地側に降りると、そのまま真っ直ぐ、市の中央を東西に貫《つらぬ》く新御崎《しん》通りを西へと進む。昼過ぎの大通りには、寒さのせいか人通りは少なく、車ばかりが行き来していた。

思考は望むまま、あるいは望まぬまま、深く潜《もぐ》ってゆく。

（ま、最近は……そうじゃ、ないらしいけど）

池速人《はやと》という人間は、変化したらしい。

らしい、というのは、他人の口から、そうと知らされたためである。

（――「池君てさー、最近、ちょっと変わった?」――）

一週間ほど前、クラスメイトの藤田晴美《ふじたはるみ》に、そう軽く言われて初めて、彼は気付いた。

大した変化ではない。ただ少し、他人を頼り、揉め事へと近付くようになった、それだけのことだった。変化したことで動いたものは、なにもない（と自分では思う）。

しかし、変化という言葉を意識する目で、彼は新たな事実を拾い上げていた。

周りにある誰もが、彼同様《どうよう》に変わっていたのである。

坂井悠二《さかいゆうじ》も、シャナも、佐藤啓作《さとうけいさく》も、田中栄太《たなかえいた》も、緒方真竹《おがたまたけ》も……そして、吉田一美も、皆、最初に出会ったときの彼ら彼女らでは、なくなっていた。

坂井悠二に強い想いを抱くようになった吉田一美に惹《ひ》かれたのだ、と理解し得たのも、そのときだった。少女は、強く眩《まぶ》しく、変わっていた。

（僕も、変わったのなら、できるかもしれない）

不確定《ふ》な……今までの自分なら動かず、動けなかっただろう、曖昧《あいまい》な予測と願望が、自分の中で力を持ちつつあるのを、池《いけ》は感じている。今日、佐藤《さとう》の家に出向いて相談などしたのも、それらの為《な》せる業《わざ》だったろう。

（僕が、佐藤に、ね）

数ヶ月前は逆だったはずの、これが変化の齎《もたら》した結果だった。

池が、最も気心の知れた友達である男女六人の内、佐藤啓作《けいさく》を相談相手《あいて》としたのは、当然にして唯一《ゆいいつ》の選択肢《し》と言えた。彼が見た目以上に複雑な人間である、人の気持ちを酌《く》むことに長《た》けている等、個人の特質だけが理由ではない。

事が吉田《よしだ》一美《かずみ》に関することである以上、当事者である吉田一美と坂井《さかい》悠二《ゆうじ》は論外《ろんがい》であり、そのライバルであるシャナも必然的に除外される。また、自身《じしん》深い悩みを抱えているらしい田中《たなか》栄太《えいた》には余計《よけい》な負担《ふたん》を掛けることは躊躇《ためら》われたし、その田中を気遣《きづか》う緒方《おがた》真竹《たけ》にも同様の理由で悩みを打ち明けるわけにはいかなかった。

消去法から言っても、佐藤啓作以外《いがい》にはなかったのである。

（それに、もう一つ）

信号を渡って、大通りに面した市立御崎《みさき》高校の前に出る。

その塀《へい》に沿って、すぐ脇の商店街へと回るつもりだった。寄り道について一瞬《いっしゅん》考え……また商店街から響《ひび》いてくる、有線《ゆうせん》放送らしいクリスマスソングが耳に入って、止めた。そうするだけの気力がなくなっている。帰って、すぐにでもベッドへと倒れ込みたかった。

（佐藤は、ただ悩んでるだけじゃなかった）

錯覚《さっかく》と言われればそれまでだったが、池には佐藤が悩んでいるように見えた。悩みが逡巡《しゅんじゅん》に類するものではなく、決意して足掻《あが》く、苦闘《くとう》と煩悶《はんもん》の姿であるようにも。

（結果的には、正解だった、のかな？）

つい先刻《せんこく》、自宅を訪ね、率直《そっちょく》に自分の悩みを打ち明けた池を、やはり佐藤は茶化《ちゃか》さず、笑い飛ばしもしなかった。ただ、一般論からの懇切《こんせつ》な忠言《ちゅうげん》などではない、口惜《くや》しさにも似た翳《かげ》を僅《わず》か滲《にじ》ませた、彼自分の感想を吐いた。

「本当にやりたいんなら、できるだろ。小難《こむずか》しい理屈《りくつ》なんか、すっ飛ばしてよ」

そう言われたときは、

簡単に言ってくれるよ、

できないから困ってるんじゃないか、

などと軽い反発さえ覚えたが、悠二との鉢合《はちあ》わせから逃げて、一人静《しず》かに考えてみると、たしかに問題の大本《おおもと》はそれ一つなのだということが分かってきた。

（僕にはそういう、吉田さんへの気遣《きづか》いなんて無視してしまうほどの、我武者羅《がむしゃら》な熱意が足りない、ってことなのかな）

しかし一方で、これほど自分を悩ませている気持ちを過小評価《かしょう》したくない、絶対に大きいはずだ、という歪《ゆが》んだ自負心のような気持ちもある。事実、数ヶ月もの間、吉田《よしだ》一美《かずみ》への想いは膨《ふく》らみ続けている。

（それだけは、確かなんだ）

改めて確認する彼の傍《かたわ》らを、部活らしい、学校の塀沿《へいぞ》いに外を回る一団が通り過ぎる。緒方《おがた》真竹《またけ》か田中栄太《たなかえいた》（最近、緒方に誘われて運動系《けい》の部活を見て回っているらしい）がいないか、軽く探してみたが、生憎《あいにく》と見当たらない。

（どんな部に興味を持ったのか、三十日《みそか》に集まるときにでも訊《き》いてみよう）

思う中、その集まりの相談をしたついでのように佐藤《さとう》から聞かされた、彼らにとっての大きな事件を、小さく呟く。

（佐藤が……転校、か）

もし三学期からの急な編入が決まれば、年明け以降は彼も、引っ越しや手続きなどで忙しくなるだろう。

「もしかして、お別れパーティも兼ねるつもりかな」

湿っぽいのが嫌いな佐藤のことである、せいぜい飲んで喰っての大騒ぎをして、その中で改めて正式に発表するつもりなんだろう、と推測する。

（変わって、しまう）

それぞれの内面的なものだけではない、高校に入ってからずっと、日常のものとして見慣《みな》れていた『皆の光景』が、明らかな変化を迎えようとしている。そのことに、池《いけ》は同じ頃の悠二《ゆうじ》と同じく、言い知れない寒さを覚えていた。

（こんな変わり方は、嫌だな）

その寒さから逃れるように、学校脇《わき》の商店街から家へと足を向ける。

傍《そば》に煌《きらめ》く飾りは全て、クリスマス一色。それらは、明後日《あさって》になれば新年のそれへと変わってしまう、今だけの光景。誰にも止め得ない、変わってしまう光景だった。

（変わることが、寂しくて、怖い……吉田《よしだ》さんにも、そうか、僕は同じことを感──）

唐突《とうとつ》に、思考《しこう》が、足が、止まる。

風の吹き抜ける商店街を足早に行き交う人々、その中に、彼の前に、一人の少女の姿があった。

「あっ、池君？　池君も買い物？」

寒さの中にも温かな、その微笑《ほほえ》み。

どこかで買い物をしたのだろう、可愛《かわい》い絵柄《えがら》の袋を手にした、吉田一美だった。

「池、君？」

「──」

感じた温かさ、それ自体が、変化したときの寂しさ怖さとの落差を痛感させる。

痛感させて、しかし同時に強く、この温かさを失うことへの忌避《きひ》が膨れ上がる。

膨れ上がって、熱く強く、彼を衝《つ》き動かした。

他でもない、変化へと。

「――吉田《よしだ》さん」


冬の日暮れは早い。すっかり暗くなった空に、車の途絶《とだ》えぬ大通りに、飾り立てられた街灯が色とりどりの光を振り撒《ま》いていた。

その下、冷たい上にも冷たくなった空気に、白い吐息《といき》を並んで二つ、田中栄太《たなかえいた》と緒方真竹《おがたまたけ》は声とともに漏らす。

「あー、疲れた……一日でサッカーとバスケのダブルヘッダーってのは反則だろ」

「見て回っただけなのに、なに運動不足のオヤジみたいなこと言ってんの」

二人は私服に、学校の運動部が使う大きなバッグを襷《たすき》がけにしている。一見、同じ部活の友達が下校しているようにも見えたが、片方の正体は、ただの見学者である。

「そうは言うけどなー、この数日で行くとこ行くとこ無理矢理《むりやり》に参加させられてんだ。初めてやることも多いし、疲れて当然だろ」

「けっこう器用《きよう》にこなした、って聞いてるけど?」

ぼやく田中の傍《かたわ》らに、何気なく緒方は寄り添って笑う。

二学期の終わる寸前から、田中は各《かく》運動系《けい》の部活を見学して回っていた。勧めたのは緒方だったが、実のところその手の話は初めて持ちかけたわけでもない。今までも、

「どーせ元気は有り余ってんでしょ、部活でも始めれば？」

と冗談《じょうだん》めかして言ったことは幾度《いくど》となくあった。

田中の方は、言われる度《たび》にはぐらかして、結局《けっきょく》一年生の二学期も終えようとしていた。

それが急に変心《へんしん》して、ここ数日、運動系の部活を片っ端《かたっぱし》から巡っている。

他の誰よりも、勧めた当人である緒方こそが驚いて……やがて気付くものがあった。

一連の行動は、田中栄太がなにかに迷っている、彷徨《さまよ》っている、その表れなのだと。

この数ヶ月、彼に常の元気がなくなっていることを察し、立ち直りの手助けをしようと心密《こころひそ》かに誓っていた緒方は、ゆえにこの、迷って探す行為について事情を詮索《せんさく》せず、見学に便宜《べんぎ》を図ったり、自分から案内したりと専《もっぱ》らサポート役に徹していた。

それら内心を、少女はお気楽《きらく》な薄皮《うすかわ》で覆《おお》って言う。

「ホント、やればなんでもできるのよねー」

「初心者にしては、って条件付きだけどな」

「まーたまた、謙遜《けんそん》しちゃって」

「んなこと……うおっと！」

御崎大橋《みさきおおはし》に差し掛かった二人は、橋上を襲《おそ》う突風《とっぷう》に巻かれた。

彼らの家は、御崎市《みさきし》東側の旧《きゆう》住宅地にあるため、毎朝毎夕《まいあさまいゆう》、晴雨風雪《せいうふうせつ》の中、この大河と広い河川敷《かせんしき》を眺《なが》めながら橋を渡っている。

その見慣《みな》れた一つの眺め、日暮れた冬、という寒々しさに、

「……」

ふと緒方《おがた》は寂しい出来事を想起《そうき》させられていた。昨日《きのう》の終業式を終えた帰り道、付き合いの長い親友から聞かされた、突然の知らせを。

「あの、さ……田中《たなか》」

気付けば、不審《ふしん》の声を、口にはすまいと思っていた問いを、漏らしていた。

「ん？」

「いきなり部活に興味持《も》ったのって……さ、佐藤《さとう》の転校と、関係あるの？」

「──」

田中は不意な質問に、思わず声を切った。黙って御崎大橋の広い歩道を歩く、長い数秒の沈《ちん》黙《もく》を経て、本人にとっても意外《いがい》な、恬淡《てんたん》とした心持ちで答える。

「いや、それとは、別だな」

緒方にとっては微妙《びみよう》に引っかかる物言いではありつつも、幸いその声には過度の深刻《しんこく》さ、険《けん》悪《あく》さは感じられなかった。代わりに力もなかったが。恐る恐る、念を押す。

「別に、ケンカとかも、してるわけじゃないんだよね？」

上目《うわめ》で覗《のぞ》き見た田中の表情には、彼女と同じ寂しさだけがあった。

「ああ、してないしてない。転校のことだって昨日《きのう》、オガちゃんと一緒に、初めて聞かされたし……それに、陰でこっそりケンカして、皆の前では隠《かく》す、みたいな器用《きよう》な真似《まね》、俺たちにできるわけないだろ？」

「うん」

「……そこは即答《そくとう》するところじゃないぞ」

クスリと笑って返した緒方は、改めての喜びを声で示す。

「良かった！　雰囲気《ふんいき》悪い中じゃ、誘いにくいもん」

「誘うって、なにに？」

本気で訊《き》いてくる少年を、焦《じ》れったくも好ましく思いつつ、恋する少女はピンと人差し指を立てた。その先にあるのは、街灯の飾り。

「ヒント、明日はなんの日でしょー？」

「明日って、そりゃ――」

ようやく発言の意図に気が付いた田中は、飛びのいて手を振る。

「つよよ、夜遊びとか泊まりがけとか、そういうのはダメだからな⁉」

「つなな、なにいやらしい想像してんのよ‼」

勝ち誇った顔を一転《いってん》、緒方は顔を真っ赤にした。

「明日、駅の通り抜けでイルミネーションのイベントと開店セールがあるから、一緒に行こうってこと！」

「なんだ……それならそうと最初から言ってくれよ痛っ!?」

ホッとしたその脳天《のうてん》を、緒方《おがた》はバッグでバンと叩《たた》く。

「言う前に大騒《おおさわ》ぎしたんじゃない！　それで？」

「へ？」

「返事！」

「あ、ああ、いいよ。用事もないし」

詰め寄る迫力に押されるように、田中《たなか》は頷《うなず》いていた。

緒方はバッグを背負いなおして、ニカッと笑う。

「よっし、それじゃ明日、夜の六時半に駅前ターミナルの時計台前《まえ》ね！」

「おう」

笑い返して、自分たちの帰る先、クリスマスの喧騒《けんそう》に沸き返る繁華《はんか》街《がい》の脇に、変わらず暗く広がる旧《きゆう》住宅地へと目線《めせん》をやる。

（明日か……佐藤《さとう》の奴《やつ》、どうするんだろう）

ここ数年は一緒にダラダラとだべって夜を明かしてたんだけど、今は転校の準備で忙しいんだろうな、引っ越しの手伝いとか要らないだろうか——とまで考えて、

（駄目《だめ》だ駄目だ、なに姐《あね》さんのところに、おめおめと）

危うく思いとどまる。

彼の悩みは、全くどうしようもない根を、心に下ろしてしまっていた。

その根の名は――フレイムヘイズと〝紅世《ぐぜ》の徒《ともがら》〟の戦いで、緒方真竹《まだけ》が砕け散るという光景を目の当たりにしたことで生じた――萎縮《いしゅく》。

因果《いんが》孤立《こりつ》空間・封絶《ふうぜつ》の中での出来事であり、その修復は、隔離《かくり》される前と寸分違《すんぶんたが》わず完全に為《な》された。が、それでも、目の前で起きてしまったことの記憶《きおく》、受けた衝撃《しょうげき》は、脳裏《のうり》に焼きついたまま、消えず薄れず鮮明《せんめい》に残っている。

常から憧《あこが》れの女傑《じょけつ》・マージョリーに付いて行く、と景気よく吼《ほ》えて、実際に幾度《いくど》かは怖さを乗り越えることもできた。少なくとも、そう自分では思っていた……が、一つの戦いの最中、最も見たくなかったものを見た瞬間《しゅんかん》、胸の奥で、なにかが折れた。以降の戦いでは、目を開けていることすらできなくなってしまった。

そんな自分が情《なさ》けなくて、そんな自分が恥ずかしくて、マージョリーに顔を合わせることができない。佐藤が見出した外界宿《アウトロー》という道へも、ともに行けない。悩みへの回答は未だにその端《はし》すら見えず、同じ場所でいつまでも立ち竦《すく》んでいることしかできない。

（本当に、情けない）

そう痛感《つうかん》して日々を送る内に、緒方がいつものように持ちかけてきた軽い提案、クラブ見学への誘いも、簡単に了承《りょうしょう》してしまっていた。怯《おび》えから遠ざけてしまった、かつての日々との隙間《すきま》を、別のもので埋め、さらに広げてしまうかのように。

一度怖気《おじけ》づいたら、どこまでも遠ざけてしまう。こんな逃げ癖《ぐせ》があったのか、と我ながら驚くほどに露骨《ろこつ》すぎる、意図と行動だった。

（なんて奴だろうな……俺は）

緒方《おがた》から顔を逸《そ》らすついで、田中《たなか》は真南川《まながわ》の上流を見やる。そのあまりな暗さ寒さに、悩める少年は、夜の次は本当に朝なんだろうか、と馬鹿《ばか》馬鹿しいことを思った。


悠二《ゆうじ》は、部屋のベッドに寝転《ねころ》んだまま、机の上の時計を見た。

（どうしたんだろう、シャナ）

既《すで》に午後の十一時半を回っている。いつもなら、とっくに午前零時《れいじ》前《まえ》の鍛錬《たんれん》——主に体術《たいじゅつ》を磨《みが》く早朝のそれとは違い、悠二の『零時迷子《れいじまいご》』を利用して種々の〝存在の力〟の用法を二人して試すもの——が始まっているはずの時刻だった。

（用事があるときは、前もって電話とか、してくるはずなんだけど）

その保護者にして、二人の監視《かんし》者でもあるヴィルヘルミナからも、連絡が来ない。こんなことは初めてだった。

(結局、朝に出て行ったきりか)

あのときの遣《や》り取りが、鍛練を拒否させるほどに酷《ひど》いものであったとも思えない。日常茶飯《さはん》事《じ》に交わす軽い口喧嘩《くちげんか》だった……はずである。

(もしかして、出ていった用事が、まだ終わっていないとか……なんだろう?)

思いを巡らせたところで、想像《そうぞう》以上のことはできない。

(やめたやめた、なにか〝紅世《ぐぜ》〟に関係する事件があれば、僕が感じないわけないし、もし今から来るとしたら、声をかけてくるだ——)

コトン、

(——っと、噂をすれば)

その思いに答えるように、ベランダで物音がした。

悠二は半身を起こして声をかける。

「シャナ?」

しかし、僅《わず》か感じた気配は、すぐに立ち消えてしまった。

首を傾《かし》げつつも、悠二は階下の母に聞こえないよう小声で、

「いるんだろ?　どうしたのさ、今日は」

言いつつ立ち上がり、ベランダに面した大窓《おおまど》を開ける。

「……?」

冷たい夜気の流れるそこに、見慣《みな》れた少女の姿はなかった。
代わりに足元、明日《あす》早朝の鍛錬《たんれん》も休む、というメモを添えた、
それぞれ差出人《さしだしにん》と絵柄《えがら》の違う可愛《かわい》い封筒《ふうとう》が二つ、置かれていた。

2　十二月二十四日

月も煌々《こうこう》と照らす真夜中の鉄道車庫《てつどうしやこ》。

その幾《いく》つも並び佇《たたず》む車両の一つ、屋根の上に、人影《ひとかげ》が見える。

奇怪《きかい》な五人組だった。

直立し、足を肩幅《かたはば》に広げて携帯電話をかける真ん中の人物は、神父《しんぷ》とも見える裾長《すそなが》の法衣《ほうい》に赤いスカーフ、という痩身《そうしん》の男。

「どこですと？　たいそう電波の状態が悪いのですが」

その右横で、片膝《かたひざ》を着き両手を斜めに差し上げている人物は、神父とも見える裾長の法衣に青いスカーフ、という痩身の男。

その左横で、片膝を着き両手を斜めに差し上げている人物は、神父とも見える裾長の法衣に黄のスカーフ、という痩身の男。

その右端《はし》で、片膝を着き両手を斜めに差し上げている人物は、神父とも見える裾長の法衣に緑のスカーフ、という痩身の男。

その左端《はし》で、片膝《かたひざ》を着き両手を斜めに差し上げている人物は、神父《しんぷ》とも見える裾長《すそなが》の法衣《ほうい》に桃《もも》のスカーフ、という痩身《そうしん》の男。

「いかにワタクシの任務に先行偵察《ていさつ》が含まれているとは言え、、、、、こうも度々、期限間際《まぎわ》の合流を繰り返されるようでは、作戦の連携《れんけい》にも不備が生じますぞ？　互いに参謀閣下《さんぼうかっか》の信頼を受ける身、ビフロンス殿にも、そろそろご自覚頂きたい！」

五人組は、まるで歌劇の一場面のように、中央の一人が喋《しゃべ》り、その両脇《わき》で二人ずつ、計四人が左右対称に讃《たた》えるポーズを取っているのである。奇怪《きかい》と言えば、五人が五人とも、体格だけでなく面相《めんそう》まで同じだった。柔和《にゅうわ》な笑みを顔に張り付けた、老境《ろうきょう》の男《おとこ》である。

「決行は既《すで》に明日……いや、もう今日になってしまい――」

口やかましく指摘する、その背後から突然、

「電波の状態じゃあ、ない」

ガリガリ、と耳障《みみざわ》りな雑音を混ぜた、機械のように平淡《へいたん》な声がかけられた。

「切ったんだ、よ……〝聚散《じゅうさん》の丁《てい》〟ザロービ」

「「「「うわおっ!?」」」」

ザロービと呼ばれた五人組は揃《そろ》って、驚きの声を上げた。真ん中が思わず携帯電話を取り落とし、左横が危うく拾って左端に渡し、受け取った左端が懐に入れる。右横と右端は同じ向きのオーバーアクションで背後に聳《そび》えた影を見上げ、残り三人も数秒遅れてそれに倣《なら》った。

「こ、〝吼号牙《こうごうが》〟、ビフロンス殿?」

真名《まな》と通称をご丁寧に呼びなおす真ん中のザロービに、

「いつもどおり、合流の予定時刻は、今だ」

その声だけで意地《いじ》悪《わる》く笑って返す〝徒《ともがら》〟――〝吼号牙《こうごうが》〟ビフロンスは、電車の屋根に立っているのではない。道床《バラスト》の敷かれた地面からザロービらが見上げるほどに、ぬうっと立ち上がり伸び上がっている長身なのだった。

まるで土管《どかん》を縦に二つ足したような、太くも長い体を襤褸《ぼろぬの》布で包み、さらに上から黄色《きいろ》い紐《ひも》をグルグル巻きに縛《しば》っている。体の頂《いただき》に載った頭は、拷問《ごうもん》器具とも見える鉄棒で編まれた形状をしており、これを包んで樺色《かばいろ》の火が燃え、全形はまるで巨大な蠟燭《ろうそく》だった。その異形《いぎょう》が、

「お前と違って、俺の気配は小さく、ない」

ガリガリガリガリ、と金属を嚙《か》み合わせるような笑い声を上げる。

「この隠れ蓑《かくみの》『タルンカッペ』へと、じっくり、力を注《そそ》ぎながら、歩かなきゃ、ならん」

「じ、事情は、了解《りょうかい》しておりますが……」

長くコンビを組んでいる間柄《あいだがら》にも改めて説明するのは、半《なか》ば以上に嫌がらせからのことである。それを重々《じゅうじゅう》理解し、忌々《いまいま》しげな面《おも》持ちとなる真ん中のザロービに、右横がハンカチを差し出し、真ん中はそれを取って額《ひたい》を拭《ふ》き、左横に返す。

「とにかく、手筈《てはず》こそいつも通りですが、ワタクシどもも先の任務を終えたばかり。せめて、

足並みくらいはしっかり揃えて、実行に移りませんと」

「どうした、〝聚散の丁《しゅうさんのてい》〟ザロービ、なにを焦って、いる？」

ガリガリガリ、と再び金属を噛み合わせるような笑い声が上がった。

図星《ずぼし》を刺されたザロービらは一斉《いっせい》に頬《ほお》を引きつらせ、誤魔化《ごまか》すように左端《はし》から順に、ドミノ倒しのように顔を右に背《そむ》ける。また真ん中だけが、口を開いた。

「あ、焦ってなどおりません、〝吼号呀《こうごうが》〟ビフロンス殿。ただ、ワタクシども二、人が大命遂行《たいめいすいこう》の一端《いったん》に、初めて加えて頂けた、その栄誉《えいよ》に緊張《きんちょう》はしておりますが」

三度《みたび》、ガリガリガリガリ、という笑い声が返る。

「そんな、ことか。安心しろ、責任を持って、皆殺《みなごろ》しにして、やる」

（それでどうやって安心しろと言うんだ……戦闘馬鹿《ばか》の巡回士《ヴァンデラー》は、これだから困る）

口には出さず、真ん中のザロービは思った。

（あの男を発見した功績によって、恩賞のみならず、大命の一端に携《たずさ》わる機会が、ようやくワ、タ、ク、シ、ども、に、も与えられたというのに……いつものような、ただ破壊《はかい》するだけの大雑把《おおざっぱ》なものではない、デリケートな……）

ゴクリと五人、咽喉《のど》を合わせて唾《つば》を飲む。

（そう、大命に深く関わる一つの〝ミステス〟奪取《だっしゅ》、および邪魔な三者の始末というデリケート極まる重要任務《にんむ》が、今のワタクシどもには課されている……絶対に、失敗はできない）

そんな相方《あいかた》の心労に、微塵《みじん》も気を払わない声、

「行く、ぞ」

「は、分かっておりますとも」

無《む》神経な相方の後を慌《あわ》てて追う、上擦《うわず》った声、いずれもがプッツリと、途切《とぎ》れた。

この世に在る〝紅世《ぐぜ》の徒《ともがら》〟最大級の組織［仮装舞踏会《バル・マスケ》］の刺客《しかく》、捜索猟兵《イェーガー》〝聚散《しゅうさん》の丁《てい》〟ザロービと巡回士《ヴァンデラー》〝吼号呀《こうごうが》〟ビフロンスは、そこに在ったときの騒々《そうぞう》しさを一瞬で掻《か》き消して、目的地へと発《た》つ。

取り残された月が、鉄道車庫《てつどうしゃこ》を寂しい光で照らしていた。


夜が、『決戦』を前に更《ふ》けてゆく。

深々と冷え込むその一隅《いちぐう》、自室のベッドで、吉田《よしだ》一美《かずみ》は体を小さく丸めて悩んでいた。

（どうして）

頭まですっぽりと布団《ふとん》をかぶり、今日の昼下がり、シャナに手紙を託《たく》し別れた直後に起きた出来事を思い起こす。思い起こして、悩む。

（どうして、今日なの）

池速人《いけはやと》――信頼し、尊敬《そんけい》してきたクラスメイト――ただ一人、普通の言葉遣《づか》いで接するこ

とのできる男友達《おとこ》──頭が良くて、親切で、なんでもできる少年──その彼が、

（──「明日、何か予定ってあるの？」──）

と尋《たず》ねてきた。

だから吉田は、いつものようにアドバイスをしてくれるのだろう、と大して考えを巡らせるでもなく、翌日《よくじつ》の坂井悠二《さかいゆうじ》との待ち合わせについて答えたのだった。直後にあったことを思うと、自分の傲慢《ごうまん》で無神《む》経な態度に、腹立ちさえ覚える。

池が、いつになく強張《こわば》った表情をしていたのは、目で見て分かっていた。分かっていて、その意味を考えようともしなかった。これが、傲慢や無神経でなくてなんなのだろう。

だから彼が、

（──「明日、それまでの時間でいいんだ」──）

と言ったとき、

（──「僕に、付き合ってもらえないかな」──）

と言ったとき、本当にその意図が分からず、簡単に返事などしてしまったのである。

（──「そうして、聞いてもらいたいんだ」──）

返事をしてから、彼の真意、想いを、その表情の内に知らされてしまったのである。

（──「僕が、君のことを、どう思ってるかを」──）

直接的な言葉がなかっただけだった。彼がなにを言いたかったのか、どんな想いを抱いてい

たのかを、吉田《よしだ》は衝撃《しょうげき》とともに悟《さと》ってしまった。

(知らなかった)

胸の動悸《どうき》が、辛《つら》い。

一晩という時間をくれたのは、急な告白への即答《そくとう》は酷《こく》だという思いやり、時間を置いて考えてもらいたいという判断からだろう。全く、彼らしい。しかし、

(私、知らなかった)

その彼のくれた時間は、むしろ吉田の胸の奥に、砂《すな》時計の砂が積もるように、苦悩《くのう》の重さを加えてゆくこととなっていた。

(だって、池《いけ》君は私と、坂井《さかい》君の仲を、取り持ってくれてたのに)

想いがどれだけ不条理《ふじょうり》なものか、筋道《すじみち》や意味などを求めるだけ無駄《むだ》なものか、知っていてなお……あるいは知っているからこそ、それに直面した今、戸惑《とまど》わずにはいられない。彼の親切も手助けも、本物だったのである。それでも、彼は想ったに違いないのである。

(でも、なにも……今日、それを言わなくても)

クリスマス・イブだから、なのだろう。

(どうして、私が全ての想いを試される日に、試されるか決まる寸前《すんぜん》に)

シャナも自分も、その日だからこそ『決戦』を行う。

想いを告げる日が重なるのは、ある意味《いみ》当然のこと。

理屈《りくつ》は分かっていた。それでも、最も大事な日に、自分をそっちではない方向へと引くように想いをぶつけてきた少年に、問わずにはいられない。

（どうして？）

自分の想いをそっちへと繋《つな》ぎとめるように、胸にあるものを強く握る。

それは、縦横《たてよこ》長さの等しい線を中央で交差させた、いわゆるギリシャ十字の形態をしたペンダント。

装飾品《そうしょくひん》やお守りではない。

名は『ヒラルダ』。悠二《ゆうじ》の宿す『零時迷子《れいじまいご》』——正確にはその中に封じられた己《おの》が『永遠の恋人』ヨーハンを求め、御崎《みさき》市へと襲来《しゅうらい》した〝彩飄《さいひょう》〟フィレスより渡された宝具《ほうぐ》だった。

吉田だけが、これを使うことで、強大な〝紅世《ぐぜ》の王〟たる彼女を召還《しょうかん》できるという。安易に味方と信じるわけにはいかない、危険な存在ではあったが、それでも『愛する男の入れ物』悠二を救いに現れることだけは、まず間違いない。『ヒラルダ』は、非常時の奥の手として、それなりに有効な宝具、と認識《にんしき》されていた。

ただし、それは吉田以外にとっての話。

（私は、これを）

フィレスは、この宝具が、とある一つのものを使って発動する、と彼女にだけ告げていた。

それは、宝具を使用する者の〝存在の力〟——つまり、使用すれば、彼女は死ぬ。

存在した痕跡《こんせき》、他人の持つ記憶《きおく》、人としての全てを失って、消滅《しょうめつ》する。

ヨーハンからの頼み事を果たすため去ったフィレスの、全く不可解《ふかかい》な行為だった。その、愛する男の危機に駆けつけるために渡したはずの宝具《ほうぐ》なのである。なのにどうして、使用者に使用を躊躇《ためら》わせる、どころか忌避《きひ》させるような発動《はつどう》条件を、わざわざ告げて去ったのか。

明らかに、矛盾《むじゅん》した行為だった。

そして同時に、また当然、その発動条件は重い命題《めいだい》を二つ、吉田《よしだ》に突きつけている。

『恋心、ただその気持ち一つに己《おの》が存在の全てを賭《か》けよ』

『恋する者と恋敵《こいがたき》を残す世界のため、自己を使い果たせ』

一介《いっかい》の恋する少女が答えるには、背負うには、あまりに酷《こく》な、文字通りの、命題。

(これを、いつか使わなきゃいけないのに)

自分の存在を消す宝具を渡されてから二ケ月、吉田はずっと考え、悩んできた。

フィレスが自分に託《たく》した真意《しんい》、自分がこれを使えるのかという擬議《ぎぎ》について。

その、使うという決意は、偏《ひとえ》に坂井《さかい》悠二《ゆうじ》に対する想いの強さに拠《よ》っている。

(坂井君への気持ちが本物なら、使えるはず)

しかも、事態を少女一人の悩みに封じ込めてしまう理由が、もう一つあった。

発動条件を、フィレスと吉田、二人の他は誰も知らない、ということである。

他の、悠二ら友人たち、シャナらフレイムヘイズたち、いずれもが知らない。

　彼女が、これを使えば死ぬことを。

　誰もが、召還《しょうかん》する相手・フィレスの方をこそ、方をのみ、危険視《し》していた。

　もし何らかの事件が起こり、皆が対処しきれない危機に晒《さら》されたとき、誰もがヨーハン＝悠二を守るために、この宝具を使ってフィレスの援護《えんご》を得ることを期待し、より切実に望みさえするだろう。しかし、

（これを使ったら、私は消えて、坂井君とシャナちゃんの、二人が残る）

　自分の想いを遂《と》げて死ぬ、その結果がこれでは、あまりに悲しすぎた。といって、誰に相談しようもない。発動条件を知った者は絶対に、この宝具を取り上げる。彼女の命を救い、存在を守る、当然の行為として。しかし、

（坂井君に、もし危険が迫ったとき）

　自分の意思《いし》次第で持ち続けられたはずの、彼を助けられたはずの力を、みすみす手放してしまっていたら、

（私は絶対に、私を許せなくなる）

　ということも、分かっていた。しかし、

（明日、もし）

　自分がシャナとの『決戦』に敗れてしまった後、今の関係を失ってしまった後も、これを使えるだけの意志の強さ、全てを捧《ささ》げるだけの想いを持ち続けられるのか。

今は、迷いの中にも、そうしたいと思う気持ちが、確かに大きく存在する。

でも、明日には、どうだろうか。

保証など、どこにもない。

そんな打算《ださん》的な疑問が湧《わ》くこと、疑問を抱く自分の醜《みにく》さ、弱気で情《なさ》けない心根《こころね》に、吉田《よしだ》は胸が重くなる思いだった。

（だからこそ、気持ちを強く持ちたかったのに）

よりにもよって今、池速人《いけはやと》は自分を違う方向へと引っ張ろうとしている。

彼はなにも悪くない、むしろそこまで自分を想ってくれることは嬉《うれ》しい、こんな事情があるなんて分かるわけがない……気持ちは雁字《がんじ》搦《がら》めになって、ただ胸を重くする。

と、

（フィレスさんは）

胸に、もう一つ、深刻《しんこく》な疑問が重みとして加わる。

（こんな風《ふう》に、私の想いが揺れ動く可能性を、考えなかったんだろうか）

どうしてこんな、確実とは正反対なもの――少女の恋心に、愛する恋人・ヨーハンの危機を救うという大事な役目を、命と引き換えにするという条件まで付けて、背負わせたのか。

吉田には、そうするよう脅《おど》した声に、自分への無条件の信頼が込められているとは思えなかった。反面、脅しの中に匂《にお》った切実《せつじつ》さに、悪意の罠《わな》が潜《ひそ》んでいるようにも思えなかった。

答えの出ない疑問を、いつまでもペンダントに問いかける。

（私は明日の今頃《いまごろ》、なにをしてるんだろう？　坂井《さかい》君と一緒に歩いてるのかな？　うん、そうであって欲しい、坂井君……）

眠りと懊悩《おうのう》、その境《さかい》も曖昧《あいまい》な内に、朝が来た。


シャナとヴィルヘルミナ・カルメルは、現在、平井《ひらい》家《け》名義《めいぎ》のマンションに同居している。

「今日は、まったく出かけるのには今ひとつの曇天《どんてん》でありますな」

本来の住人であった平井家は、一家ごと〝徒《ともがら》〟の一味に喰われてトーチとなってしまい、シャナが存在に割り込んだ平井ゆかり以外、その両親は既《すで》に消え果てて久しい。

「曇天と言っても見た限りのこと、天気予報は晴れ時々《ときどき》雨」

シャナが一人暮らしをしていた頃は、ほとんど倉庫兼《けん》寝所としてしか機能していなかったこの家も、ヴィルヘルミナの来訪《らいほう》以降は、生活空間として機能するようになっている。

その、今《いま》二つほど元気のない陽光差《さ》すキッチンで、

「気温も低く、ところによっては雪まで降るとか」

「……」

シャナはテーブルにつき、対面でバターを塗りながら話し続けるヴィルヘルミナをじっと見

つめている。朝食のジャムたっぷりの食パンを、カリッと一かじりした。

この、シャナにとって育ての親の一人たるフレイムヘイズは本来、語り口からも分かるように無愛想《ぶあいそう》で事務的な物言いが本領《ほんりよう》である。そんな彼女が、朝に顔を合わせてから延々、相応《ふさわ》しくない饒舌《じようぜつ》さで、どうでもいい話を続けていた。

「今日のイチゴジャムの味は、如何《いかが》でありましたか?」

「……」

シャナが昨夜の鍛錬《たんれん》を休み、今また早朝の鍛錬に行かないと告げたことへの、討《う》ち手として以外の部分で覚えた、不審《ふしん》と不安からのものであることは明白だった。坂井《さかい》悠二《ゆうじ》とケンカして帰ってきた、というわけでもない落ち着いた少女の姿が、それらを助長しているらしい。内面を隠《かく》すことが本質的に不得手《ふえて》な彼女の動揺《どうよう》は、余すところなく態度に表れている。全く、非常に、分かりやすい女性だった。

「近所で手作りのジャムとマーマレードを販売しているパン屋を発見したのであります」

対するシャナはマイペースに、最後の一切れを頬張《ほおば》る。モグモグと、その芳醇《ほうじゆん》な甘さを堪能《たんのう》してから飲み込み、おもむろに口を開いた。

「ヴィルヘルミナ」

「マーマレードも、ブルーベリーから夏みかんまで様々な種類が——」

話を遮《さえぎ》るように連なる声に、シャナは強引《ごういん》に割って入る。

「話したいことがあるの」

「メロンパンも美味《おい》しそうなものが――」

「私、今日、悠二に好きだって言う」

ザクッ！

と同じ場所を何十と往復していたバターナイフが、パンを貫《つらぬ》き通した。

かつてないほどの決意と確信に満ちた、強い表情のシャナ、
表せる最大限の動揺を、その顔色に見せるヴィルヘルミナ、
双方《そうほう》、正反対の面持《おもも》ちで、しかし目を逸《そ》らさずに見つめ合う。

「なんと、言われたのでありますか」

ようやく声を絞《しぼ》り出した育ての親に、少女は娘としてもう一度、宣言し直す。

「私、今日、悠二に好きだって言う」

数秒して、シャナは僅《わず》か、表情の強さに不安の翳《かげ》を加えた。宣言を補足《ほそく》する。

「今日の一九〇〇時、吉田《よしだ》一美《かずみ》と同じ時間、別の場所に悠二を呼び出す。その意味を記した手紙も、もう届けてある。悠二が私のところに来れば、私は言う」

固まっていたヴィルヘルミナは、遂《つい》に少女の声を耳に心に、入れてしまった。

「……」

バターナイフとパンを置いて、目を瞑《つむ》る。

少年の躊躇《ちゆうちよ》と優柔不断《ゆうじゆうふだん》によって、結果的に膠着《こうちやく》していた——ヴィルヘルミナにとっては食い止められてきた——問題を、少女たちの方から打ち破ろうとしている。

そこまで来てしまった、そこまで想いが進展していたことを、彼女の中の、娘を慈《いつく》しむ母たる自分が容認しそうになり、一転、

(——「ふふん、負け惜しみかい?」——)

鋭い痛みとともに、彼女の中の、人を愛した女たる自分が押し留める。その痛みへの反発と哀切《あいせつ》の中から、突如として湧《わ》き上がった大きな憂苦《ゆうく》と激情《げきじよう》を瞳《ひとみ》に宿して、『万条の仕手《ばんじようのして》』は『炎《えん》髪灼眼《ばつしやくがん》の討《う》ち手《て》』に告げる。

「……危険な行動であります」

「!」

シャナは、育ての親にして大先達《だいせんだつ》たるフレイムヘイズの返答を、驚きつつも真っ向から受け止めた。今までのような、恋する心の不安定な揺らぎを見せない。

そのことに、逆に衝撃《しようげき》を受けたヴィルヘルミナだったが、無論《むろん》引く気はなかった。

「もし結果が否と出た場合、どうするのでありますか? 今までどおり彼を守り、共に戦うことへの支障《ししよう》が、本当にないと言い切れるのでありますか?」

「……」

「互いのわだかまりから連携《れんけい》が崩れてしまえば、片や敵と戦う力に精彩《せいさい》を欠き、片や戦況《せんきよう》を図

る知性に曇りを表す、足を引っ張り合う間柄《あいだがら》でしかなくなってしまうでありましょう」

耳に痛い理屈《りくつ》を容赦《ようしゃ》なくぶつけるヴィルヘルミナに、

「……でも、そうじゃないかもしれない」

シャナは反発する。

「今の段階で坂井悠二《さかいゆうじ》にその選択を強いては、事の成否《せいひ》がどうあれ、彼の吉田一美《よしだかずみ》嬢《じょう》に対する気持ちをこれまでと同じ場所に据《す》えておくことは不可能となるはず」

それらの理屈は、無論承知《むろんしょうち》していたが、

「そんなの、やってみないと、分からない」

シャナは言い張る。

「吉田一美嬢を選ぶ結果となれば、彼は彼女を守ることにさらなる気持ちを振り向けることとなるはず。そんな状況下で、今までどおりの連携を維持し続けられるとお思いでありますか」

想像したくない、その半々の可能性に、

「どうなっても、私は自分のやるべきことを疎《おろそ》かにはしない」

シャナは抗弁《こうべん》する。

「吉田一美嬢を選ばなかったとして、彼は自分への想いでここに引き込んでしまった負い目から、やはり彼女を気遣い、思いも残すでありましょう。いずれにせよ結果は同じであります」

思いもしなかった、勝った後の状況への諫言《かんげん》を、

「ヴィルヘルミナは悠二《ゆうじ》と一美《かずみ》のことを知らないから、そんな言い方ができる」

シャナは打ち消す。

「坂井《さかい》悠二への妄信《もうしん》を起点に物事を考えるのは危険であります。あの少年も、能力的にはともかく、精神的には甚《はなは》だ未熟《みじゅく》。依存《いぞん》の内に、変心や裏切りがあったらどうするのでありますか」

自分と悠二への不本意《ふほんい》な認識《にんしき》に、

「妄信《もうしん》も依存もしてない。ヴィルヘルミナは悠二が嫌いだから——」

シャナが言いかけたのを、

「いつまで分からないことを言っているのでありますか！」

立ち上がったヴィルヘルミナが怒声《どせい》で遮《さえぎ》った。

「!?」

シャナは他でもない彼女の激昂《げきこう》に一瞬《いっしゅん》、放心し、すぐ自分も立って怒鳴《どな》り返す。

「っ、もう全部、決まったことなんだから！」

「そうして開き直ることと現実への対処《たいしょ》とは違うものであります!!」

「決まって動き出してることに後から文句を言うのだけはいいの!?」

「そんな受け取り方をされるのは冷静でない証拠《しょうこ》であります！」

「なにがなんでも邪魔《じゃま》をしようとする方こそ冷静じゃない！」

「それとこれとは」

「違わないっ!!」

額《ひたい》をぶつけ合う寸前まで猛《たけ》っていた二人に、

「双方静粛《そうほうせいしゅく》ッ!!」

「!!」

「!?」

ヴィルヘルミナのヘッドドレスから、常にないティアマトーの大音声《だいおんじょう》が気迫《きはく》の冷水として浴びせられ、場を沈黙に戻した。

不毛《ふもう》な口論《こうろん》の余韻《よいん》が、キッチンに漂《ただよ》う。

その中、ややの間を置いて、

「ごちそうさま」

シャナが小さく言って、自分の部屋へと入っていった。

ストン、と椅子《いす》に力なく腰を落としたヴィルヘルミナに、

(繰言《くりごと》許可)

声に出さない声で、ティアマトーは傷心《しょうしん》の契約者に促《うなが》す。

たっぷり十秒は経《た》ってから、

(……決まった、こと、なのでありましょうか)

ぽつりぽつりと、ヴィルヘルミナは声なき声をパートナーに漏らした。

（既刻理解《きこく》）

分かっていたこと、というティアマトーの声に、一体なにを、と思いかけて、ようやく自分が急《せ》き立てられたかのように否定的意見《いけん》ばかり並べたことを思い出す。なにをあれほど、逆上《ぎゃくじょう》して怒鳴《どな》りつけてしまうくらいに焦っていたのか。

その思いは伝えていないのに、

（恐怖投影《とうえい》）

ティアマトーは容赦《ようしゃ》なく回答をぶつけてくる。

（恐怖……私、の？）

焦りの原因が、今は亡き、今も愛する、他の女を愛した男の声であると、ヴィルヘルミナは容易に思い至った。それが実は自覚もあった証拠だと理解して、がっくりと肩を落とした。

（この気持ちを知って欲しくなかった、と？）

遂《つい》に報《むく》われぬまま、あるいは報いとしての時を過ごした自分を、今のあの子に重ねていたのか。そうならないよう逃がそうとしたのか。もしそうだとしたら、あの諫言《かんげん》に見せかけた甘言《かんげん》は、怯懦《きょうだ》への同調の強要という、『偉大なる者』に対する最悪の侮辱《ぶじょく》に他ならない。

（なんという、愚《おろ》かな）

自己嫌悪《けんお》の中で、気付く。

先の口論《こうろん》の中で、アラストールが一言も取り成しや弁解《べんかい》をしていなかったことを。彼の性格は知悉《ちしつ》している。彼の無口《むくち》は覚悟《かくご》の表れだった。もう既《すで》に、実行と結果責任を契約者が負うことへの腹を、括《くく》ってしまっているのである。

（私だけが、いつまでも……）

（緩徐《かんじょ》改善）

ゆっくり直せ、というティアマトーの声なき声が、胸に染みた。

（……では、今の私にできることは？）

「自助《じじょ》努力」

次に返ってきたのは無情《むじょう》な、音に出しての声。

十二月二十四日の御崎《みさき》市は丸《まる》一日、墨《すみ》を流したような曇天《どんてん》のまま夕刻を迎えた。気温は上がらず、クリスマス・イブは雪のない極寒《ごっかん》、という今一つほどの情勢である。

その暮れる夕日も薄い、寒風吹き荒《すさ》ぶ河川敷《かせんしき》には、当然のように人通りがない。住宅地に沿った西の川縁《かわべり》、葦《あし》の群落の狭間《はざま》ともなれば、なおさら人の目など皆無《かいむ》だった。

坂井《さかい》悠二《ゆうじ》は、何度かシャナと鍛錬《たんれん》に訪れたこの場所で、木の枝を振っていた。突如《とつじょ》休止となった早朝のそれに代わるように、シャナのいない場所で一人、ただひたすらに振る。

「たっ！」

モヤモヤした重圧が、胸の中に鬱積《うっせき》して、辛い。

「はっ！」

実のところ、昨晩は一睡《いっすい》もしていない。

（選ばなきゃ、いけない）

夜も眠れず、という苦悩《くのう》が本当にあることを、少年は身をもって痛感していた。夜通しの懊《おう》悩《のう》は無論《むろん》、朝を迎えたところで晴れたりはしない。いつしか感じていたモヤモヤも、むしろ深《しん》刻《こく》の度合《どあ》いを増していた。それらを、本来の目的以外の行為であるにせよ、とにかく実際に体を動かすことで打ち払おうと、昼過ぎ、最低限の身支度《みじたく》を整えて家を出た。

身形《みなり》は、ジャケットに厚手《あつで》のズボンという、品《しな》の新しさが感じられる以外、ごくごく普通の外出着。常のジャージではないのは、この後に、行くべきところがあるからだった。

（どちらかを、僕が）

胸中《きょうちゅう》、答えを隠《かく》すように立ち込めるモヤモヤを払わんと、また振る。

「はあっ！」

悩みに鬱々《うつうつ》としつつも、また一人での鍛錬《たんれん》（？）でありながら、闇雲《やみくも》に素振《すぶ》りを行ったりはしない。一度ずつ、しっかりと振って、己《おのれ》の体捌《たいさば》きを検証《けんしょう》する。

（どうも、違うな）

高い日の下にも真っ白い吐息《といき》を鋭く流し、意識して全身の体勢を整え、

（こう、だったかな）

春以来《いらい》続けている鍛錬の間に、脳裏《のうり》へと刻まれたシャナの動作をなぞり続ける。

木の枝が不自然なまでにしならず、空《くう》を斬《き》った。

その瞬発《しゅんぱつ》力と速度は、当人も気付かぬままに、人としての域《いき》を抜けつつある。自分が、握った木の枝に〝存在の力〟を流して強度を上げていることへの自覚は、ない。

それどころか悠二《ゆうじ》は、

（いや）

まだ記憶《きおく》にあるシャナの姿との齟齬《そご》に、不満を抱いてすらいた。

（腕だけで振ってちゃ駄目《だめ》だ）

悠二は、踏み込みと腕の振りだけではない、そこに腰の捻《ひね》りと肩の突き出しを加えた全身の動作の繋《つな》がりこそが、シャナの言う『斬撃《ざんげき》』であるらしい、と最近になってようやく感得《かんとく》していた。その感得を体に実行させるまでには、まだまだかかりそうではあったが。

（こう、か!?）

力を入れない動作は、流れるように斬撃の記憶を、フレイムヘイズの幻想《げんそう》を追う。

強化された枝が、揺るがぬ身で鋭く音を立てた。その、なんとも例えようのない音に、シャナの斬撃と近いものを感じて、思わず頬《ほお》が綻《ほころ》ぶ。

（よし！）

そうして次の瞬間《しゅんかん》、

(おっと、慢心《まんしん》は禁物《きんもつ》)

半年以上も延々、殴《なぐ》られ続けた経験が、反射的に自分の緩みを叱《しか》った。

(いつもなら、シャナの一撃《いちげき》が飛んできて、転ばされてるところだ)

考えて、手が止まる。

夕暮れ、葦《あし》のそよぐ河川敷《かせんしき》に一人立つ自分が、不意に自覚された。逃避《とうひ》にも似た孤独への欲求から、また黙して待つことの苦痛に耐えかねて、ここにやってきた理由を思い出す。

「……ふう」

白く大きく息を吐いて、枝を下ろした。空いた方の手は、ジャケットの腰ポケットに当てられている。布越《ぬのご》しにも分かる、やや硬い手触《てざわ》りは、抱く悩みの理由……二人の少女から届けられた、二通の手紙だった。

(シャナと)

フレイムヘイズ『炎髪灼眼《えんぱつしやくがん》の討ち手《うて》』、生真面目《きまじめ》で気が強くて貫禄《かんろく》がある反面、世慣《よな》れなさや意外《いがい》な脆《もろ》さが放っておけない、そんな女の子。

(吉田《よしだ》さん)

クラスメイト、優しくおっとりしていてか弱い印象《いんしょう》があって、その実《じつ》、思いもよらない芯《しん》の強さや頑張《がんば》りを見せてくれる、そんな女の子。

(二人からの、手紙)

一つは、花のシールで封をした薄桃色《うすもも》の封筒《ふうとう》。

(——『明十二月二十四日一九〇〇時、御崎市《みさきし》駅北のイルミネーションフェスタへ』——)

一つは、リボンのシールで封をした空色《そらいろ》の封筒。

(——『私たち二人のどちらかに会いに来てください。届けたい言葉があります。』——)

それぞれ、通り抜け会場の北と南の出口で待っているという。

いかに鈍感《どんかん》な悠二《ゆうじ》と言えど、さすがにこの呼び出しがなにを意味しているのか程度は理解できた。文面にも、明記されていた。一つは直截《ちょくさい》に、もう一つは躊躇《ためら》いがちに。

正直、彼《かれ》自身としては、ここ数ヶ月、己《おのれ》の存在に関する恐怖と不安から、恋愛にまで気を回す余裕《よゆう》などなかった——が、今は少し違う。

(やっぱり、母《かあ》さんのおめでたで、気持ちが前向きになってるんだろうか？ それが外からも分かるくらいに……だからこそ二人も、こういう行動に出たのかな？)

と推測する。危難に際して切れる、と周囲から言われる彼の頭は、こういうときにも冷静に状況を分析《ぶんせき》していた。ただし、これもいつものことだったが、事が恋愛である場合、頭で考えることには、ほとんど意味や効果はない。

むしろ、状況をしっかりと把握《はあく》できたことで、いよいよ来るべきものが来た、という切迫感《せっぱくかん》と緊張《きんちょう》感ばかりが浮き彫りになってしまう。即断《そくだん》できない選択を迫られることの焦燥《しょうそう》に、胸の奥で凝《こご》るモヤモヤも手伝って、気持ちは容易に落ち着かなかった。

(僕が、二人に答える、か)

手にある枝に、再び力がこもる。

今まで悠二《ゆうじ》が、二人の想いに答えられなかったのには、それなりに事情があった。

なにより自身がトーチであり〝ミステス〟であるという酷《ひど》い現実があり、ゆえに自分の将来は、ほぼ決定されているといって良かった。フレイムヘイズと〝紅世《ぐぜ》の徒《ともがら》〟の、運命絡《から》み合い縺《もつ》れ合う、果てしない戦いの道が待っているのみである。

そのためには、シャナに付いて行くことが最も妥当な選択である。しかし、その理屈《りくつ》による打算や、縋《すが》るような気持ちで接することは、彼女の望む恋愛感情なのか。彼女と時を過ごす内に、もっと強く在りたい、足手纏《あしでまと》いにならず彼女を助けたい――以上に、彼女を守りたい、とまで思うようにはなっている。それでも、

(僕は未だに、これがそうだ、って確信を持てないでいる)

一番大事なことが不分明《ふぶんめい》な自分への腹立ちから、たまらず木の枝を上段から一振《ひとふ》りした。まったく無造作《むぞうさ》に、乾いた葦《あし》の茎《くき》が幾十《いくじゅう》、鋭角に断ち切られた。

(いつか必ずある、旅立ち……か)

その一方、御崎市《みさきし》に叶《かな》うことなら居続けたい、と思ってもいる。生まれ育った故郷《こきょう》、自分が人間だった時の全てが詰まった街なのである。しかも、この地には、フレイムヘイズと〝徒《ともがら》〟

を呼び寄せる『闘争の渦《うず》』であることの疑惑《ぎわく》までかかっている。守らねばならない。

等々の象徴《しょうちょう》として、吉田《よしだ》一美《かずみ》という少女は在った。しかし、それは人間としての自分、かつて生きていた坂井悠二という人生への未練《みれん》でしかないのではないか。既《すで》に人間ではなくなってしまった自分を『好きだ』と言ってくれた少女への、それは最大級の背信《はいしん》なのではないか。それら深刻《しんこく》な疑惑《ぎわく》が、頭をもたげてくる。

(僕には、自分の気持ちが本物かどうかすら、分からない)

全く情《なさ》けないことに、好きか、と問われれば両方ともに好きなのである。ただ、その感情に優劣《ゆうれつ》を付けること、自身に確信のないまま決めることが、難しく、酷いように思われた。優柔不断が結果的に、彼女らをここまで張り合わせてきた元凶《げんきょう》であると理解していても、なお。

また一振り、今度は踏み込んで横に薙《な》いだ。一線を引いたように、また数十本の葦が水平に切り払われ、夕風に散る。

(でも、こうやってしっかり考えないと、いけない……接してくれる彼女たちの気持ちを)

何百回何千回と考える内に、恋愛感情の成否《せいひ》や有無《うむ》を頭で計ることの愚《おろ》かしさも理解していた。想いは本来、考えるのではなく感じねばならないものであることも、重々《じゅうじゅう》。

それでも、真剣になればなるほど落ち着いてしまう、という生まれついての性癖《せいへき》は変えられなかった。つい考えて、当然の帰結として結論を出せないまま、そこで止まってしまう。

衝動《しょうどう》に任せて決断を下す、相手にほだされて急《きゅう》接近する、という一時にせよ決着をつける行動に出ることを食い止めてきた、これが最大の要因だった（その性癖のおかげで〝徒《ともがら》〟との戦いを生き抜くことができたのだが）。

そうしている内に結局、卑怯臆病《ひきょうおくびょう》と本人も引け目に思っていた姿勢を崩す契機《けいき》は、シャナと吉田《よしだ》の側から与えられた。

（やっぱり二人の方が、フラフラしてる僕なんかより、ずっと強かったってことかな）

膠着《こうちゃく》状態からいきなり、なんの前触れもなく、究極の選択を求められることへの困惑も、ないではなかったが、そもそも今までが、少女たちの気持ちを一方的に受け取る、という不自然な状況だったのである。

その、どちらにも傾かず、時と場所毎《ごと》に貰《もら》った感動や嬉《うれ》しさを表に出し、二人の気持ちを深める形で接してきた日々への責任を取る時が、遂《つい》に来ただけのこと。決断からの逃げも、気持ちの誤魔化《ごまか》しも、もう散々やってきた。

（クリスマス・イブをきっかけに、か……僕も今日は、今日からは、違う）

今までの三角《さんかく》関係が、彼女たちからの求めと、自分の選択で、遂《つい》に終わる。

（僕の方から、ちゃんと恋愛の相手として、二人に接さなきゃいけない……今まで僕が彼女たちに貰った行為と時間への、それが何よりのお返しなんだ）

悠二《ゆうじ》は静かに、枝を放った。

夕暮れに翳《かげ》る葦《あし》の中に、それは消える。

ひたすらに考え、無心《むしん》に振り続けた後にもかかわらず、未だモヤモヤして落ち着かない気分が全身に薄く漂っている……そんな自分の腹の据《す》わらなさが気に食わなかった。余計《よけい》なものを振り落とすように、一声《ひとこえ》大きく叫ぶ。

「——よし、行くか!!」

意を決して、悠二は向かう。

ただ一つの出口へと。


その、踏み出した足は、しかしすぐに妨害《ぼうがい》を受けた。

これ以上ないほどに、奇妙《きみょう》な形で。

「……？」

泥に半《なか》ば埋もれたコンクリの階段を上がったそこ、寒風の走り抜ける堤防《ていぼう》の上で、一人の男が悠二を待っていたのである。

「ご精《せい》が出ますな」

外国の映画で見る神父《しんぷ》のような、裾長《すそなが》の法衣《ほうい》に赤いスカーフを翻《ひるがえ》す、痩身《そうしん》の男。その広い掌《てのひら》が、つい、と誰かを紹介するように、階段の下へと差し向けられる。

（はっ!?）

その動きを追うのではなく、感じたままに悠二《ゆうじ》は振り向いていた。

(〝紅世の徒《ぐぜともがら》〟‼)

目の前の男だけではない、

(いったい、なぜ)

今、自分が上がってきた階段の下に立っている、全く同じ人相《にんそう》に背格好《せかっこう》、ただしスカーフだけが青い男。その男が視線を受けて、また差し出した掌《てのひら》の先、

(僕が、『零時迷子《れいじまいご》』が)

赤いスカーフの男と鏡写《かがみうつ》しのように自分の背後に立つ、また同じ姿、黄のスカーフの男。

(こんなに接近されるまで)

さらに黄が差し出した掌の先、堤防《ていぼう》を挟んだ住宅地側《がわ》に降りた先で、緑のスカーフの男が、

(気付けなかったんだ⁉)

最後に掌を差し出した、視線をグルリと一周させたゴール――そのご褒美《ほうび》のように、最初に出くわした赤いスカーフの男が、再び口を開く。

「既《すで》にお気付きかとは思いますが、まず礼儀《れいぎ》として自己紹介をば。ワタクシ、名を〝聚散の丁《しゅうさんのてい》〟ザロービ……〝紅世の徒《ぐぜともがら》〟でございます」

(――〝聚散の丁《しゅうさんのてい》〟ザロービ――〝紅世《ぐぜ》の、徒《ともがら》〟――‼)

心中《しんちゅう》で言葉をなぞった悠二は、ようやく事態を飲み込んだ、その瞬間《しゅんかん》、今までのような驚き

や恐怖ではない、激しい憤激《ふんげき》が溢《あふ》れ出すのを感じた。

（今日——よりにもよって、今日!?）

自分たち三人が人生で最も大きな決断と結果を迎える日——と彼は一《いち》少年として思う——を、まるで狙ったかのように現れた〝徒《ともがら》〟に対する、全く正当かつ単純な憤激だった。

（こいつらには、クリスマスも関係ないってのか!!）

この、ある意味呑気《のんき》な憤激は、幾度《いくど》も戦いを踏み越えた者にとっての余裕《よゆう》、今さら何者が現れても立ち向かうだけと捉《とら》える度胸《どきょう》が芽生《めば》えていたことの証《あかし》だったが、溢れた感情自体《じたい》が、燃え盛る怒りである。今は、見て分かるほどの距離まで接近された自身の不覚《ふかく》へのそれも加わって、判別も吟味《ぎんみ》も不可能だった。面《おもて》に表れるのは、ただ強烈な眼光《がんこう》である。

その視線を突きつけられた〝徒《ともがら》〟、赤いスカーフのザロービは、

「おお、怖い」

わざとらしく肩をすくめて右脇、階段の下へと視線を逸《そ》らした。

青いスカーフのザロービが階段を上がりつつ、同じ声で言葉を継ぐ。

「そう、親の仇《かたき》のように睨《にら》まれますな」

（なぜ、気付けなかった？）

悠二は先刻《せんこく》と全く同じ、しかし全く正反対の情動《じょうどう》の元、今の状況の意味を探る。

（……そうか）

自己に備えられた、ときにはフレイムヘイズをも凌駕《りょうが》するという感知《かんち》能力へと全《ぜん》神経を集中させた、その結果、

(あまりにも存在の規模が小さいからだ)

自分を囲んで立つ四人の〝徒《ともがら》〟の持つ力の規模が、せいぜい強いトーチ程度しかなかったためであることを理解した。のみならず、同じ姿の四人がいる意味をも、確と掴《つか》む。

(こいつら全員、薄い力の……紐《ひも》のようなもので一つに繋《つな》がってる)

つまり、この〝徒《ともがら》〟は大人《おお》数に見えて、実際は一人を分裂させた存在であるらしかった。

(そうやって自分の気配を小さく抑えて、敵に近付くわけか)

その一人、黄のスカーフのザロービが、後ろから笑いかける。

「乱暴なことなど、いたしませんとも」

軽薄《けいはく》な笑いが、まるで自らの〝存在の力〟の小ささを表しているようだった。

(一体だけなら、今までに出くわした〝徒《ともがら》〟とは比べ物にならない……それどころか、トーチに寄生《きせい》していたラミーより、少しマシな程度か)

ふと、鍛練《たんれん》の時を積み重ね、多くの力を吸収した自分と比較《ひかく》して、

(今の僕なら、勝てるだろうか?)

という軽挙《けいきょ》への誘惑《ゆうわく》に駆られ、

(駄目《だめ》だ)

しかしすぐに、その選択肢を捨てる。

(隠密《おんみつ》行動が得意なんだとしたら、備えをしてないわけがない)

この〝徒《ともがら》〟が、自らの生存への保険として、目の前に示しているもの以外の、身を守る力も備えていることはほぼ確実で、そして、自在《じざい》に不思議《ふしぎ》を繰《く》る〝徒《ともがら》〟のそういう力は、絶対に油《ゆ》断《だん》してよいものではなかった。

(だいたい、僕を狙う理由も目的も分からないままじゃ、動きようがない……どういう対処をするにせよ、こいつの意図をしっかり探ってからだ)

思う悠二《ゆうじ》に最後の、緑のスカーフのザロービが、やはり階段を上がって、言う。

「ええ、いたしませんとも。アナタには……ね」

いつしか、悠二を囲んで堤防《ていぼう》の上、四人のザロービが緩い包囲網《ほういもう》を形作っていた。

悠二は状況打開《だかい》の材料を得るため、含みを持たせたらしい最後の言葉について尋《たず》ねる。

「僕には乱暴なことはしない、って……どういう意味だ?」

「ほっほっほ」

正面、赤いスカーフのザロービが声に出して笑った。

その、どこか白々しい、虚勢《きょせい》のようにも思える笑いに、悠二は僅《わず》か危機感を抱いた。大度《たいど》に構える強敵の貫禄《かんろく》ではない、僅かな異変《いへん》で激発《げきはつ》する小物《こもの》の匂《にお》いを感じ取ったからである。

案《あん》の定《じょう》、右に立つ青いスカーフのザロービが、

「アナタ以外の人間には、そうではない、ということです」

言って、堤防から西に広がる住宅地を見やった。

早い冬の夕暮れの中、憩《いこ》いの明かりを点《とも》す窓が、光の絨毯《じゅうたん》のように無数、広がっている。

「!!」

言葉の意味を察した悠二《ゆうじ》は、冷静な思考《しこう》を一瞬《いっしゅん》止め、

(……人、質?――人質、だって――!?)

ほとんど初めての、卑劣《ひれつ》かつ直接的な手段に気付き、

「この周囲に、どれだけ人間がいるか、少し考えればお分かりでしょ――」

背後に在る黄のスカーフのザロービが喋《しゃべ》る間に一歩、

「お前ら」

ズン、
と恐ろしく重い憤怒《ふんぬ》の一歩を、前に踏み出していた。

ザロービらは、この坂井《さかい》悠二の保有する〝存在の力〟の量が〝紅世《ぐぜ》の王〟並みに強大なものであることを、今さらのように感じ取っていた。怒りに身を任せた彼と、トーチよりややマシ程度の力しか持たない自分たちがまともに組み合えば、間違いなく例えどおりの一ひねりにされるだろうことも、同時に。

「――う、っ!」

動揺《どうよう》の声を絞《しぼ》り出して、正面に位置していた赤いスカーフのザロービが消える。

正確には、他の分身と繋《つな》がる紐《ひも》に引かれ、青と合体していた。

その証《あかし》か、スカーフが赤と青で半々になっている。

（！）

奇怪《きかい》な現象《げんしょう》に驚く悠二へと、

「おお、お待ちなさい！」

左、緑のスカーフのザロービが、慌《あわ》てて制止の声を投げつける。

「ワタクシどもに危害を加えれば、アナタは必ず後悔《こうかい》しますぞ!?」

（……なるほど）

悠二は、その弱腰《よわごし》な挙動《きょどう》と起こった現象、恐怖らしい感情の波が紐を伝った感覚、全てを統合して、ようやく〝聚散《しゅうさん》の丁《てい》〟ザロービという〝徒《ともがら》〟の全体像《ぞう》を摑《つか》んだ。

（そういう、ことか）

摑んで、しかしそれゆえに、動けなくなった。

悠二はこみ上げる怒りを必死に抑え、可能な限り冷静に聞こえる声とともに、

「もう一人、向こうに隠れているからか？」

正鵠《せいこく》の指摘《してき》として、住宅地の一角を指差した。

「「「っな!?」」」

赤青、黄、緑の三人が三人とも同じ、両腕をそれぞれ大きく上と左に伸ばした、Lの字を作るようなポーズで驚愕《きょうがく》した。

先の紐伝《づた》いに感情の波が一つ、ここから僅《わず》か離れた住宅地の中へと流れていたのである。悠《ゆう》二《じ》が感覚を研《と》ぎ澄《す》まして掴《つか》めば、たしかにもう一体、同《どう》程度の存在が潜《ひそ》んでいる。これが、懸《け》念《ねん》していた敵の保険、少なくともその一つであることに間違いはなかった。

例え、神速の手際で目の前にある四人（いや、今は三人に減っているか）を一気に倒す幸運が得られたとしても、残った一体が脅《おど》した事柄《ことがら》……無関係な人々を襲《おそ》い、喰らうという惨劇《さんげき》を実行に移すだろう。

（……ん？　まさか）

不意に悠二は、この〝徒《ともがら》〟の気配《けはい》の小ささと配置の広さから、思い至る。

（今朝《けさ》から感じてた嫌なモヤモヤは、こっちだったのか？）

悩みに悩んだ恋愛への重圧《じゅうあつ》と思い込んでいたものが、全くの見当違《けんとうちが》い……〝紅世《ぐぜ》の徒《ともがら》〟接近の検知《けんち》だったというのでは、ジョークとして全く笑《よう》えず、事実とすればもっと笑えなかった。

自分の、あまりに非センチメンタリズムな在り様に、思わず怒りも萎《な》えるほどゲンナリする。

対する赤青のザロービは、ようやく動揺《どうよう》を隠《かく》して、余裕《よゆう》の風《ふう》を見せる。

「なるほど、たしかに恐ろしく鋭敏《えいびん》な感覚をお供《そな》えのようですな」

隠していた手品のタネを早々に見抜《みぬ》かれはしたものの、自分の絶対的優位《ゆうい》を、他でもない悠二の理解力から確信していた。背後の黄が、安堵混《あんどま》じりに勝ち誇る。

「そう、お察《さつ》しの通り、ワタクシどもに危害《きがい》を加えれば、残ったもう一人が、周囲の人間を、アナタの後悔《こうかい》に見合うだけの数、喰らうことになるでしょう」

「ほーっほっほ！　ワタクシどもに反抗の意を示すことが、いかに危険であるか……お分かり頂けましたかな？」

悠二は、緑のあげた陳腐《ちんぷ》な勝利宣言《せんげん》からも情報を引き出そうと、思考《しこう》を最速で回転させる。

（たしかに、だって？）

伝聞《でんぶん》を思わせる言葉遣《づか》い。そこに、五人合わせてもさほど大きな力を持つ〝徒《ともがら》〟ではないという事実、いきなり自分を襲《おそ》って消さないという迂遠《うえん》さ、隠密《おんみつ》行動に長《た》けた能力という要因《よういん》が合わさって、一つの結論が導き出される。ヴィルヘルミナとの書類整理で幾度《いくど》となく見かけ、また説明も受けた構成員の総称《そうしょう》――

「あんた、[仮装舞踏会《バル・マスケ》]の捜索猟兵《イェーガー》、ってやつか」

「「!!」」

また〝徒《ともがら》〟は三人揃《そろ》ったポーズ、さっきとは逆、鏡写しのLの字を上と右に伸ばした両腕で作り、大きな驚きを示した。

「ほほ、ほーっほっほ！」

明らかに誤魔化《ごまか》しと分かる笑い声とともに、赤青のザロービが、再び赤と青に分裂《ぶんれつ》する。四方から声を合わせて、恫喝《どうかつ》するように前傾の姿勢を取った。

「「「なんて頭の回転の速い方だ。まあ、その方が話も早くて助かりますが」」」

声に囲まれて、しかし悠二《ゆうじ》は、今すぐに消され殺されることはないだろう、と達観《たつかん》している。回りくどく接触《せっしょく》を試みてくるほどである。危害《きがい》を加えるつもりなら、こうもベラベラと、念を押すような脅《おど》し文句で縛《しば》ったりはしないはずだった。しかし、

（だとすると、なおさらマズいな）

悠二は、［仮装舞踏会《バル・マスケ》］の捜索猟兵《イェーガー》が通常、単独で敵と接触を図ることはない、という常識についても学んでいた。その敵を誘導《ゆうどう》する先には大抵《たいてい》、強大な戦闘力《せんとう》を持つ巡回士《ヴァンデラー》という〝徒《ともがら》〟もいるはずなのである。とりあえず、口の軽いザロービから［仮装舞踏会《バル・マスケ》］の構成員であることの確認は取ったが、より警戒《けいかい》すべき巡回士《ヴァンデラー》の気配は捕捉《ほそく》できなかった。

（このザロービには、シャナたちみたいな凄《すご》いフレイムヘイズ三人が揃《そろ》う街に、単独で仕掛けてくるほどの度胸《どきょう》も実力もないだろう……近くにいるはずの巡回士《ヴァンデラー》ってのは、気配を隠す自在法《ほう》の類《たぐい》でも使っているのか）

今までの接触《せっしょく》の様相《ようそう》から、そう推《お》し量り、

（狙いは僕の誘拐《ゆうかい》、それともシャナたちの抹殺《まっさつ》……？）

と考えて、すぐに前者の可能性を否定する。

（今さら、そんなことをする意味はない）

二ヶ月前に、乱戦と言っていい、一連の戦いがあった。

悠二の中に封じられていた愛する男、秘宝《ひほう》『零時迷子《れいじまいご》』本来の持ち主たる〝ミステス〟、『永遠の恋人』ヨーハンの奪回《だっかい》に現れた〝彩飄《さいひょう》〟フィレス。

フィレスが封印《ふういん》を解こうとした瞬間《しゅんかん》、彼女の胸を刺し貫《つらぬ》いた、歪《いびつ》で空っぽの西洋鎧《よろい》――『弔詞《ちょうし》の詠《よ》み手《て》』マージョリー・ドーの仇敵《きゅうてき》でもある――謎《なぞ》の〝徒《ともがら》〟『銀』。

そして、『銀』を鎮《しず》めるためにやってきたらしい［仮装舞踏会《バル・マスケ》］三柱臣《トリニティ》の一人、〝頂《いただき》の座《くら》〟ヘカテー、およびその護衛《ごえい》として付き添った〝嵐蹄《らんてい》〟フェコルー。

これら、まるで連鎖《れんさ》反応のように次々と、とんでもない連中が立て続けに現れた、一つの結果として、悠二はヘカテーに、自分の（というより『零時迷子《れいじまいご》』の）位置を彼女らに知らせる刻印《こくいん》のようなものを付けられていた。

もし新たな用が［仮装舞踏会《バル・マスケ》］の側にできたとして、彼らの企《たくら》みに重要な役割を果たすと思われる『零時迷子《れいじまいご》』の回収に、このザロービのような、万《まん》が一《いち》にも妨害《ぼうがい》されるような三下《さんした》を案内役に送ってくるわけがない。だいたい、『零時迷子《れいじまいご》』だけが必要なら、強大な力を持つだろう巡回士《ヴァンデラー》でも使って、さっさと分解を試みているはずだった。

（じゃあ、やっぱり僕を利用するときに邪魔《じゃま》な、フレイムヘイズの排除が目的か？）

そう、ひとまずは結論付けたが、確証《かくしょう》があるわけではなく、またその手口も分からない。

（当面、こいつの出方を観察しながら、シャナたちに知らせる方法を考えよう）

密《ひそ》かに決める悠二《ゆうじ》の前で、

「お分かりいただけたようでなにより」

ザロービは四方揃《そろ》って腰を折り、四組の手で一つの方向へと歩くよう促《うなが》した。

「それでは、ご同行願《ねが》いましょう、〝ミステス〟坂井《さかい》悠二殿」


平井《ひらい》家の一室、襖《ふすま》をノックするくぐもった音が、部屋に響《ひび》いた。

ベッドに寝転《ねころ》がり、その手にヴィルヘルミナにも中身を見せない秘密の小箱——千代紙《ちよがみ》を張った、掌大《てのひらだい》の葛篭《つるかご》——を遊ばせていたシャナは、短く答える。

「なに」

機嫌《きげん》の悪い風《ふう》を装ったつもりの声は、思った以上に剣呑《けんのん》だった。意地悪《いじわる》すぎたかな、と子供っぽい仕返しをした自分の性根《しょうね》を自己嫌悪《けんお》する。

そのせいか、ヴィルヘルミナは数秒の間を空《あ》けてから答えた。平静な声で。

「お出かけは、何時でありますか？」

「……」

シャナは声に背中を向けるように寝返りを打ち、小箱を脇の棚に置くついでに答える。

「待ち合わせは一九〇〇時だから、一八〇〇時には出るつもり」

　ドアは閉まったままだったが、その向こうに佇《たたず》む気配には、怒りを抑えた様子《ようす》も、悲しみを隠《かく》した雰囲気《ふんいき》もなかった。ただ淡々《たんたん》と、事務的な声が返ってくる。

「この度《たび》は、互いの立場上、奥様《おくさま》に手伝って頂くわけにも行かないのでありましょう？　ならば、ご自身で仕度《したく》をするより他にない、と思うのでありますが」

（あっ）

　シャナは言われて初めて気が付いた。

　今度ばかりは、けじめとして坂井千草《ちぐさ》の助力を仰ぐつもりがない。といって、自分でその手の準備などしたことがなかった。今日こそまさに、悠二を迎えて行う『決戦』である。できれば悠二には、おめかしした自分を見てもらいたかった。それに、自分の格好《かっこう》が貧相《ひんそう》だったりしたら、そうではないだろう容儀《ようぎ》を整えているはずの吉田《よしだ》一美《かずみ》に失礼である……と昨日の手紙の件で思うようになっている。

（どうしよう）

　今さら喧嘩《けんか》したヴィルヘルミナも頼れない、と窮《きゅう》した少女に、

「お早く、希望の色なり様式《ようしき》なりを申告《しんこく》して頂かねば、用意が間に合わないのであります」

　その当人があっさりと言った。

「え……!?」

　喜びに緩みかけたその声を、しかし厳《きび》しさが打つ。

「いささか、私自身の繰《く》り言《ごと》や弱音《よわね》が混入したとは言え、忠言《ちゅうげん》の内幾《いく》つかへの妥当《だとう》性は、認めて頂けると思っているのであります」

「……」

シャナは返事をしない。したくなかった。

ヴィルヘルミナは厳しく、しかしできるだけ感情を込めない訓戒《くんかい》を、有無を言わせぬ制止ではない訓戒を、大切な少女に贈る。

「それらをしっかり踏まえた上で、貴女の勝負を存分に行われるのであれば、私が制すべき理由はないのであります」

「………うん」

その精一杯《せいいっぱい》の歩み寄りに、雪の解け始めるように僅《わず》か、シャナは答えた。答えて、仲直りへの躊躇《ちゅうちょ》からの弱い声を恥じ、もう一度しっかりと。

「うん」

襖越《ふすまご》しに、ヴィルヘルミナが少し笑った。

シャナにはそれが、はっきりと分かった。

「では、ご要望を」

「……ん、と」

ただし、肝心《かんじん》の意見、

「なんか、……赤いの、とか」

自分がなにを着てなにを飾ればよいのかは、よく分からない。


どこの店先もキラキラしたモールで飾り立てられ、電飾をちりばめた種々のツリーが立ち並んでいる。ごった返す人ごみには看板を掲《かか》げた男女のサンタが幾十人と混じり、行き交っている。家路を急ぐ父母の手には、綺麗に包装された金ぴかの玩具《おもちゃ》の剣や、狸か猫かというぬいぐるみ等のプレゼントが抱えられている。

それぞれが、それぞれの人生を抱いて生きる人々の姿、クリスマスという今を切り取って眺めることのできる、人々の生きる姿だった。

悠二《ゆうじ》はザロービらに囲まれて、これらの喧騒《けんそう》に満ちる大通りの歩道を、駅に向かって歩いていた。見える全てを打ち壊す存在、〝紅世《ぐぜ》の徒《ともがら》〟の危険性に硬まる表情の奥で、静かに周囲を観察し、その中に撃退《げきたい》の手がかりを見出せないか、自身に備わる全てを動員して考える。

(僕の監視が、案外手馴《てな》れてる感じだな)

その傍《かたわ》ら、ぴったりと付き添っているのは五人の内の一人、赤いスカーフのザロービだけで、他はそれぞれ、ややの後方に一人、反対側の歩道にまた距離を開けた二人、そしてかなりの後方に保険の一人、という配置で散り、等《とう》距離を保ったまま誘導《ゆうどう》していた。

（まあ、当然か……僕が変な気を起こして、五分の四人にせよ、一網打尽《いちもうだじん》に片付けられちゃ適わないだろうからな）

今のところザロービは、同行《どうこう》以外の要求をしていない。

（やっぱり、巡回士《ヴァンデラー》の〝徒《ともがら》〟が待ち受ける場所に僕を連れて行って、皆を誘い込む餌《えさ》にするつもりなのか）

という順当かつ捻《ひね》りのない悠二の思案に違《たが》わず、

「どうぞ、ワタクシの導きに従い、とある場所に向かって頂きたいのです」

言った、それだけである。

ただし、何らかの手段で通報されることを用心してか、行き先は明言《めいげん》しなかった。明言したのは、人質《ひとじち》の扱いについて。悠二のことではない。周りに溢《あふ》れる人ごみ、その全てである。

もし悠二が反抗の姿勢、フレイムヘイズに危機を知らせるような挙動《きょどう》を見せれば、

「謹《つつし》んで、周囲の人間たちを喰らわせて頂きます」

「フレイムヘイズが駆けつけてくるまでの数分間で」

「いったい何十人、この世から零《こぼ》れ落ちるでしょうな？」

「封絶《ふうぜつ》を張っても、トーチとなった者は元に戻りませんぞ？」

とのことだった。遠《とお》巻きに囲む三人に加え、かなり後方にあと一人、控えている。迂闊《うかつ》に動けば、守るべき街で、知られざる大量虐殺《ぎゃくさつ》が始まる。従う他なかった。当面は。

悠二《ゆうじ》は歩きながら、シャナたちにこの襲来《しゅうらい》を知らせる手段を模索《もさく》していた。

（早く、なんとかしないと）

こうして敵の導くまま、連れて行かれてしまえば、そこで待ち構えているはずの巡回士《ヴァンデラー》の罠《わな》に、みすみすシャナたちを踏み込ませてしまう。巡回士《ヴァンデラー》の張る罠に悠二という人質、二重に不意を討《う》たれての開戦は、いかに腕利《うでき》きのフレイムヘイズたちといえども不利に過ぎるだろう。

（でも、自在法《じざいほう》を使って知らせる手段は、こいつらの監視下《かんしか》じゃ不可能だ）

実のところ、悠二はジャケットの内側、胸ポケットに栞《しおり》を二つ、挿《さ》していた。これは『弔詞《ちょうし》の詠《よ》み手《て》』マージョリー・ドーから貰《もら》った非常用の自在法が込められたもので、攻防に一枚ずつの備えとなっている、いわば切り札だった。また彼自身、それに頼らずとも、封絶《ふうぜつ》を始め初歩的な自在法なら、使用は可能である。

ただ、ザロービが言うように、それら反抗と見做《みな》される不審《ふしん》な挙動は、即座《そくざ》に御崎《みさき》市民の虐殺へと繋《つな》がってしまう。

（せめて、襲撃《しゅうげき》を知らせるか、目的地を突き止めるか、どちらかができれば……）

きらびやかに賑《にぎ》やかに、クリスマス・イブを祝う、というより口実《こうじつ》・肴《さかな》として騒ぎに騒ぐ雑《ざっ》踏《とう》の中、一人と、五人たる一人は、無言のまま歩き続ける。

そうしてしばらく、重い足を引き摺《ず》っていた悠二は、

「――」

突然、咽喉《のど》も裂けんばかりの大声で絶叫《ぜっきょう》していた。

「――っうわあああああああああああああああああああああああああああ――!!」

「っな!?」

思わず声を上げた赤スカーフのザロービだけでなく、周りに行き交う人々も、いきなりの奇《き》声《せい》にギョッとなった。

「くっそおおおおおおおおおおおおおおおおおおおおお――!!」

群集の、一つ目の叫びへの驚きが、二つ目のそれで注目に変化して、ザロービは焦る。

「い、いったい、なにをしているのです!!」

軽く脅《おど》すつもりで少年の胸倉《むなぐら》を摑《つか》み、黙らせる。俄《にわ》かに注目の的《まと》となったことで、フレイムヘイズに発見されるなど情勢の変化が起きないか、遠巻《とおま》きに囲む四人ともども周囲をキョロキョロと見回し、一斉に安堵《あんど》の吐息を漏《も》らす。

「「「「……ふう」」」」

幸い、付近には、奇声を上げた少年を不審《ふしん》と不安交《ま》じりに注視《ちゅうし》する人々がいるばかりで、フレイムヘイズの気配はなかった。万《まん》が一《いち》、この〝ミステス〟にのみ感知《かんち》が可能な遠距離に在った場合でも、雑踏《ざっとう》の中で上げた声程度なら、まず届きはしない。これら状況を確かめてから、改めてこの奇矯《ききょう》な〝ミステス〟を制する。

「お静かに、気でも触れたのですか!?」

「このまま付いていったら、どうせ皆を引っ掛ける大きな罠《わな》があるんだろ!?」

思わぬことに、大声で怒鳴《どな》り返された。

「それは、どうですかな」

動揺《どうよう》こそ隠《かく》せなかったが、もちろんこっちが慌てた隙を突いてのことだろう、不用意な質問に迂闊《うかつ》な答えを返すほど、ザロービも間抜《まぬ》けではない。

と心中《しんちゅう》自負した彼の前で、

「だったら今——ッ」

また叫ぼうとしてか、悠二《ゆうじ》が息を吸った。

「っと!?」

慌《あわ》ててザロービはその肩を掴《つか》む。

「そ、それ以上やったら、本当に喰らい、い、いますよ!」

「——ふう——分かったよ、くそっ!」

せめての悪態《あくたい》を吐《つ》いて、悠二は再び歩き出した。自分を注目する周りにジロジロと睨《にら》みを利かせつつ、その貫禄《かんろく》に任せて人ごみを断ち割ってゆく。

(な、なんて奴《やつ》だ)

ザロービは、自分を脅かしっぱなしの凶暴《きょうぼう》な〝ミステス〟への警戒《けいかい》をより強め、四人による包囲《ほうい》の輪を、少し縮めた。

悠二は連行《れんこう》される身を、強引《ごういん》に引っ張ってゆく。

突然の絶叫《ぜっきょう》に驚き、二度目で誰かを突き止めて見れば、坂井《さかい》悠二がそこにいた。

(坂井……?)

心配から思わず駆け寄ろうとして、彼が奇妙《きみょう》な、神父《しんぷ》だか牧師だかの格好《かっこう》をした、黒服《くろふく》の男と一緒であることに気付く。

(誰だ、あいつ)

明らかに日本人ではないその男に、坂井悠二は胸倉《むなぐら》を掴まれた。

やはりケンカか、と思い、咄嗟《とっさ》に助太刀《すけだち》に入ろうとしたそのとき、

「このまま付いていったら、どうせ皆を引っ掛ける大きな罠《わな》があるんだろ⁉」

「⁉」

三度《みたび》の叫びに思わず立ち止まった。

(罠? 皆を引っ掛ける?)

今さらのように、こんなところで喧嘩《けんか》をすること自体、彼らしくないと気付く。今も周りの目を気にせず、その神父らしい男に恐ろしい剣幕《けんまく》で迫っていた。その神父が反発して、ようやく静まったかと思えば、今度は周りの通行人へとガンを付けて回っている。

（なんなんだ、いったい）

荒れている、と言うには、余りに彼の普段の性格にそぐわなかった。どちらかと言えば、彼は怒れば静かになるタイプだったはず……。

と、

「――!?」

坂井悠二《さかいゆうじ》が、そのガン付けの中で自分に視線を注《そそ》いできた。どうやら、気付かぬ振りをしていたものらしい。数秒、と言うほどもない視線の固定があって、すぐに別の方向へと、全く定まらない風《ふう》に視線は泳ぐ。

（なんで俺が分かってんのに、ああいう）

とりとめなく感じたことが、

（俺が知り合いだってことがバレたらマズい？）

僅《わず》かずつ考えとして深まり、

（いや、マズいんじゃなくて……ヤバ、い……？）

必死の視線から危機感を拾い上げる。

（――っあ!?）

まさか、と思い坂井悠二の後を、周囲で騒ぐ人々に紛れて見送る。

少年の袖《そで》を強く摑み引っ張ってゆく、外人の神父らしき老境《ろうきょう》の男。

一介《いっかい》の高校生が、そうそう知り合いになるとも思えない類《たぐい》の人間。

（まさか）

その、知り合うとも思えない類の人間に、心当たりがあった。

両極端《きょくたん》な、二つの心当たりが。

一つは、この世を陰から守る、異能《いのう》の戦士たち。

もう一つは、この世を陰から襲《おそ》う、化け物たち。

（まさか……）

坂井悠二がその隣《となり》において、知り合いだと分からないよう隠《かく》すのは、どちらか。

（──「このまま付いていったら、どうせ皆を引っ掛ける大きな罠《わな》があるんだろ!?」──）

考えるまでもなかった。

（……〝紅世《ぐぜ》〟の……）

その言葉の端《はし》を思い浮かべただけで、膝《ひざ》がガクガクと震えだす。脳裏《のうり》に、次々と眼前で繰り広げられた惨劇《さんげき》の光景がフラッシュバックする。燃え上がる校舎、粉々《こなごな》になる露店《ろてん》、噴煙《ふんえん》に巻かれる校庭、血すらも焦《こ》がして千切《ちぎ》れ飛ぶ生徒や教師たち、そして──

炎《ほのお》の中で砕け散る一人の少女。

（また、来たってのか……!!）

反射的に全てをシャットダウンしそうになる。座り込んで耳を塞《ふさ》ぎ目を瞑《つむ》ることへの耐え難

い衝動《しょうどう》が襲《おそ》い掛かってくる。その、知らずよろけたところを誰かに、

「おい、気をつけろよ」

ドン、と押された。

「っく……ぁ」

歩道のガードレールに倒れ込むことで、危うく車道に転がり出る危険を避ける。椅子代《いすが》わりに腰を落ち着けて、心身の回復を図ろうとする、その眼前で、

「────!?」

い、い、い、い、
在り得ないことが起こった。

全く同じ顔形《かおかたち》、同じ服装の神父《しんぷ》が通り過ぎたのである。

周りを見れば、既《すで》に坂井《さかい》悠二《ゆうじ》が叫んだ騒ぎを知る者はいない。行き交う人々の中にそれは紛《まぎ》れ、誰からも注目されることはなくなっていた。

(間違いない、奴《やつ》らだ)

坂井悠二が〝紅世《ぐぜ》の徒《ともがら》〟と一緒に歩いて……否《いな》、どこかに連れてゆかれそうになっている。

そして、坂井悠二は〝徒《ともがら》〟に気付かれないよう、自分に必死の視線を向けてきた。彼の叫びは皆に向けた警告《けいこく》と救助要請《ようせい》であり、そしてそれは間違いなく、自分に託されたのである。

(やめてくれ)

折れた心が、動くことのへの悲鳴を上げる。

（もう、懲《こ》り懲《ご》りなんだ）

なにかの間違いで、あの光景がもう一度、修復《しゅうふく》ができない場所で起こったら。

かつてそんな場所で壊された御崎市《みさきし》駅のように、作り直せるものならいい。

それが、もし人間だったら……知り合いだったら……緒方《おがた》真竹《たけ》だったら。

（駄目《だめ》だ、俺は、駄目なんだ）

恐怖に足がすくんで、前に進めない。

そんな萎《な》えた気持ちの中に、ただ一つ、

（坂井が、ヤバい）

その純朴《じゅんぼく》な心痛《しんつう》だけが、シャットダウンを辛《かろ》うじて食い止めていた。

友達が〝紅世《ぐぜ》の徒《ともがら》〟に連れ去られつつある――彼は自分に助けを求めた――今すぐ助けを呼びに走らねばならない――〝紅世《ぐぜ》の徒《ともがら》〟を払いのけられる異能《いのう》の力を持つ人たちに――フレイムヘイズ『弔詞《ちょうし》の詠《よ》み手《て》』マージョリー・ドーに。

当たり前の結論、それだけしかない方法を、なおも嫌忌《けんき》の闇《やみ》が覆《おお》う。

しかし、友達が危ない。

（今さら、どの面提《つらさ》げて？）

憧《あこが》れの人に、口先だけは偉そうに、どこまでも付いていくなどと放言しておきながら……苦《く》難《なん》一つ、恐怖一つで敢《あ》え無く挫《くじ》けた自分が、どうして再び顔を合わせられるだろう。

しかし、友達が現に危ない。

（――）

脳裏《のうり》に炎《ほのお》の惨劇《さんげき》が、少女の姿が蘇《よみがえ》ってくる。あの、この世で最も見たくないものを、もう一度見てしまうかもしれない場所に、自ら足を踏み入れることが、どうしてもできない。

しかし、友達が現に今、危ないのである。

（――）

あらゆる躊躇《ためら》いの気持ちが重石《おもし》となって、彼をその場に押さえつける。

（――くそおっ!!）

それでも彼は、折れた心を引き摺《ず》って、突っ走っていた。

友達を助けられる人、マージョリー・ドーがいるはずの、佐藤家《さとうけ》に向かって。

（危ないもんは危ない、助けられるなら――助けなきゃダメだろ、畜生《ちくしょう》!!）

腹が焦《こ》げそうなほどにムカついていた。走り出してから、行動に出てから、ようやく気付いていた。友達を助ける、それだけのことをウジウジと迷っていたことに。そうして恥《はじ》を上塗《うわぬ》りしていただけの、情《なさ》けない自分の姿に。心の底から、ムカついていた。

その激情《げきじょう》の隅《すみ》で、チラリと店頭の時計を目に入れた。

駅前時計台での待ち合わせまで、あと三十分となった少女に、

（ごめん、オガちゃん……あとで、なんでも奢《おご》るからさ！）

小さく謝って、すぐ爆発するような声を、自身を焚《た》き付けるように心中《しんちゅう》で吐き出す。

(待ってろよ、坂井《さかい》!!)

友達を助ける。

ただ、そのためだけに、田中栄太《たなかえいた》は全力で走ってゆく。


吉田《よしだ》と池《いけ》は、住宅地側《がわ》の大通りを、駅前に向かって歩いていた。

吉田は、襟《えり》の高いセーターにフレアスカートとハーフコート。

池は、ニット帽《ぼう》にダウンジャケット、色の濃いジーンズという格好《かっこう》。

二人は、ただ黙って歩き続ける。

「……」

「……」

夕暮れとともに池が家を訪れてから、吉田は一言も声を発していない。なにを言えばいいのか分からなかった。自分が他の人間を好きになることは嫌というほどに知っていても、他の人間が自分を好きになることは全く知らなかった、これまで考えもしなかったからである。

池速人《はやと》の傷心《しょうしん》を和《やわ》らげ、慰《なぐさ》めたかった。

しかし、その不用意で不覚悟《ふかくご》な思いやりが、さらに彼を深く傷つけてしまうことくらいは、分かっていた。本気で彼のためを思って接するなら、ハッキリと自分の本心を告げるのが一番良《よ》いということも。

それが、こうして黙っているのは、彼が明らかにした想いへの戸惑《とまど》いが過ぎた後、胸に抱いた気持ち……坂井《さかい》悠二《ゆうじ》に対するものとは違う、そうと知らずに接することで苦しめてきた済まなさを、どう詫《わ》びればいいのかが分からなかったからである。

「……」

「……」

誘った側の池《いけ》が一言も口をきかないのは、言うべきことが一つしかないからだった。今さら言葉で、彼女が今抱いている気持ちを変えさせることなど、不可能に決まっていた。その想いの強さは、手伝った側として、見ていた側として、よく知っているつもりだった。

それでも、吉田《よしだ》一美《かずみ》に伝えたかった。

もはや他の要因は関係ない。彼女は坂井悠二が好き、シャナとの大《おお》一番たる勝負に向かっている、そこに向かう決意への邪魔《じゃま》になっている、全部分《わ》かって、それでも伝えたかった。

でありながら、口を開けない。ただ一つの言葉を伝えた瞬間《しゅんかん》、終わってしまうだろうことへのやりきれなさ。伝えられた彼女が苦しむことへの辛《つら》さ。自分の欲求とそれらが引き合い混ざり合いして、いずれもが主導権《しゅどうけん》を握れない。この期《ご》に及んで、全く馬鹿な話だった。

「……」

「……」

思い躊躇《ためら》いつつも、歩みだけは止まらない。

まるで、今の二人、今の二人を取り囲む人々の在り様《さま》のように。

そうして、寄り添わず、しかし近い二人は、御崎大橋《みさきおおはし》までやってきた。

この先、市街地にある御崎市駅《えき》北の通り抜けに、坂井悠二がやってくる。

吉田一美、シャナ、そのどちらかの元へ。

と、橋の大きな支柱を目に入れた二人は、思い出す。

(春先、だったかな)

(たしか、ここで皆と)

大暴れした平井《ひらい》ゆかり——に存在を割り込ませたばかりのシャナ——と坂井悠二の仲の良さを訝《いぶか》しんで、佐藤《さとう》や田中《たなか》らとその後を追いかけたことを。橋の上でなにやら話し込んでいる二人を、皆でこっそりと覗《のぞ》いて、一喜《いっき》一憂《いちゆう》したときのことを。

吉田一美にとって、それは好きな人と、まだお互いにライバルとすら言えなかった少女を、遠《とお》巻《ま》きに眺《なが》めるだけの小さな行為だった。

池速人《はやと》にとって、それは単に、引っ込み思案《じあん》なクラスメイトを助けよう、という義侠心《ぎきょうしん》から出た、お節介《せっかい》でしかない軽い行為だった。

今、ここを歩く二人は、あの時とは全く違ってしまっていた。

別々の想いを抱いただけで、二人は全く違ってしまっていた。

（どうすれば、いいんだろう）

思い悩んでいた吉田《よしだ》は、

「……？」

いつの間にか、池《いけ》が立ち止まっていたことに気付き、振り向く。

真南川《まながわ》を突き抜ける風をまともに受けるそこは、ちょうど橋の真ん中。

そこが、池にとって自制心《じせいしん》の働く限界の地点だった。

（ここまでだ、な）

彼は、自身にとっても全く唐突《とうとつ》に、ここから先を坂井悠二《さかいゆうじ》に譲《ゆず》ろうと決めた。

（僕は、ここまでだ……いや、これ以上は、行っちゃいけない）

ここから先に進んだら、激情《げきじょう》と未練《みれん》のまま、彼女を奪うような行動を取ってしまう。最後まで付いて行き、坂井悠二と対決してしまう。彼女が選ばれなかったとき、それにつけこむ形で彼女を揺さぶってしまう。それら理不尽《りふじん》に熱く酷いほどに黒い誘惑《ゆうわく》が、胸の底から湧《わ》き上がってくるのを自覚したためだった。

振り向く吉田一美《かずみ》が、風に髪を攫《さら》われ、思わず手で押さえる。

「池く——っ、あ」

池は、少女のたおやかな姿、自分のせいであるはずの憂《うれ》いの表情すらも腕の中に引き寄せたくなる衝動《しょうどう》に駆られた。必死にそれを抑え、息を吸って、はっきりと言う。

「吉田一美さん、僕は、あなたが好きです」


悠二は、田中《たなか》に意図が伝わったことを願い、それを伝えてくれることを、また願う。のみならず、それが成ったときのために考え、成らなかったときのために、また考える。

今、彼が考えているのは、ザロービによる、そもそもの要求、誘い出すことの意味だった。

(僕を捕らえ、皆を罠《わな》にかけるとして、なぜあの河川敷《かせんしき》じゃいけなかったんだ?)

つまりこれは、悠二を人質《ひとじち》や盾《たて》にしてフレイムヘイズを屠《ほふ》る、という方法が計画の主眼《しゅがん》ではない、ということだった。それは当然だろう、と悠二は思う。

(マージョリーさんやカルメルさん……状況次第《しだい》ではシャナも、かな……僕が人質に取られたからって、まさか〝徒《ともがら》〟の言うことを聞いてなんかくれないだろうし)

微塵《みじん》の期待すら抱かない、これは事実だった。

悠二はあくまで、彼女らを誘い出すための餌《えさ》でしかないのだろう。

(やっぱり、今向《いま》かっている先で、巡回士《ヴァンデラー》がなにか罠《わな》を張っているんだ)

しかし一方で、不思議《ふしぎ》にも思う。[仮装舞踏会《バル・マスケ》]が、本気で厄介《やっかい》なフレイムヘイズらの抹殺《まっさつ》と『零時迷子《れいじまいご》』の奪取《だっしゅ》に動くつもりなら、大軍による猛攻《もうこう》をかけた方が確実に違いないのである。元々、悠二《ゆうじ》も他の三人も、その『闘争の渦《うず》』たるの状態、フレイムヘイズと〝徒《ともがら》〟による大規模な戦いが御崎市《みさきし》で起こることをこそ警戒《けいかい》して、ゆえに外界宿《アウトロー》からの情報、大軍《たいぐん》の動く気配《けはい》や兆候《ちょうこう》を注意して見守ってきたのである。

（このザロービを使者《ししゃ》に、もう一人の巡回士《ヴァンデラー》でシャナたちを仕留《しと》める……その藪蛇《やぶへび》になりかねない行為は、本当に今の［仮装舞踏会《バル・マスケ》］にとって、メリットがあるんだろうか？）

それに、と今の状況を静かに捉《とら》え直す。

既に駅は近い。他に幾らでも脇道があるというのに、ザロービがわざわざ人通りの多い大通りを進んでいるのは、地理に不案内だからか、人の多い場所を目的地としているからか。御崎市の住人を人質にする、という連中の方針が一貫したものなら、後者の可能性は高い。

今、悠二の手を引いて歩く（先の騒動から離そうとしない）ザロービは、急ぐというほどには急いでいない。連れて行かれる距離も、さほどないように思えた。

（こうして歩いてゆける程度の距離に大軍が潜んでいれば、名うてのフレイムヘイズが三人、気付かないわけがない……つまり、待ち構えている巡回士《ヴァンデラー》は少数か？）

だとすると、その尖兵《せんぺい》としてのザロービは、なおさら小物に過ぎる。そういう〝徒《ともがら》〟を登用《とうよう》することで油断を誘い、少数精鋭《せいえい》の腕利きが仕留める、という手もないではないだろうが、失敗のリスクに釣り合うほどの作戦だとは、悠二には思えなかった。

（連中《れんちゅう》の幹部であるシュドナイやヘカテーとも互角《ごかく》に戦う三人がいることを知って、その上で

戦いを挑《いど》んで来たんだ……巡回士《ヴァンデラー》は数にせよ力にせよ、よほど凄い奴のはず、なんだけど）

どうも、自分の腕を引く、というよりしがみ付くようなザロービの小心振《しょうしんぶ》りを見るにつけ、その可能性の低さを感じずにはいられない。

（もっとも、あの〝狩人《かりうど》〟のように特殊な宝具《ほうぐ》を持ってたり、〝愛染《あいぜん》の兄妹〟のように特別な環境《かんきょう》で圧倒的な力を振るうような奴《やつ》もいるし……そもそも予想の付かない力を持っているのが〝徒《ともがら》〟なんだから、油断《ゆだん》は大敵《たいてき》だな）

せめてもう少し探りを入れよう、と悠二はザロービに話しかける。

「駅前で……こんなに人間の多い場所で戦うつもりなのか？」

「黙ってワタクシの導きに従って頂きたい」

さっきの騒動《そうどう》で口が重くなってしまったかな、と悠二は自分の対処《たいしょ》を少し悔《く》いる。ともあれ、話を続けるに如《し》くはない。

「人質《ひとじち》は、僕には通じてもフレイムヘイズには通じないぞ。呑気《のんき》に周りの人を喰らってたら、その間に討滅《とうめつ》されるだけだ。どうせ罠《わな》が在るんだろうけど――」

「……」

さすがに、この程度の挑発《ちょうはつ》には反応もしない。

「――その罠ごと打ち破られて、あとは綺麗《きれい》に修復《しゅうふく》されるだけだ。いつものように、痕跡《こんせき》はなにも残らない。やるだけ無駄《むだ》だ」

「ふん、口だけは威勢《いせい》がよろしいですな」

代わりに、侮辱《ぶじょく》の言葉には反応が返ってきた。

「ご心配には及びません。せいぜい素敵《すてき》な舞台を作って、皆様方《がた》をお迎えいたしましょうほどに、どうぞご安心を」

「ふうん、あんたが舞台を、ね」

悠二《ゆうじ》は、反応としての侮辱、その揚げ足を取って話を続けようと決める。どうせ自分は餌《えさ》に使われるのだから大丈夫だ、という開き直りが手伝っているところもあった。

ザロービは、見た目には平然と聞き返す。

「それがなにか？」

「いやね、あんた程度が張る封絶《ふうぜつ》じゃ、公園一つ覆《おお》うのにも苦労しそうだな、とか思ったりしただけだよ」

我ながら酷《ひど》い言い様《ざま》だ、刺激《しげき》し過ぎたかな、と悠二は言い終わってから少し恐れる。

が、幸い侮辱された方は、フンと鼻を鳴らすだけに止めた。

「見くびってもらっては困りますな。ワタクシとて［仮装舞踏会《バル・マスケ》］の捜索猟兵《イェーガー》の端《はし》くれ、ワタクシども五人を合わせれば、町の一区画《ひと》ほどは軽く覆ってご覧《らん》に入れます。戦いの舞台として使うに、狭いと言うことはありますまいよ」

悠二は、

（人数が揃《そろ》っていないとアクションまで薄くなるのか）

などと思う内、その物言いに気になるものを感じた。

（人質《ひとじち》を盾《たて》に脅迫《きょうはく》するような奴《やつ》なのに、律儀《りちぎ》に封絶《ふうぜつ》は張るんだな）

単なる会話の感想に過ぎない、それが不意に、疑問として浮かび上がった。封絶《ふうぜつ》を張る鍛錬《たんれん》を行った経験と実感から抱いた、厳然《げんぜん》たる量としての疑問である。

（本当に、こいつ程度が封絶《ふうぜつ》を……街の一区画を覆えるほどの規模で張れるのか？）

封絶《ふうぜつ》を張るのは、戦闘を担当し、罠《わな》まで張っているはずの巡回士《ヴアンデラー》の方ではないのか。せいぜいトーチより多少大きい程度の〝徒《ともがら》〟が、五人いるとはいえ自分の何割かを削《けず》ってまで行うものだろうか。もっとも、張った後すぐに人間を喰らって力を補充《ほじゅう》するのかもしれないし、向こうにしか分からない慣例《かんれい》や制度なんかがあるのかもしれないが……などと徒然《つれづれ》、考えを流す。

（最悪、張るってのは口だけで、生きて動いている人質を盾にする可能性もある、か）

と、その思考《しこう》を断ち切るように、

「それに、ワタクシには参謀閣下《さんぼうかっか》より直々《じきじき》に頂いた、秘密の宝具《ほうぐ》もあります。アナタが算段《さんだん》しておられるほど、事態の打開は容易《たやす》くはありませんぞ、ほっほっほっほ」

高慢《こうまん》に笑うと、ザロービは赤いスカーフを得意げに払った。

実は彼自身、『危難に際して作動する』としか聞いていない勲功者《くんこうしゃ》に与えられるそれ、悠二が警戒《けいかい》しつつ眺《なが》めた、首飾《くびかざ》りのようにも見える、その宝具は、光り輝く金色の鍵《かぎ》の形をしていた。


「こんなところで、よろしいでありましょう」

ヴィルヘルミナが言って、シャナの前からどく。

そこに現れた姿見《すがたみ》に映る、自分の装いを見たシャナは、思わず両手を広げ、

「うん」

短く、満足の声を返した。

襟《えり》の開いたカーディガンにベルトの大きなミニスカート、オーバーニーのソックス。色はいずれも暖色系《だんしょくけい》で、少女の艶《つや》やかな黒髪《くろかみ》を印象付《いんしょうづ》けていた。

「ありがとう、ヴィルヘルミナ」

と、その両肩に、身を屈《かが》めたヴィルヘルミナは手を置き、

「……くれぐれも、成就《じょうじゅ》の高揚《こうよう》に流されて、坂井悠二《さかいゆうじ》と間違いなど犯されませんよう」

「貞潔堅守《ていけつけんしゅ》」

パートナーともども大真面目《おおまじめ》に念を押す。

「間違……い?」

二人がなにを言っているのか、近日の学習から、数秒の間を置いて理解したシャナは、顔を

煮えたぎる火山のように赤くして、

「ツヴィルヘルミナのバカ!!」

叫ぶや部屋を出て行った。

「あっ、まだマフラーを着けていないのであります！　靴も選ばねば！」

「万端《ばんたん》準備」

言って二人も後を追う。

真南川《まながわ》を吹き抜ける風の中心、御崎大橋《みさきおおはし》の真ん中に、二人は立つ。

吉田《よしだ》一美《かずみ》は、ほとんど立ちすくんでしまっていた。

遂《つい》に、言われてしまった。

池速人《いけはやと》に、好きだと、はっきり。

（どう、しよう）

答えは決まっていた。池の方も分かっているだろう。分かっていても、せずにはいられない行為であることも……また、分かっているはず。

それでも吉田は、

（どう、答えたら）

と悩んでいた。

事ここに至って、良い印象《いんしょう》を持たれたまま断ろう、などと虫の良いことは考えていない。ただ、真剣に向き合ってくる、ずっと手助けしてくれた、親切にしてくれた少年の、この真剣さに見合うだけの答えを、探していた。彼にお返しするのに、ダメデス、ゴメンナサイ、だけで済ませて良いものとは思えなかった。

(でも、どう、答えれば)

そもそも、お互いが答えの核心《かくしん》部分を知っているのである。

吉田《よしだ》一美《かずみ》は、坂井《さかい》悠二《ゆうじ》が好き。

この、変わらない核心部分を。

どう隠《かく》しても、どう取り繕《つくろ》っても、透《す》けて見えている答え。

(私は……)

いつも困ったときに念じ、拠《よ》り所としてきた、自分を踏み出させる魔法《まほう》の呪文《じゅもん》――『良かれと思うことを、それでも選ぶ』――が、効果を発揮《はっき》しない。彼の告白を断ることは悪いことなのだと、しかもそれだけしか選ぶ道がないのだと、分かりきっているからだった。

(私は、池《いけ》君に……どう、答えればいいの?)

そう、窮《きゆう》し果てた吉田を、

(吉田さん……そんなに困らなくてもいいのに)

池はある意味、冷徹《れいてつ》に見据《みす》えていた。

答えは決まっている。その上で告白したのだから、いわば断られるのは自業自得《じごうじとく》であり、当たり前の話だった。告白することで心の整理を付けよう、などという物分《ものわ》かりのいい万《まん》が一《いち》の準備は、珍しく考えていない。そうなってから決めよう、と半《なか》ば投げやりになっていた。

なのに、どういうわけか、目の前の吉田が明白なはずの答えを返すことに思い悩んでいる。

(分かってるんだ、うん)

自分への答えを、できる限り誠実な答えを、探しているに決まっていた。そういう律儀《りちぎ》で、思いやりのある、可愛《かわい》らしい彼女を好きになったのだから。

(なのに、彼女に強要《きょうよう》してでも、自分に都合《つごう》のいい答えを引き出せないのが、僕のダメなところなんだろうな)

土壇場《どたんば》になれば、あるいは全てを吹き飛ばして彼女を手に入れるだけの気概《きがい》が、自分にも宿《やど》るかもしれない、と実は密《ひそ》かに期待していた。しかし結局、期待は期待に過ぎないようだった。

彼女に対する強い想いのあるなしではない。

そういう、自分の身勝手《みがって》な行動で彼女を悲しませたり酷《ひど》い目に遭《あ》わせたりすることが、どうしてもできないのである。告白だけでここまで苦しめていることを眼前にして、さらに以上の負担《ふたん》をかけることなど、できるわけもなかった。

無駄《むだ》に物分かりのいい自分への嘲笑《ちょうしょう》を、辛《かろ》うじて少年としての誇りで押し止めて、

「吉田《よしだ》さん」

平静を装った表情で、池は口を開く。

びくり、と怯《おび》えて固まる少女を見た自分の中の、抱き寄せたい衝動《しょうどう》、それを抑える自制《じせい》、二つの葛藤《かっとう》の結果として、穏《おだ》やかに、場にそぐわない温かさで、

「向こうには坂井《さかい》がいて、こっちには僕がいる」

言って、最後に誘う。

「こっちに、来てくれたら、嬉《うれ》しい」

そうして彼は背を向け、御崎大橋《みさきおおはし》を戻っていった。

「……」

橋の中ほどに立つ吉田に、言葉ではなく、道が用意された。

坂井悠二《ゆうじ》が待っている橋の東側と、池速人《いけはやと》が向かう橋の西側。

答えに困る吉田への、彼からの最後の手助けと思いやりだった。

「……い」

池君、という声を、吉田はなんとか飲み込んだ。

言うべきことは、もうないのである。そうと分かって、なおも彼に声をかけるのは、全くの自己満足、優しく思われたいという偽善《ぎぜん》、以上に彼の心遣《こころづか》いを台無《だいな》しにする行為だった。

最後まで彼に甘えてしまったことに、吉田は自分の意気地《いくじ》のなさを痛感《つうかん》していた。優しい少

年の背中を同情で追ったりしない、本来決まっていた行くべき場所へと向かう。それが今の自分に返せる精一杯《せいいっぱい》の答えだと、信じた。

（ありがとう、池君……私、行くから）

ごめんなさい、という言葉は、相応《ふさわ》しくないと思った。

吉田一美《かずみ》は、歩き出す。

東に。


御崎大橋の袂《たもと》に建つ廃《はい》ビル・旧依田《きゅうよだ》デパートの閉め切られた一階層《かいそう》。

そこには、かつてこのフロアを策源地《さくげんち》に御崎市へと術計《じゅっけい》を張り巡らせていた〝紅世《ぐぜ》の王〟の遺産《いさん》たる人形や玩具《おもちゃ》が、山のように無数、積み上げられている。

その中央に位置しているのは、御崎市を精巧《せいこう》に象《かたど》った広大な箱庭。これも同じく〝王〟が遺《のこ》した〝存在の力〟を監視《かんし》するための宝具《ほうぐ》で、名を『玻璃壇《はりだん》』と言った。

「ふふん、どうやら張り付いいたわね」

箱庭の中、一番高いビルの上に、スーツドレスに身を固めた女傑《じょけつ》、『弔詞《ちょうし》の詠《よ》み手《て》』マージョリー・ドーが傲然《ごうぜん》と聳《そび》え立っている。

「こーこまではなんとか、超スピードで運んだなあ、ヒヒヒッ！」

その右脇《わき》に下がる〝グリモア〟から、マルコシアスが軽薄《けいはく》な笑い声を上げた。

手前、やや低いビルの上に立つ佐藤啓作《さとうけいさく》が、駅前へとゆっくり移動してゆく三つの光点を真剣な面持《おもも》ちで見下ろし、言う。

「坂井《さかい》の奴《やつ》、大丈夫でしょうか」

悠二《ゆうじ》は、防御の自在法《じざいほう》を詰め込んだもの、攻撃に関して使えるもの、二つの栞《しおり》を予《あらかじ》めマージョリーから渡されている。光点として彼の居《い》場所を示しているのは、防御の栞の方だった。自在法を発動させているわけではなく、自在法の存在自体《じたい》を探知《さっち》・表示《ひょうじ》する『玻璃壇《はりだん》』ならではの、敵の裏をかく状況把握法《はあくほう》である。

その、重なっていた三つの光点の内二つが、三度《みたび》の点滅《てんめつ》の後、消える。あらかじめ決めた合図だけで、万《まん》が一《いち》にも察知《さっち》されるような通信も行わない。予定通りの行動だった。

「それにしても、こんな日にまでやってくるなんて、連中《れんちゅう》もマメねえ」

マージョリーがクスリと笑って、佐藤もそれを受けた。

「本当、暇《ひま》な俺らはいいですけど、そうじゃない奴《やつ》にはいい迷惑《めいわく》ですよ」

二人が笑って見た、マージョリーの斜め前、佐藤の対面《たいめん》のビルには、誰もいない。

少し寂しさを過《よ》ぎらせる佐藤を、マルコシアスが声で叩《たた》く。

「ギーッヒヒヒ！　人様《ひとさま》の幸せに、そうジェラシー燃やすもんじゃねえぜ、ケーサクよぉ？」

「べ、別に、今見たのは、そういうわけじゃ……」

「じゃ、どういうわけ？」

マージョリーが軽くからかって、佐藤は黙った。

田中《たなか》が転がるように佐藤家へと駆け込み、することとてないイブの夕べを過ごしていた二人に〝徒《ともがら》〟の襲撃《しゅうげき》と悠二の拉致《らち》を報《しら》せたのは、ほんの二十分ほど前のことである。

マージョリーの方は、田中のわだかまりなど気にもかけず、即座《そくざ》にかねてよりの取り決め通り連絡を取り、当然のように佐藤ともどもの同行《どうこう》も求めた。

しかし、

「ダメです……ダメなんですよ、俺は」

田中が吹っ切ったのは、悠二の危機を見過《みす》ごそうとした情《なさ》けない自分であり、憧《あこが》れの女傑《じょけつ》や友人の傍《そば》から落ち零《こぼ》れた不甲斐《ふがい》ない自分ではなかったのである。佐藤がなんと説得しても彼は応じず、ただマージョリーに深々と頭を下げて、来たときと同じように駆け去ってしまった。

まるで、その場にいること自体が辛苦《しんく》であるかのように、大急ぎで。

その疾走《しっそう》が、戦いの起きるだろう駅前近辺から、緒方真竹《おがたまたけ》をできるだけ遠くに連れ出すためのものと察した『弔詞《ちょうし》の詠《よ》み手《て》』たる二人は、

「もしマタケが怒ったら、私のアドバイスだって言ってやんなさい！」

「ほーいじゃま、二人で熱ーいイブの夜をなあ、ヒャーッハハハブッ!?」

とそれぞれ、少年の背中に声を送ったのだった。

それら、ものの分かった態度で接し、すぐさまの推察《すいさつ》もできる二人を、また今、羨《うらや》ましく思う佐藤《さとう》は、悔《くや》し紛《まぎ》れに眼下の『玻璃壇《はりだん》』を見下ろす。

「自在法《じざいほう》、全然使われてませんね……こんなの初めてだ」

マージョリーとマルコシアスは軽く、

「んー、最初は待ち伏せ先に何か仕掛けてるのかと思ったんだけど、ユージの進行方向には、それらしいものは見当たらないわね」

「まーさかイブの夜に、遠くまで強行軍《きょうこうぐん》もあるめえ。こりゃ、何か別のやり口だな」

それぞれ事態の不分明《ふぶんめい》さに疑問を呈《てい》した。

佐藤は、ゆっくりと進む光点の頼りない光に、僅《わず》かに苛立《いらだ》つ。

「敵が動きを見せるまでは、坂井《さかい》は助けられませんか」

友達の心配と、こちらが相手の出方を待つしかない状況、双方への焦りの表れだった。その苛立ちが、若さからつい、目の前の二人、強い上にも強いはずの二人に向けられる。

「それに、マージョリーさんだけが、ここに残ってるなんて」

無論《むろん》、その二人は取り合わない。

「相手をぶん殴《なぐ》るにも、手順ってもんが要《い》るのよ」

「ヒヒ、そーいうこと、そーいうこと。焦ってしくじるにゃ、ちぃとデカいヤマだわな」

佐藤が感情に任せてすっ飛ばしたことを、改めて口で言い、確認させる。

「罠《わな》を仕掛けるほどに周到《しゅうとう》な敵さんが、この街にいるフレイムヘイズの気配《けはい》を探ってないわけがないでしょ。だから私がここで『呼び出されるまで気付かない間抜《まぬ》けな討《う》ち手』として囮《おとり》になってるわけ。万《まん》が一《いち》のときの保険もかけてるし、ユージは大丈夫でしょ。あとは、相手の出方を見極《みきわ》めるだけ」

「まあ今は、殴りつけるための頬《ほお》げた探してるってえ段階よ、ヒヤーハハハッ！」

二人の説明で逸《はや》る感情を抑えつけ、佐藤は答える。

「はい」

親分と子分《こぶん》は、『玻璃壇《はりだん》』を見下ろして、次なる事態の変化を待つ。

「着きましたよ」

ザロービの何気ない宣告。

「ここ、なのか」

悠二《ゆうじ》の慨嘆《がいたん》を含んだ確認、

「ええ。なにか不都合《ふつごう》でも？」

さらに返ってくる底意地《そこいじ》の悪い答え（ザロービは悠二の予定など知らないのだから、これはただの被害妄想《もうそう》である）、いずれもが雑踏《ざっとう》の喧騒《けんそう》に混じる。

(よりにもよって、ここなのか)

悠二《ゆうじ》は思わず苦虫《にがむし》を噛《か》み潰《つぶ》したような顔になった。

ザロービの目的地は、なんと再建《さいけん》成った御崎市《みさきし》駅の北に開通した通り抜け。御崎イルミネーションフェスタ会場。今夜を開店記念とする新築の店舗《てんぽ》を連ねたショッピングモール。

要するに、シャナ、吉田《よしだ》との待ち合わせ場所なのだった。

モールの全景は、御崎市駅の北で二股《ふたまた》に分かれる高架《こうか》線路の下を一直線に繋《つな》いだ、かまぼこ型のアーケードである。形状や構造自体《じたい》は商店街のそれに類するものだったが、装飾部《そうしょくぶ》は全体に上品なデザインで纏《まと》められており、色合いそのものによるどぎつい強調はない。また、その大きさは通常のアーケードと比べて格段《かくだん》に広く高く、たっぷり取られた空間が、通行する者の気持ちにもゆとりを齎《もたら》してくれる。

はずだった。本来なら。

しかし今は、クリスマス・イブ、モール全体の開店セール、および初の催してあるイルミネーションフェスタ、という三重《さんじゅう》のお祭りで、この場を通る人々には、ゆとりの欠片《かけら》もない。

むしろ、高いアーケードはひたすら人の波と波を遠くに晒《さら》し、道の広さは人いきれを濁《だく》流《りゅう》のように運んで気を遠くする、という逆《ぎゃく》効果を生んでいた。頭上に照り輝くイルミネーションの豪華《ごうか》さも、この状態ではまともに観賞《かんしょう》することすらできず、混雑にイラつく人々の頭上を白々しく照らす、無駄《むだ》に眩《まばゆ》い照明でしかなくなっている。

この、企画者が見れば、思わず見通しの甘さに頭を抱えたくなる雑踏《ざっとう》、互いの足を踏み互いの肩をぶつけ合う人出《ひとで》の中に、悠二とザロービはわざわざの突入をかけることになった。

（それにしても、飛行するのも珍しくないフレイムへイズと戦うのに）

買い物帰《がえ》りらしい主婦に押されて、悠二は思わずよろけ、

（頭上の視界《しかい》を塞《ふさ》ぐ場所をわざわざ選ぶなんて、自殺行為じゃ痛っ）

またアベックの男に足を蹴飛《けと》ばされて、思考《しこう》が途切《とぎ》れた。

（ないのかな……それとも、ここで待ち構えてるはずの巡回士《ヴァンデラー》は、こういう閉ざされた空間での戦いが得意なタイプなのか？）

案内役《やく》のザロービを見れば、まだ先に進もうと四苦八苦《しくはっく》している。視線から察するに、このアーケードの中心部に当たる、二股に分かれた高架線路の間に立つモール中心部のビル、その根元を目指しているらしかった。

「確かに、人質《ひとじち》にする人間は、腐《くさ》るほどいるな」

その悠二の独り言に、

「腐るほど、とはまた剣呑《けんのん》な物言い、守る側のお言葉とも思えませんな」

前で人ごみを掻《か》き分けるザロービが答えた。

「ご心配には及びません。抜かりなく、封絶《ふうぜつ》は張って差し上げますよ？　もっとも、喰らうことで欠けた存在は修復《しゅうふく》不可能。その辺りへのご配慮、どうぞお忘れなきよう」

（またよく舌が滑《すべ》るようになったな……目的地に着いて、気が緩《ゆる》んでるのか？）

悠二《ゆうじ》は不審《ふしん》に思いつつ、会話を続ける。

「フレイムヘイズたちを、ここに誘《おび》き寄せるつもりか」

前を行く肩が、笑いに揺れた。

「ほっほっほ。捜索猟兵《イエーガー》のことだけを知っていて、巡回士《ヴァンデラー》のことは知らない、というわけはないでしょう？　もちろん、誘《おび》き寄せ、戦うつもりですとも」

妙《みょう》にお喋《しゃべ》りになったことで、悠二の不審は疑念《ぎねん》へと変わる。

（なにかを、企《たくら》んでる）

周囲に起きる僅《わず》かな変化も見逃すまいと、『零時迷子《れいじまいご》』の〝ミステス〟たる少年は、持てる感覚を研《と》ぎ澄《す》ましてゆく。表面上は、俄《にわ》かに口数の多くなった〝徒《ともがら》〟の相手をしながら。

「ここにいるフレイムヘイズたちは、誰も彼もあんたを百人集《あつ》めたところで倒せない腕利《うでき》き揃《ぞろ》いなのに、随分《ずいぶん》と余裕《よゆう》だな。そんなに巡回士《ヴァンデラー》ってのは強いのか？」

「ほっほ、それはもちろん……戦闘の専門家ですからな」

「専門家、ね」

それはフレイムヘイズも同じだろう、と思い、口にしかけたそのとき、
妙《みょう》なことに気が付いた。

（後ろの、五人目が足を止めた？）

今まで、一人大きく後方に距離を取って付いて来ていた五人目——まだ見ていない唯一《ゆいいつ》のザロービが、モールの入り口あたりで足を止めていた。距離がどんどん開いてゆく。

(どういうことだ……一人だけ、念のために退避《たいひ》しているのか?)

弱い〝徒《ともがら》〟であれば、あるいは当然とも思える処置《しょち》だった。が、

(万が一にも大きな一撃で全滅しないよう、距離を開けた……いや、違う)

なにかが引っかかった。

(戦闘の外に退避するつもりなら、もっと遠くに、それこそキロ単位で離れるはず……なのにどうして、あの五人目は、このモールの人ごみの中で立ち止まっている? 分身を離せる距離に限界でもあるのだろうか。それとも、あの立ち止まった場所に、なにか意味でもあるのだろうか。

(だいたい、あんなに近くじゃ、少し大きな封絶《ふうぜつ》を張れば一緒に飲み込まれるぞ)

疑問を胸に留めつつ、会話だけは続ける。

「その強力な戦闘のプロが、封絶《ふうぜつ》を張って戦闘開始か?」

「いえいえ。先ほどから申し上げている通り、私が張らせて頂きますよ」

尋ねる背中からは、笑みを含んだ答えが返ってきた。

悠二はその語調に、隠し事を……正確には、隠し事をすることで何らかの詐術《さじゅつ》、企みが成立するという小悪党の喜びの色を、感じる。気のせいかどうか、確かめるため、尋《たず》ね直す。

「そんな凄い奴がいるのに、どうしてあんたが封絶《ふうぜつ》を張るんだ？」

「なあに、慣習のようなものですよ」

やはり、隠していることがおかしくてたまらない、という含みが、その声にはあった。

（やっぱり、こいつが封絶《ふうぜつ》を張ることに、なにか意味があるんだ……ん？）

悠二《ゆうじ》は、先のザロービの言葉と、一連の行動が矛盾《むじゅん》していることに思い至った。

（――「我ら五人を合わせれば、町の一区画ほどは軽く覆《おお》ってご覧に入れます。戦いの舞台として使うに、狭いと言うことはありますまいよ」――）

封絶《ふうぜつ》の中から逃がすにしては、あの五人目の取った距離は近すぎる。四人で張って維持できる大きさも、たかが知れている。そんな中で、いずれも腕利きのフレイムヘイズと巡回士《ヴァンデラー》を暴れさせることができるとも思えない。

（なのに、ザロービは、やけに自分が張ることに拘《こだわ》っている……どういうことだ？）

小さな存在しか持たない五人のザロービ、そしてどこかに潜んでいるはずの巡回士《ヴァンデラー》、自分にも分からないほどの、せいぜい感じて胸のモヤモヤ程度の気配。今の状況下で封絶《ふうぜつ》が張られたら、フレイムヘイズは、その中が戦いの場と考え、集まってくるだろう。

いつもの通りの、まさにザロービの言う慣習として。

しかし、集まったところでザロービ程度が張った小さな封絶《ふうぜつ》である。まともに戦えないほどに小さいのではないか。まさか窮屈《きゅうくつ》な場所がフレイムヘイズらに不利となることを期待しているわけでもないだろうが。後方の五人目まで届くか届かないかとして、直径はせいぜい——

(——あっ!?　っそう、だ!!)

悠二の脳裏で、一つの閃きがあった。

もし、大きくない封絶であることが、連中の作戦に必要な条件なのだとしたら。

(フレイムヘイズたちは封絶《ふうぜつ》が発生すれば、当然その中で暴れているだろう〝徒《ともがら》〟を討滅《とうめつ》するために飛び込む……その慣習、前提こそが、こいつらの罠《わな》の根幹なんじゃないか?)

勘による着想が、事実で裏づけてられ、

(小さな封絶そのもの……外部の様子を掴《つか》み辛くなる、世界の流れから断絶した隔離空間それ自体が、フレイムヘイズたちを誘き寄せる、一つの小さな檻《おり》になるんじゃないか?)

罠の概要が、その裏づけの中で浮かび、

(その檻は——むしろ外から狙い、大威力の攻撃で一網打《いちもうだ》尽《じん》にする格好の標的になる)

自分の学んだ知識と推測が結びついて、

(ザロービ自身が封絶《ふうぜつ》を張るのは、封絶《ふうぜつ》の小ささだけが理由じゃなく、巡回士《ヴァンデラー》がこの場にいないからじゃないか?　外から攻撃して、自分は近くにいないとすれば——遠距離の攻撃か?)

次々とザロービの挙動の意味が繋がり、

(そうか、五人目が足を止めた、あの地点が、今から張る封絶《ふうぜつ》の境界線……外側だ!)

遂に事態の正確な把《は》握《あく》へと行き当たる。

（奴は、最終的に自分を合体させて逃げるために、封絶《ふうぜつ》の外に五人目を配置したんだ！）

そして悠二《ゆうじ》は、最後の疑問へと向かい、

（待てよ、この方式の罠《わな》だとして、なぜ河川敷《かせんしき》に封絶《ふうぜつ》を張らず、ここに場所を移した？）

自身の中で巨大な力を瞬時に練り上げ
（それは、攻撃役を果たす巡回士《ヴァンデラー》が、大威力である分、移動もさせ難いタイプだから、か）

己が身につけた自在法を、発動させる。


御崎市《みさきし》駅の東側は、主要なデパートや繁華街《はんかがい》などを抱える西側と違って、主にオフィス街からなっている。クリスマス・イブには明かりも減って、暗きに聳《そび》えるビル群は、駅越《ご》しの大騒《おおさわ》ぎを薄く照り返す墓石《はかいし》の林立《りんりつ》とも見える。

「来た、か」

その一つ、ショッピングモールを遠く一直線の視界《しかい》に置く屋上に、〝吼号呀《こうごうが》〟ビフロンスは陣取《じんど》っていた。場違《ばちが》いな煙突《えんとつ》とも見えるその体は今、前のめりに倒れている。

（こちらも、早々に準備を、終え、ねば、な）

長い体の両脇《わき》からは、虫のような足が幾対《いくつい》も生《は》えて横倒《よこだお》しの体を支え、下端《かたん》だけが屋上に接着されたかのように捻《ね》じ曲がっている。

と、

「――――ん、はああ」

深呼吸《しんこきゅう》するようにビフロンスが唸《うな》った。

その屋上に接した根元が膨れ、体の上部へと内容物をジワジワ吸い上げてゆく。彼の階下、地上近くにあるオフィスでは、まるで台風を封じ込めたような轟音《ごうおん》が鳴って、窓ガラスが内側に割れ散っていた。その上の階も、同様の惨状《さんじょう》にある。

「――――ん、ぐはあ」

既に、その体長の九割方は膨れていた。唸りが、また根元の膨張《ぼうちょう》と上部への内容物の移動を起こす。そうしてさらに数度、同様に繰り返した彼の体は、鉄道車庫《てつどうしゃこ》に現れたときと比べて、二回りは太くなっていた。

横倒しになった巨木とも、ガチガチに物を詰め込んだ長い袋とも見えるそれが、虫のような足に持ち上げられて、大雑把《おおざっぱ》な狙いしか付けられない彼なりの、最終的な微《び》調整を行う。

(討《う》ち手を、呼び寄せるために、〝聚散《しゅうさん》の丁《てい》〟ザロービが、封絶《ふうぜつ》を、張れば――)

ガリガリガリガリ、と金属を嚙《か》み合わせるような音が鳴って、体の頂《いただき》……と言うより、今は先端《せんたん》に位置する、頭部と思《おぼ》しき鉄棒で編まれた拷問《ごうもん》器具が回転した。程なく、

(その、合図を受けて、隠れ蓑《かくれみの》『タルンカッペ』の封《ふう》を、解けば――)

ゴトン、

とそれが樺色《かばいろ》の火の粉《ひこ》を巻いて、転げ落ちた。後には、同色の炎《ほのお》を先端に燃やす、横倒《よこだお》しの胴体《どうたい》だけが残される。その全形《ぜんけい》は、まるで発射の時を待つ歪《いびつ》な大砲《たいほう》のように見えた。

（なん、とか言う〝ミステス〟を、連れて逃げれば――皆殺し、だ）

破壊工作《はかいこうさく》を主に行う、彼らの常套《じょうとう》手段。

（まだ、か――皆殺しの、合図、封絶《ふうぜつ》は）

まず、ザロービが標的を、予めビフロンスが狙いを定めていた区域へと誘き寄せる。

次に、小さな封絶《ふうぜつ》をザロービが張って、どんな方法でもいい、標的を中へと留《とど》める。

そして、ザロービは外に残した五人目と合体、離脱《りだつ》（今回は〝ミステス〟も連れて）。

その瞬間を狙い、ビフロンスが大火力による一撃必殺の砲撃を、外部から叩き込む。

封絶《ふうぜつ》内からは、外部の気配は朧気《おぼろげ》にしか掴めない……気付いたときには、もう遅い。

隠れ蓑《かくれみの》『タルンカッペ』解封から発砲まで、僅か十数秒の隙を得ることだけが狙い。

今まで幾十と組織の破壊活動を請け負ってきた二人による、必中必勝の作戦だった。

（合図の――）

と、その言葉が、

（――封絶《ふうぜつ》、を⁉）

驚愕《きょうがく》に繰り返される。

砲口の向く先、予定された着弾地点、合図たる小さな封絶《ふうぜつ》が展開されるはずのショッピングモールから、予定をはるかに上回る規模の陽炎《かげろう》のドーム、世界から内部を切り離す、因果孤立《いんがこりつ》空間・封絶《ふうぜつ》が膨れ上がり、彼をもその内に飲み込んだ。

「ぬお、お!!」

炎の色は、燦然《さんぜん》と輝く——〝銀〟。

悠二《ゆうじ》は、自身の知覚でき得る限りに大きな封絶《ふうぜつ》を張った。

こうすることで、どこかに潜《ひそ》んでいる巡回士《ヴァンデラー》を中に取り込み、まずは作戦が予定通りに行かなかったことへの動揺《どうよう》を与える。なにより、封絶《ふうぜつ》に誘《おび》き寄せられる手筈《てはず》のフレイムヘイズが集っていない以上、その攻撃は無意味、である以上は、敢行《かんこう》もされないはずだった。

同時に、フレイムヘイズたちには開戦の合図として、自分のフォローを期待できる。敵の作戦の全てを台無《だいな》しにする、それがこの、『ザロービが張る以上に大きな封絶《ふうぜつ》』の意味だった。

（僕を形作る〝存在の力〟を統御《とうぎょ》し）

その突然の異常事態《いじょうじたい》に、赤いスカーフのザロービが、

「つな!?」

静止する雑踏《ざっとう》の中で、悠長に驚きの声を上げる間に、

（力を拳に集め炎として具現化《ぐげんか》させ）

その手に銀色の炎《ほのお》が轟然《ごうぜん》と湧《わ》き上がっていた。

「なに、を⁉」

未だ叫ぶのみのザロービには構わず、悠二《ゆうじ》は初めて敵に向かって放つ破壊《はかい》の力・炎弾《えんだん》を、

(この炎を、力を、標的《ひょうてき》に残らず——向ける!)

先刻《せんこく》から感覚を研《と》ぎ澄《す》まし捉《とら》えていた標的、一人離れた——本来《ほんらい》張るはずだったサイズの封絶《ふうぜつ》、その外に位置する——場所に突っ立っていた、五人目のザロービを狙う。

(届け‼)

思う間に、細い紐《ひも》で繋《つな》がった先、雑踏の中に紛《まぎ》れていた桃《もも》のスカーフのザロービは、流星とも見える銀色の炎弾の直撃を受け、粉々《こなごな》に爆砕《ばくさい》された。周囲の人間諸共《もろとも》に。

残り四人。

「なぜ⁉」

眼前のザロービは、まだ動転する心境を声に出して事態を確認し、答えの返ってくるわけがない質問までしている。

悠二はその、敵がくれた時間をフルに使って考え、感じ、

(もう一度、炎を作る余裕《よゆう》がない)

判断を下すと寸毫《すんごう》の躊躇《ちゆうちよ》なく、赤いスカーフのザロービに襲《おそ》い掛かった。逃げもせず正面にいた老神父の首を摑《つか》み、目分量《めぶんりよう》で〝存在の力〟を込める、

「っ、ごギウッ」

その半分も力を具現化《ぐげん》させる前に、ザロービの首が紙屑《かみくず》同然に握り潰《つぶ》された。死骸《しがい》が飴色《あめいろ》の火の粉《ひこ》となって散る中、悠二は手の中にある不気味《ぶきみ》な感触《かんしょく》に怖気《おじけ》を走らせ、同時に、このクラスの〝徒《ともがら》〟はこの程度の力でいいのか、と感得もする。

残り三人。

（いける！）

捻《ひね》り潰す力を残したために、炎弾を練る余力《よりょく》ができた。最も近い場所に感じるザロービに向けて、連中《れんちゅう》が我に返り人を喰らうという脅迫《きょうはく》方法を実行する前に、特大の炎弾を放出する。近いが、

（構わない！）

一秒置かず炸裂し、溢れ返る銀の炎が、辺りを衝撃と熱で飲み込み、ザ、い、い、い、い、い、い、ロービに喰われる前に破壊する。悠二自身は咄嗟に、首に提げた火除けの指輪『アズユール』で、炎の侵食から身を守った。炎弾の直撃を受けた一人、その近くにいたもう一人の気配が、消えた。

残り一人。

と感じたその耳に、

「うひ、ぁっ!?」

悠二の背後に配置されていたために、また『アズユール』の結界の影に在ったために生き残

った、最後のザロービの叫びが届く。

（ちっ！）

心中で舌打ちした悠二《ゆうじ》は、飛び掛かるには遠いと感じるや、

（シャナに学んだ）

自分の胸元のポケットから、マージョリーに渡された栞《しおり》の内、攻撃用のものを指で挟み、鋭く投げた。炎弾《えんだん》と同じ要領《ようりょう》で、摑《つか》んだ敵の存在へと結びつけるように。

（全てを今）

高速で飛んだ栞は、瞬時《しゅんじ》に大剣《たいけん》『吸血鬼《ブルートザオガー》』と化し、最後のザロービの腹に突き立つ。

「つぎゃあああああああああああああ!!」

その叫ぶ間に悠二は接近し、

（使い果たしてもいい!!）

飛び散る飴色《あめいろ》の火《ひ》の粉《こ》の中、突き立った片手握《にぎ》りの柄《つか》を無理矢理に両手で摑み、ありったけの力で下に押し切った。

「ああああ――――」

ボフ、と唐突《とうとつ》に手《て》応《ごた》えがなくなり、『吸血鬼《ブルートザオガー》』は路面に深々と刺さった。

捜索猟兵《イエーガー》〝聚散《しゅうさん》の丁《てい》〟ザロービ五人、その全てが討滅《とうめつ》された。

この間、僅《わず》か十秒余――が、

(まだだ)

悠二《ゆうじ》は、神経を鈍らせるわけにはいかない、と必死に念じる。得《え》も言われぬ焼け焦げた臭《にお》いに、転がる欠片、破壊《はかい》され轟々《ごうごう》と燃え盛るショッピングモールの中に在る影へと意識を移せば、さして強くもない自分の心がパニックに陥《おちい》ってしまうことは分かっていた。麻痺《まひ》するような感覚の中、思考を巡らせる。

(まだ、人間に戻っちゃ駄目だ)

そう、ザロービは捜索猟兵《イエーガー》、あくまでこの場への誘導役に過ぎない。本来戦うべき敵の主力たる巡回士《ヴァンデラー》が、まだ無傷のまま残っているのである。

が、

(やっぱりだ、今、僕を襲ってこない)

アーケード内に潜んでいれば、ザロービとの戦闘中にでも飛び掛かってきただろう巡回士《ヴァンデラー》が、来なかった。この、考える余裕のある現状こそが、巡回士《ヴァンデラー》は封絶《ふうぜつ》の外から大威力の遠距離攻撃を行う、という悠二の推論の正しさを証明していた。

(河川敷《かせんしき》から移動したのは、巡回士《ヴァンデラー》が大威力を持つ分、移動し難いタイプだから、って推測も当ってたら……このアーケードを選んだのは、中から見つからないようにするためか?)

推測に状況を整合させてゆき、やがて『小さな封絶《ふうぜつ》の中に呼び込んだフレイムへイズらを遠距離から一網打尽《いちもうだじん》にするはずだった巡回士《ヴァンデラー》』が、街のどこかに潜んでおり、今もここに狙いを着けている、と確信する。

(だとすると、巡回士《ヴァンデラー》は遠くても見える場所にいる可能性が、ある)

ほんの数秒、思考を整理し終えた悠二は、田中を信じて、大声を張り上げた。

「シャナ――――ッ!!」

「悠二!!」

打てば響《ひび》くように、答えが返ってきた。

頭上、砕け散ったイルミネーションの骨組みから、白いジャンプスーツのような衣《ころも》を纏《まと》った巨体が舞い降りる。その衣――気配隠蔽《いんぺい》の装束《しょうぞく》――は瞬時《しゅんじ》に解けて、仮面《かめん》を被《かぶ》った『万条《ばんじょう》の仕手《して》』ヴィルヘルミナ・カルメルと、その背から飛び降り、瞳に髪に紅蓮《ぐれん》の煌《きらめ》きを宿す『炎髪《えんぱつ》灼眼《しゃくがん》の討《う》ち手《て》』シャナを、中から現した。マージョリーからの急報《きゅうほう》を受け、連行《れんこう》される悠二に張り付いていたのである。

「悠二、ごめん」

シャナは、ザロービとの交戦で手助けできなかったことを謝り、

「分かってる」

悠二は二人が、ここに強力な巡回士《ヴァンデラー》が潜んでいた場合のバックアップとして、悠二を助けるためにこそ隠れていたのだと明確に理解し、頷いた。

ヴィルヘルミナは、その二人の様を見て、僅か抱いた感嘆《かんたん》を、仮面の内に隠す。

「情勢《じょうせい》の分析は?」

代わりに、厳しい声で尋ねた。

悠二《ゆうじ》は再び頷《うなず》いて、早口で言う。

「ここを一望できる場所に、遠距離から攻撃する巡回士《ヴァンデラー》がいるはずです」

シャナは頭上を覆うアーケードを軽く見渡して、

「これは、そのための目隠《めかく》しね……ヴィルヘルミナ!」

まず、シャナが紅蓮《ぐれん》の双翼《そうよく》を轟《ごう》と燃やして宙に飛び上がり、

「了解《りょうかい》であります。坂井《さかい》悠二、貴方《あなた》は封絶《ふうぜつ》の維持《いじ》に抜かりなきよう」

「分かりまし――うわ?」

続いてヴィルヘルミナが、悠二をリボンに捉《とら》えて舞い上がった。

軽くアーケードの天井《てんじょう》を突き破った彼女らは、銀色に燃える封絶《ふうぜつ》の中、背中合《あ》わせに宙を回り、周囲を見渡す。

数秒せず、

「――いた!!」

シャナが灼眼《しゃくがん》に敵を捉《とら》えた。

駅の裏手《うらて》、やや遠くに、在り得ない樺色《かばいろ》の炎《ほのお》が燃え上がっている。

悠二は、その気配《けはい》が急速に大きくなるのを感じ、叫んだ。

「もう撃《う》とうとしてる!!」

突然に出現したとは思えない、巨大な破壊力として肌《はだ》にさえ感じる〝存在の力〟の膨張《ぼうちょう》。

榫色の光が、輝度を真っ白に変えてゆく。

「――」

シャナは目線《めせん》だけで求め、

「――!」

ヴィルヘルミナも目線だけで答えた。

「ひ、えっ!?」

やや情《なさ》けない声を上げて、悠二は直下に落ちる。ヴィルヘルミナ、シャナと一緒に。

「行くのであります」

「投射体制《とうしゃ》」

二人の『万条の仕手《ばんじょうのして》』がそれぞれ言うや、斜め前方のアーケードの鉄骨に無数のリボンが絡み付き、その全てが全開《ぜんかい》の力でビン、と引っ張られる。

「な、なな――」

悠二が状況を把握《はあく》する間に、視界《しかい》がリボンを張った前方へと高速で流れた。

バン、と至近《しきん》で紅蓮の双翼に全開の炎を吹き上げたシャナが、カタパルトとなったヴィルヘルミナの援護を受け、前方へと超《ちょう》高速による飛翔《ひしょう》を開始した。

「――っく！」

炎髪灼眼《えんぱつなび》く中、僅《わず》か速度に灼眼《しゃくがん》を細め、しかし敵をその飛翔《ひしょう》の先に見据《みす》える。

ビフロンスの点《とも》す樺色《かばいろ》の光は、もはや放射の予兆を超え、溢《あふ》れ出しつつあった。

（一拍、間に合わない）

シャナは判断し、突撃の中で自分の力を集中、全開で解き放つ。

「つはああああああああああああああああああああ――!!」

飛翔の戦端《せんたん》から猛火《もうか》が吹き上がり、
今まさに自身の体から破壊《はかい》の光を解き放ったビフロンスの砲撃《ほうげき》、

「!?」

その先端《せんたん》と激突《げきとつ》した。

圧縮《あっしゅく》されたビルの内容物らしい、様々な瓦礫《がれき》や物体が高熱に蒸発、焼き尽くされ、それでも
溜《た》め込んだエネルギー同士の鬩《せめ》ぎ合いに数秒を費やして、

大爆《だい》発が起きた。


幾重《いくえ》にも体を包んだ自在《じざい》の黒衣《こくい》『夜笠《よがさ》』に守られ、大きく吹き飛ばされたシャナに近く。

ビルの屋上でまともにこの大爆発を受けたビフロンスに、より近く。

長い砲身状《ほうしんじょう》の体軀《たいく》の大半《たいはん》、全身を覆《おお》っていた隠れ蓑《かくみの》『タルンカッペ』は引き千切れ、黒焦《くろこ》げの筒だけとなったビフロンスは、

「――ご、は」

既《すで》に炭化《たんか》していた虫の足が一斉《いっせい》に折れると同時に、屋上へと倒れ落ちた。その一押《ひとお》しが効いたかのように、内包物《ないほうぶつ》を抜き取られ耐久力《たいきゅう》を失ったビルが崩落《ほうらく》を始め、大《だい》破壊力を誇る巡回士《ヴァンデラー》は、自身の炎《ほのお》を混ぜて濛々《もうもう》と舞い上がる粉塵《ふんじん》の中へと、消えた。

黒衣を払ったシャナは、モールや線路を飛び越えて大きく押し戻された繁華街《はんかがい》のビル屋上で、なんとか食い止めた砲撃《ほうげき》、その主の退場を、満足げに眺《なが》めやった。

「ふう」

溜《た》め息が、漏れる。

アーケードの上で、カタパルトにしたリボンを、今度は牽引索《けんいんさく》にして身を支えたヴィルヘルミナも、その隣《となり》でぐるぐる巻きに保持していた悠二《ゆうじ》を見て、

「なるほど……能力的には確かに、行《こう》の共《とも》とするに申し分なし、でありますか」

「不承不承《ふしょうぶしょう》」

それぞれ含みを持って呟《つぶや》いた。

悠二《ゆうじ》には、なにがなんだか分からない。

「えっ、コーノトモ、って、なんです……？」

無論《むろん》二人はとぼけ、そっぽを向いた。

「さて、なんでありましょう」

「詮索《せんさく》無用」

(これだよ、ホント無駄に厳しいんだか、ら?)

思った悠二《ゆうじ》は、胸の奥に、小さな違和感《いわかん》を覚える。

(妙《みょう》だな、捜索猟兵《イェーガー》と巡回士《ヴァンデラー》を片付けたのに)

朝から感じていた胸のモヤモヤが、収まっていなかった。

(まさか今さら、シャナや吉田《よしだ》さんのことで悩んでた気持ちだった、とか言わないよな……それじゃ、"徒《ともがら》"相手にうなってた僕がバカみたいじゃないか)

混乱する中で、遠くにまた気付くものがある。

(ん? なん、だろう……あの、シャナが巡回士《ヴァンデラー》と撃《う》ち合った場所の大穴《おおあな》……)

それを捉えようと試みるが、極限《きょくげん》の緊張《きんちょう》を経たためか、気分が弛緩《しかん》して、いま一つ二つ、集中ができなかった。なにより、大きな感慨《かんがい》が胸中を占めて、興奮に浮《うわ》ついてさえいた。

(でも、しようがないよな)

緩《ゆる》んだ心の中で、これまでの事態を反芻《はんすう》する。

(僕が……弱い部類とはいえ、この"ミステス"の僕が、"徒《ともがら》"を討滅《とうめつ》したんだ)

今だけは、ヴィルヘルミナの傍《はた》でグルグル巻きになって浮かんでいる、という傍からは間抜けな自分の姿を忘れる。危うい中でもやり遂《と》げた、その充実感に浸《ひた》る。

ともあれ、戦いは終わった。

シャナは『贄殿遮那《にえとののしゃな》』を『夜笠《よがさ》』の内に収め、自分がヴィルヘルミナや悠二から遠く離れるほどに――吹き飛ばされた爆発の威力《いりょく》に、僅《わず》か戦慄《せんりつ》を覚える。

「危なかった」

「うむ。接近を待たず先制したのは、良い判断だった」

ヴィルヘルミナは悠二をアーケードの屋根に放り出し、一息吐《つ》いた。周囲のアーケードが爆《ばく》風《ふう》で悉《ことごと》く抜け落ちて、華麗《かれい》なイルミネーションも、もはや破れ障子《しょうじ》の如《ごと》き惨状《さんじょう》である。

「痛っ？　そ、そうやって人を乱暴に扱うの、止めてくださいよ……」

「妙な言いがかりを付けるものでありますな」

「不当弾劾《ふとうだんがい》」

遠く旧依田《よだ》デパートの中では、マージョリーが退屈《たいくつ》の欠伸《あくび》をした。佐藤《さとう》も緊迫《きんぱく》の追跡《ついせき》と逆襲《ぎゃくしゅう》が滞《とどこお》りなく、犠牲《ぎせい》もなく終わったことに、心底からの安堵《あんど》を抱く。

「あーあ、今回は出番なし、か。つまんない」

「頬《ほお》げた探す内に相手が倒れてた、ってか。たまにゃ、こーいうこともあらーな、ッヒヒ！」

「でも、本当良《よ》かったですよ、何事もなく終わって」

それぞれの場所で、それぞれが思った。

瞬間《しゅんかん》、

茜色の炎が——信じられない規模の、悠二《ゆうじ》の張った御崎市《みさきし》全域を覆《おお》う封絶《ふうぜつ》の中心を、丸ごと焼き尽くすほどに莫大な茜色《あかねいろ》の炎《ほのお》が、まさにその瞬間、爆発した。

「つな!?」

シャナの足元、ビル屋上を突き破り迫った無数の刃《やいば》、

「!!」

ヴィルヘルミナと悠二を一挙《いっきょ》に飲み込んだ灼熱《しゃくねつ》の炎、

「うっ!?」

マージョリーと佐藤《さとう》の潜《ひそ》む隠れ家《が》を打ち崩した爆発、

全てを同時一撃《いちげき》の元《もと》、行ったそれは、

内に無数の剣を踊らせる、茜色の炎による怒涛《どとう》だった。

「……」

悠二は、何秒か何十秒か、

「う、ぐ」

遠くなっていた意識を取り戻す。

「な……」

その視界一面、

「なんだよ、これ……」

どこもかしこも、裂けたビル群、落ちたアーケード、砕けた高架《こうか》、全ての破壊《はかい》の痕跡《こんせき》、罅割《ひびわ》れた隙間から、猛然と茜色の炎が立ち上っていた。

その内には、まるで刃の亡霊による地獄の行進、あるいは斬るものを求める混沌《こんとん》の狂宴《きようえん》とでも言うべき、無数大小種々雑多《むすうだいしようしゆじゆざった》な剣の影が、躍《おど》りに踊《おど》っている。

壮絶というも生温《なまぬる》い光景に目を焼く悠二の胸に、

「——痛っ」

チクッ、と鋭い痛みが走った。

「なん——」

剣。

眼前、全く唐突《とうとつ》に、何者かが自分に剣尖《けんせん》を突きつけていた……否《いな》、胸ポケットにあった、防御と通信の自在法《じざいほう》を込めた栞《しおり》を、焼き払っていた。一点の焦《こ》げ目を遺《のこ》し、栞《しおり》は消える。

「!?」

剣の影踊る茜色《あかねいろ》の炎《ほのお》に照らされた、その何者かは、無言。

「誰、だ？」

やはり、無言。

マントと硬い長髪《ちようはつ》を熱風にはためかせ、幾重《いくえ》にも巻いたマフラー状の布で顔を隠《かく》す、背の高い男……らしい。巻き布の端《はし》は異様《いよう》に長く揺れて、翼《つばさ》とも尾とも見えた。

マントの間から伸びている剣は、彫像のように静止している。

（まずい）

悠二《ゆうじ》は、自身が置かれた状況にではなく、この〝紅世《ぐぜ》の王〟に違い、ない、存在に対して、震え上がるような危機感を覚えた。ザロービは元より、先の爆発を起こした〝徒《ともがら》〟すらも問題にならない、巨大さ。見ただけで分かる〝紅世《ぐぜ》の徒《ともがら》〟としての威圧感、〝存在の力〟の統御《とうぎよ》力。いずれもが、その姿から凶悪《きようあく》なほどに滲《にじ》み出ていた。

（おかしい、絶対におかしい!!）

悠二の判断力をして、混乱させられていた。

（もう、一人……しかも、こんな巨大な力の持ち主が、こんな〝紅世《ぐぜ》の王〟が潜《ひそ》んでいたことに、気付けないわけがない!!）

焦る間に、剣尖《けんせん》の圧力が、じわりと増す。

「おまえ……おまえは、誰なんだ!?」

どうしようもない状況下、悠二は苦し紛《まぎ》れに叫んだ。

男は、答えない。無言で、ただ剣を押し込んでゆく。

そこに、

「――〝壊刃《かいじん》〟サブラク」

よく知る声での、答えが返ってきた。

「――強大なる〝紅世《ぐぜ》の王〟」

剣尖が進行を止め、巻き布の間に光る目が、声の主を探し、僅《わず》か悠二から目線《めせん》を外す――と、
その刀身《とうしん》、ついでに悠二の体に、白いリボンが絡みついた。

「うわ!?」

悠二は物凄《ものすご》い力で宙に引っ張り上げられる。

その先、

「――依頼を受けて標的《ひょうてき》の抹殺《まっさつ》を請《う》け負う、殺し屋」

茜色に燃え上がる世界を敷く空、銀色の炎の過《よ》ぎる陽炎《かげろう》の壁を頭上に、悪夢《あくむ》では在り得ない
夢の住人の如《ごと》き仮面《かめん》の女性が、無数のリボンを鬣《たてがみ》のように靡《なび》かせ、浮いていた。

思わず見惚《みと》れる悠二を無視して、

「――我が友〝彩飄《さいひょう》〟フィレスと『永遠の恋人』ヨーハンの、仇敵《きゅうてき》」

戦技無双《せんぎむそう》の舞踏姫《ぶとうき》は、凛《りん》と眼下に言い放つ。

「貴様《きさま》の相手は、この私――『万条の仕手《ばんじょうのして》』ヴィルヘルミナ・カルメルであります」

3　フィナーレの行方

シャナは、決して油断していたわけではなかった。

そもそもフレイムヘイズと〝紅世《ぐぜ》の徒《ともがら》〟は互いに常在戦場《じょうざいせんじょう》、尋常《じんじょう》な勝負など発生し得ない、むしろ戦いは不意討ちから始めるべき、いかに裏をかいて仕掛けるかを考え、いかに楽に殺すかを探る、それら認識の本で行動している。

ゆえに当然、『炎髪灼眼《えんぱつしゃくがん》の討《う》ち手《て》』たる彼女は、捜索猟兵《イェーガー》と巡回士《ヴァンデラー》の討滅《とうめつ》という終息《しゅうそく》の時を迎えてもなお、本能同然に気を引き締めていた。

巡回士《ヴァンデラー》の砲撃《ほうげき》に辛うじて紅蓮《ぐれん》の大太刀で先制し、その激突と爆発によって遠く吹き飛ばされた場所——ショッピングモールの西隣に位置する繁華街《はんかがい》のビル屋上に一人立ち、唐突《とうとつ》に訪れ、唐突に去った戦いの意味を吟味《ぎんみ》していた、、、
まさにその、ごく普通の警戒態勢にあった彼女を、

「——」

絶大な規模と大威力を持つ一撃が襲ったのである。

突如、ビルの屋上一面に、無数の刃が下から突き出され、その裂け目から炎《ほのお》が染み出し、猛然と噴出《ふんしゅつ》し、遂には爆発した。

「――ッ!?」

叫びすら上げること叶《かな》わず、シャナは爆発の炎に巻《ま》かれ、焼かれ、炎の内で踊り跳ねる無数の剣に襲われ、切り刻まれた。

挙動《きょどう》を、察知することができなかった。これほどの規模と威力を持つ攻撃なら、発現する前に相当な量の〝存在の力〟を変換する気配が――先の巡回士《ヴァンデラー》のように――あるはずなのに、微塵《みじん》たりと、察知することができなかった。

(どう、して?)

懐疑《かいぎ》の念も途切れがちな中、それでも討ち手たる少女は反射的に、自在の黒衣《こくい》『夜笠《よがさ》』で体を幾重《いくえ》幾十重《いくじゅうえ》にも包む防御体制を取っていた。

が、押し包む炎はあまりに熱く、切り刻む刃はあまりに鋭《するど》かった。

溶鉱炉《ようこうろ》に落とされた紙のように『夜笠』は焼かれ、その表面に穴を穿《うが》たんと剣が次々と突き立っては砕《くだ》け、砕けた場所に刺さっては傷を広げてゆく。身を焼き刻む圧倒的な力に、翻弄《ほんろう》され、押し流され、叩きつけられる。

(この色と、力――)

衝撃に息も詰まる中、思い出していた。

灼眼《しゃくがん》に文字通り焼きついた炎の、茜色《あかねいろ》。

(ヴィル、ヘルミナ、の言ってた――〝壊刃《かいじん》〟サブラク――!?)

思い出して、しかし意識は、途切れる。

あの日、『万条の仕手《ばんじょうのして》』ヴィルヘルミナ・カルメルが、中央アジアのとある狭隘《きょうあい》な渓谷《けいこく》へと飛び込んだのは、全くの偶然《ぐうぜん》からで、特段の目的があってのことではなかった。

高速で空をすっ飛ぶ〝紅世の徒《ぐぜのともがら》〟に追いすがり、長い尾へとリボンを絡めて、まさに仕留《しと》めようとした刹那《せつな》――その〝徒《ともがら》〟のものとは色も異なり、力の規模も格段に違う、無数の剣で内を攪拌《かくはん》する茜色《あかねいろ》の炎《ほのお》が、渓谷全体《ぜんたい》へと、まるで洪水《こうずい》のように溢《あふ》れたのだった。

信じられないほどに巨大な力……でありながら、事前に潜《ひそ》む気配《けはい》の欠片《かけら》も取れなかった、完全にして強力な不意討《ふいう》ち。追っていた〝徒《ともがら》〟は瞬時《しゅんじ》に茜色の怒涛《どとう》に飲まれ、消滅《しょうめつ》した。彼女も逆巻くの炎と襲《おそ》い来る剣、その圧倒的な威力と膨大《ぼうだい》な量をいなしきれず、全身を焼き刻まれた。

そうして先の〝徒《ともがら》〟に、僅《わず》か遅れて死を迎える、はずだった。

あの二人が助けてくれなければ。

仮面《かめん》の中から霞《かす》んで見えた渓谷の上、僅かに開いた暗雲《あんうん》の空から、また別の〝徒《ともがら》〟が悲鳴を上げて落ちてくるのを、彼女は捉《とら》えた。

と、その〝徒《ともがら》〟の落下地点《ちてん》に、剣の平《ひら》が櫓《やぐら》を組み、救い上げた。落ちてきた〝徒《ともがら》〟が最期に吐いた言葉は、「〝壊刃《かいじん》〟、違う！」であり、「そいつらじゃない、上だ!!」だったが、

そんなことよりも、泡《あわ》を食う〝徒《ともがら》〟が指差した、天——そこから、

低く黒々と垂れ込める雲に、ポッと穴を穿《うが》ち、ボッと渦《うず》を巻き、ドッと降ってきた。

琥珀《こはく》色の、竜巻《たつまき》が。

落ちてきた〝徒《ともがら》〟を、剣の櫓へと押し付け磨《す》り潰《つぶ》した旋回《せんかい》する大《だい》圧力は、そのまま渓谷《けいこく》を埋める茜色《あかねいろ》の怒濤《どとう》をも一撃《いちげき》で吹き散らし、剣と炎《ほのお》の溢《あふ》れかえる中から、瀕死《ひんし》のフレイムヘイズだけを救い出していた。

ヴィルヘルミナは

(だ……誰……？)

自分を抱きかかえ、雲間から覗《のぞ》く陽光を振り仰ぐ、長い髪の美女、

「この討《う》ち手、私たちと間違えられたみたいね」

そして、傍《かたわ》らから無邪気《むじゃき》な笑顔で覗きこんでくる、線の細い少年、

「運《うん》悪く、こっちもそっちも二人だったわけだ」

不思議《ふしぎ》な二人組を、閉じかけた瞼《まぶた》の間から、見た。

「さっき蹴落とした〝徒《ともがら》〟、ここに私たちを誘い込みたかったのね？」

美女が、欠片《かけら》一つ残さず潰して立つ、自分の足元を見て言い、

「どうりで変な挑発《ちょうはつ》してたわけだ、危ない危ない……ここはさっさと」

少年が、再び二人を囲い押し寄せる茜色の炎を、チラと見やり、

「逃げちゃおうか、フィレス」

「うん、行こう、ヨーハン！」

「よし！」

「空に！」

リズムを取るように声を継ぎ合って、琥珀色の風が大挙一陣《たいきょいちじん》、渓谷を脱した。

それが、〝彩飄《さいひょう》〟フィレスと『永遠の恋人』ヨーハン──世に言う『約束の二人《エンゲージ・リンク》』とヴィルヘルミナの出会い。そして、〝壊刃《かいじん》〟サブラクとの、幾度《いくど》にも渡る戦いの始まりだった。


ヴィルヘルミナは、一条《いちじょう》のリボンで捉えたマントの男、〝壊刃《かいじん》〟サブラクの剣を引く。

(やはり、出現を感知《かんち》できなかった)

世に知られる〝壊刃《かいじん》〟サブラクの、殺し屋としての最大のアドバンテージは、強大な力自体《じたい》ではなく、この、事前に出現を察知《さっち》することが不可能、という特異性《とくい》にあった。

ヴィルヘルミナは、命の恩人《おんじん》たる『約束の二人《エンゲージ・リンク》』とともに世界を流離《さすら》う間に、幾度となく襲《しゅう》

撃《げき》され、ゆえに警戒《けいかい》を怠《おこた》ったこともなかった……にもかかわらず、この〝王〟の出現を察知《さっち》できたことが一度もない。その潜伏《せんぷく》の技能は、全く異常の一語に尽きた。

三人が二年以上もの間、その魔手《ましゅ》から逃れ続けられたのは、フィレスが襲い来る炎を吹き散らし、危機への反射的な離脱《りだつ》を行える風の能力を持っていたこと。ヴィルヘルミナが不意に現れる無数の剣をいなす技能を持っていたこと。これら幸運を重ねて持っていたためである。

そんな彼女らをしてさえ、最後には根負けした。

殺し屋による執拗《しつよう》かつ周到、強力にして不可知な断続的襲撃の末に、標的であったらしいヨーハンの、致命傷を受けての封印、謎の自在式《じざいしき》による変異《へんい》、という悔《く》やんでも悔やみきれない痛恨《つうこん》の結末を迎えることを余儀《よぎ》なくされたのだった。

彼女らは、敗北したのである。

(しかし……いえ、だからこそ)

ヴィルヘルミナは今、燃え立つような気迫《きはく》で、殺し屋との再戦に臨んでいる。桜色《さくらいろ》の火《ひ》の粉《こ》が、彼女の意気を示すようにはらはらと舞い落ちていた。

見下ろす先で、剣に絡んだリボンを引くサブラクが、マントの内からもう一本、刀身を突き出す。その口からは、今までの沈黙が嘘のように延々と、小声が漏れていた。

「やはり、幾度《いくど》も交戦を経《へ》れば、逆襲に転ずるまでの時間も短くなるか、〝夢幻《むげん》の冠帯《かんたい》〟に『万《ばん》条《じょう》の仕手《して》』よ。もっとも、一撃必殺を旨《むね》とせぬ俺の流儀《りゅうぎ》が呼んだ不快な結果でもある」

ヴィルヘルミナはその声ではなく、リボンを切る行為に反応し、叫ぶ。

「させない！」

「開戦」

パートナーたるティアマトーの布告に応じ、『万条の仕手《ばんじょうのして》』、絶技の調弦《ぜつぎのちょうげん》が始まる。リボンを引くサブラクの力に、僅《わず》かベクトルを変えてその体勢を崩し、崩れの内にできた動作の隙へと、回転運動の弾みを与える。ただそれだけの、しかし微細極《びさいきわ》みに致る押し引きの齎《もたら》した結果は、傍目《はため》には滑稽《こっけい》ですらあった。

剣を引いていたサブラクが、真横へと鋭く転んだように見えたのである。

「ぬう！」

サブラクは小声を切り、抜いたもう一本の剣を床面、アーケードの鉄骨に突き立てる。これを支点に体勢を翻《ひるがえ》し、着地する――その中で、リボンに捉《とら》えられた剣を持つ腕が、肘《ひじ》からブツンと千切《ちぎ》れた。

「相も変わらぬ技巧《ぎこう》の冴え。始末《しまつ》する討《う》ち手三者の内に、よりにもよって貴様が混じっているとはな。いやしかし事前にこの情報は聞いていた。我が生の因業《いんごう》と受け入れるよりないか」

懲りずにブツブツと声を継ぐ間に、千切れた後も剣を握る腕が茜色《あかねいろ》の炎《ほのお》へと変じ、その燃焼《ねんしょう》による加速がヴィルヘルミナへと切《き》っ先《さき》を向け噴進《ふんしん》する。

が、無論《むろん》、

「つは！」

絡んだままのリボンが難なく、これをあらぬ方向へと放り投げていた。

一瞬《いっしゅん》遅れて腕が爆発し、茜色の猛火《もうか》と剣の破片を宙にも撒く。

「熱っ！」

リボンの鬣《たてがみ》の一条《いちじょう》に抱え上げられていた悠二《ゆうじ》は、思わず身を縮めた。目を再び開ければ、新たに生えたサブラクの手に新たな剣が握られている。

「また一振り、我が剣を失ったか。いかに強敵相手とはいえ早々の損壊《そんかい》は心地よいものではない。また一振り、何処《いずこ》かより得ねばなるまい。この戦いの内に、あと幾振りを失うか」

また声を漏らす覆《おお》われた顔の下、爆風《ばくふう》に靡《なび》くマントの中は、厚手の革つなぎとプロテクターで覆われ、肌は一切露出《ろしゅつ》していない。

「我が一撃目を受け、また逃げずに戦い、なおもここまでの戦闘力を維持し得ているか。いかに交戦経験があるとはいえ、その事実には許しがたいものを感じずにおれんな」

その、ただ立つだけの姿にすら漂う、違和感の凄まじさに震え上がる悠二は、

（こいつ……さっきの二人とは、全然レベルが違う）

同時に通り抜けのアーケード全体から湧き上がる巨大な力を捉え、自分を抱えて宙に浮かぶフレイムヘイズに危機を訴えた。

「カルメルさん！」

「……」

返事はなしに、ヴィルヘルミナは軽く両手両足を広げ、応戦《おうせん》の体勢を取る。

「遺漏《いろう》なく皆殺《みなごろ》しにしておれば、今も楽に仕事を終えられたのだが。いや、依頼そのものは果たしている。いつ出くわすとも知れぬ者へと常に力を注《そそ》ぐようでは遂行《すいこう》自体に障《さわ》るか」

延々《えんえん》声を漏らすサブラクの足元に輝《ひび》が走る間も数秒、茜色《あかねいろ》の炎《ほのお》が染み出し、轟《ごう》と大きく弾けた。伸び上がる炎の怒涛《どとう》と見えるその中には、剣の影が無数に揺らめき躍《おど》り、時折《ときおり》突き出される剣尖《けんせん》が怪しい光を閃《ひらめ》かせている。

「要《よう》は、与えられたその場その場における最適を目指すしかないということか。あの時のように、今のように、これからも。依頼を果たし、余力が在れば、障害を斬《き》る」

この雪崩《なだれ》れる波頭《なみがしら》に乗って、双剣《そうけん》構える殺し屋は、程近い空に在るフレイムヘイズ——正確には、その傍《かたわ》らでリボンに縛られ浮かんでいる標的《ひょうてき》へと迫る。

「う、わあっ!!」

先の巡回士《ヴァンデラー》の攻撃がそのまま容積を増して溢《あふ》れ出したかのような、ほとんど目に見える威力《いりょく》の殺到《さっとう》に、悠二は思わず叫んでいた。

が、

「問題ないのであります」

「静粛《せいしゅく》要求」

二人で一人の『万条《ばんじょう》の仕手《して》』は、これに真《ま》っ向《こう》から突っ込む。悠二《ゆうじ》を引き連れて。

「!?」

悲鳴を飲み込んだ悠二の周りに、主《あるじ》に先駆《さきが》けた炎が、剣尖を混ぜて包囲《ほうい》の輪を作った。

この中を埋めるように炎の怒涛を叩《たた》き込むサブラクが、勢いに乗せて双剣を振るう。が、

「ぬ」

信じられないことに、ヴィルヘルミナはこの前方から迫る二つの斬撃《ざんげき》を、軌道《きどう》の中に飛び込むことでかわした。まるで宙を舞う花弁《はなびら》が、指を避けて落ちるように、サブラクの内懐《うちふところ》に屈《かが》む形でひらりと入り、その仕草《しぐさ》に連なる舞踊《ぶよう》のように右手を華麗《かれい》に差し上げ、伸び上がる。数十の、硬化《こうか》して槍衾《やりぶすま》となったリボンを連れて。

「お!?」

サブラクは顎《あご》の下から伸びてくる数十の刺突《しとつ》を、体を横に捻《ね》じることで辛《かろ》うじてかわした。その回転を使って足元の炎を渦巻《うずま》かせ、中から針山《はりやま》のように切《き》っ先《さき》を伸ばす。

「ふっ」

軽く仮面《かめん》の内で息を継いだヴィルヘルミナは、伸び上がった背をそのまま反《そ》らして高速《こうそく》で縦《たて》回転、遅れて靡《たなび》く鬣《たてがみ》のような無数のリボンで、足元に現れた切っ先を全て捉《とら》え、誘導《ゆうどう》し、抜き取り、一回《いっ》転すると同時に投げ返していた。

「おお!?」

サブラクは思わぬ逆撃《ぎゃくげき》に驚き、引いたマントごと体を、独楽《こま》のように高速で横回転《こうそく》させる。

その鋭い回転が、投げ返された剣を全て弾《はじ》いた。その一回転すると同時にマントの中から、

「つはあ！」

茜色《あかねいろ》の炎弾《えんだん》を、宙に浮かんで距離を取る敵手へと放つ。

既《すで》に体勢を立て直していたヴィルヘルミナは、これを受けず、軽くかわした。

その後方での爆発を待たず、再びサブラクは炎《ほのお》の怒涛《どとう》に乗って押し寄せる。

押されて引くように、ヴィルヘルミナは直下に聳《そび》えるビルの壁を高速で滑り降りた。

先の炎弾に砕かれた、どことも知れないビルの破片、その全てを飲み込み燃え広がるように、
茜色の炎を引き連れるサブラクが、二人のすぐ後ろから追ってくる。

「う、わわわ!?」

あまりに高レベル過ぎるフレイムヘイズと〝紅世《ぐぜ》の王〟の鬩《せめ》ぎ合いに、悠二《ゆうじ》は悲鳴をあげることしかできない。

と、

「!?」

その頬《ほお》に、雫《しずく》が一滴《いってき》、二滴、張り付く。宙を引き摺《ず》られる中、これを拭《ぬぐ》った悠二は、手の甲《こう》に鮮烈《せんれつ》な血の赤が広がっているのを見て、息を呑んだ。

「カル、メルさ、ん!?」

絶えず揺れ動く鬣《たてがみ》、その影に隠されていた細い腰から背中にかけて、応急手当として幾重《いくえ》にもリボンが巻かれているのを、そこに尋常ではない量の血が滲《にじ》み、無残《むざん》な飛沫《しぶき》として散っているのを、ようやく見て取る。サブラクによる最初の一撃、膨大《ぼうだい》な量の炎と剣からなる不意討ちには、戦技無双《せんぎむそう》を謳《うた》われる彼女といえども無事では済まなかったのである。

ヴィルヘルミナは、少年の驚愕《きょうがく》に取り合わない。ただ仮面の奥から平淡《へいたん》な声で答える。

「まだ、詳しくは話していなかった事項……これが〝壊刃《かいじん》〟の持つ特性の一つ、自在法《じざいほう》『スティグマ』。一旦付けた傷を、時とともに広げてゆく力であります」

「そ、そんな」

互角《ごかく》、あるいはやや優勢と思われた戦況《せんきょう》が、実は全く楽観《らっかん》できないものであったことを知らされて、悠二は戦慄《せんりつ》した。

(この重傷が、さらに深くなっていくだって⁉)

危機感《ききかん》に揺れる眼前に、新築成《な》ったばかりの駅前バスターミナルが迫る。

ヴィルヘルミナは、その速度からは信じられないほど優雅《ゆうが》に軽く、靴音を鳴らして着地、すぐさま体を翻《ひるがえ》して跳躍《ちょうやく》した。

直後、サブラクを乗せた炎の怒涛が上下すれ違うように落着《らくちゃく》し、衝撃《しょうげき》と熱と刃《やいば》で、人も車も街灯も、新しい駅前の名物となった小さな時計台から飾られた大きなクリスマスツリー、敷石《しきいし》の一枚までをも、グシャグシャに潰《つぶ》し、燃えカスへと変える。

封絶《ふうぜつ》の中での出来事とはいえ、容赦《ようしゃ》というものを全く知らないサブラクの過激さ、振り撒《ま》かれる巨大な破壊力《はかい》に、悠二《ゆうじ》は背筋《せすじ》も凍る思いだった。

と、そこにヴィルヘルミナが、

「奴《やつ》の手口《てぐち》は、察知《さっち》不能な不意討《ふいう》ちで周囲丸ごとに大打撃《だい》を与え、体勢を立て直す前に標的《ひょうてき》を仕留《しと》める……つまり備えるに難く、一旦《いったん》開戦した後は不利を余儀《よぎ》なくされる、というまことに厄介《やっかい》なものであります」

実際に干戈《かんか》を交えた者のみが知る脅威《きょうい》の実感を声に込めて、解説した。

「しかも、受けた傷は全て、自在法《じざいほう》『スティグマ』によって広げられ、真正面から戦いを挑《いど》んだ者は、追い走らされる内に斃《たお》れる運命……幾度《いくど》も戦った私でさえ、この有様《ありさま》であります」

「そ、そんな奴とどうやって戦——あっ!?」

悠二はようやく、シャナやマージョリーたちが駆けつけない、その理由を悟った。巡回士《ヴァンデラー》の攻撃阻止によって起こった爆発で繁華街の方に飛ばされたシャナ、遠く旧依田《よだ》デパートの隠れ家に潜んでいたはずのマージョリーと佐藤《さとう》が、

(あの察知不能な不意討ちで、まさか皆《みんな》……!)

自分の張った巨大な封絶《ふうぜつ》を、慌《あわ》てて見渡す。その、どこにあるとも言えない感覚野《や》に、確かな存在を掴《つか》んで、ひとまずの安堵《あんど》を得た。

「よ、良かった、気配《けはい》は感じる。その『スティグマ』のせいか、かなり弱ってるみたいですけ

ど……佐藤も無事なんでしょうかぁわぁ!?」

眺《なが》めが突然、横に流れる。

ヴィルヘルミナが傍《かたわ》らのビルの看板《かんばん》にリボンを絡め、身を引いたのである。

その、宙を真横《まよこ》にスライドした鬣の端《はし》を掠《かす》めるように、サブラクの斬撃《ざんげき》が続けざまに二つ、通り過ぎた。続いて、剣を混ぜた炎《ほのお》の怒涛《どとう》が溢《あふ》れて道路を押し削《けず》る。

危うい退避《たいひ》の牽引《けんいん》からゆるりと滞空《たいくう》する中、

「津波《つなみ》みたいに溢《あふ》れる炎に、無数の剣を抱え込んで、傷を広げる自在法も使って、おまけに当人まで強いって……一体どういう化け物だよ、くそっ！」

珍しく汚い口調で吐き捨てた悠二に、ヴィルヘルミナが重傷の痛みを毛ほども感じさせない、毅《き》然《ぜん》とした声で語りかける。

「たしかに恐るべき〝王〟……とはいえ奴《やつ》も、万能というわけではないのであります」

その少年に、ある限りの検討《けんとう》材料を渡すことで状況を打開せんと。

「と、いうと？」

「〝壊刃《かいじん》〟サブラクが『殺し屋』としか呼ばれない意味、特質であります。奴は、広範囲に力を及ぼす〝王〟には珍しく、全体を動かす意思《いし》総体……つまり今、我々を追っているあの司令《しれい》塔《とう》たる本体が、単一《たんいつ》個人レベルの視野《しや》しか持っていないのであります。予《あらかじ》め攻撃地点《ちてん》を定めて不意討ちした、大雑把《おおざつぱ》な一撃目さえかわしてしまえば、以降あの姿を現《あらわ》している限り、大規模な一斉攻撃もない――」

「――そうか！」

材料を得た明晰《めいせき》な頭脳《ずのう》が、即座《そくざ》に推論《すいろん》を弾《はじ》き出す。

「奴《やつ》は今、カルメルさんにかかりきりで、シャナやマージョリーさんに矛先《ほこさき》を向ける余裕《よゆう》はない……ここで頑張《がんば》る限り二人にこれ以上の危害は加えられないってことだ！」

「正解」

ティアマトーが短く肯定《こうてい》した。

「もっとも、攻撃を受ける我々自身を含め、フレイムヘイズの側が甚《はなは》だ不利な状況に置かれていることに、変わりはないのであります。現に、他の二人は来援《らいえん》に現れない……連絡しようにも、渡された栞《しおり》を一撃目《いちげきめ》で焼き払われているのであります」

（そういえば、僕の栞も焼いてたな）

なんて抜け目のない奴、と改めて恐れる悠二《ゆうじ》に、『万条《ばんじょう》の仕手《して》』はお使いを頼むように言う。

「そこで、あなたにやってもらうことがあるのであります」

「ええっ!?」

「対処《たいしょ》提示」

三人の話す背後から、茜色《あかねいろ》の炎《ほのお》が鉄砲水のように驀進《ばくしん》してくる。

大通りに面したビルの谷間を、ヴィルヘルミナはジグザグに跳ねながら逃げ、唐突《とうとつ》にその一跳ねを狭い脇道《わきみち》へと滑り込ませた。

「狭隘地《きょうあいち》を戦場に選ぶ行為は、俺にとっては何ら脅威《きょうい》にならない。仮にも『万条の仕手《ばんじょうのして》』たる者が飛び込むべき死地《しち》ではあるまい。とはいえ、このまま逃すわけにも行かぬか」

サブラクは、自らを先頭に、その細い場所へと怒涛を雪崩《なだ》れ込ませた。と、

「！」

そこまで僅《わず》か数秒の間に、狭いビルとビルの間にリボンが、スラムの洗濯紐《せんたくひも》のように幾十《いくじゅう》も横に張り渡されていた。

（いかん、狭隘地それ自体《じたい》を罠《わな》とする戦法に、まんまと引っかかったか……なんたる不覚）

身の危険を、歴戦《れきせん》の殺し屋は長々《ながなが》と感じる。

その頭上、既《すで》に脇道《わきみち》から飛び出していた仮面《かめん》の中で、張り渡したリボンに刻んだ自在法《じざいほう》を起《き》動《どう》させる吐息《といき》が、小さく。

「――っ！」

一拍、リボンが縮んで、両脇のビルを無理矢理《むりやり》に引き寄せた。壁《かべ》表面にくっつけただけではない、ビルの内部構造にまで張力を染み込ませていた数十の牽引《けんいん》ワイヤーが、突然距離をゼロにまで縮《ちぢ》ませたのである。堪《たま》らず両脇のビルは撓《たわ》んで歪《ゆが》み、すぐまたコンクリートと鉄骨から成る大重量を崩落《ほうらく》させた。

「ちいっ！」

間に舌打ちするサブラクを挟んで。

ヴィルヘルミナは油断《ゆだん》も容赦《ようしゃ》もしない。鮮血零《せんけつこぼ》れる傷を押して、

「はあああああ———っ!!」

真下に立ち上る崩落の噴煙《ふんえん》めがけ、追い撃《う》ちの巨大な炎弾《えんだん》を放り落としていた。

一瞬《いっしゅん》の地響《じひび》きを経て、桜色《さくらいろ》の大爆発が瓦礫《がれき》の山を粉々《こなごな》に吹き飛ばす。


ヴィルヘルミナが指摘したとおり、サブラクによるフレイムヘイズらへの一斉強襲は、ただ一撃に限られていた。その後は、ヴィルヘルミナとの戦いに専念させられている、、、ため、全くの放置状態となっている。

もっとも、サブラクにとっては、それで何の問題もなかった。彼が、一撃目以降の対処範囲の小ささ、という難点があってなお、全く揺るがず依頼を遂行してくることができたのは、まさにその第一撃目が、不可知にして強力無比であったからに他ならない。

卑小《ひしょう》なフレイムヘイズであれば、襲撃に気付く間もなく即死というそこに、一旦与えた傷を拡大させる自在法《じざいほう》『スティグマ』の特質まで加われば、標的以外のことを気にかける必要など、まずなくなる。第一撃目で周囲ごと大打撃を与え、その後に標的を始めとして一匹一匹、ジックリととどめを刺して回れば良いだけなのである。

旧依田《よだ》デパートにおける光景は、彼の手になる襲撃の一典型《いちてんけい》の様相《ようそう》——不意の大打撃で与えられた損傷と、自在法『スティグマ』の追い討ち——を呈《てい》している。

佐藤啓作《さとうけいさく》の、頭痛と耳鳴りに占められていた意識が、ようやく覚める。

「う、う……」

硬いものに寝そべる背中が濡《ぬ》れて、気持ちが悪い。

(なにが、どう、なった……？)

呻《うめ》く中で身を起こそうとして、

「っ？」

絶句《ぜっく》した。一瞬《いっしゅん》の間《ま》を置いて、

「マージョリーさん！」

眼前の女性に叫ぶ。

狭い瓦礫の下敷《したじ》きになっているらしい、仰向《あおむ》けに寝転《ねころ》がった彼を庇《かば》うように、フレイムヘイズ『弔詞《ちょうし》の詠《よ》み手《て》』マージョリー・ドーが覆《おお》いかぶさっていたのである。打ち身らしい痛みを堪《こら》えて周りを見れば、二人を毛ほどの幅に囲む筒状《つつじょう》に、群青色《ぐんじょういろ》の自在式が渦巻《うずま》いていた。

「ケーサク、やーっと起きやがったか！」

耳鳴りに混じって、マルコシアスの叫びが届く。

「マルコ、シアス……ここ、依田デパートの中、なのか？」

訊《き》きつつ、狭い中で彼の姿を探すが、見える範囲《はんい》には見慣《みな》れた本型《ほんがた》の神器《じんぎ》はない。

「足元だ。無理して動くなよ、うっかり体勢崩《くず》したらミナミナ揃《そろ》ってペシャンコだ」

常にない早口の声だけが、彼の焦りを窺《うかが》わせる。

「まんまとやられたぜ。ありゃ〝壊刃《かいじん》〟サブラクだ。奴《やつ》に狙われたら、一撃目《いちげきめ》は運任《まか》せ、とにかく耐えるしかねえ」

佐藤《さとう》も、その名前には聞き覚えがあった。

「カイジン……たしか、カルメルさんがやられたっていう？」

「ああ。俺たちも、今やられた」

マルコシアスは戦いに関しては飾らない。あっさりと言った。

「野郎《やろう》、一網打尽《いちもうだじん》にするつもりで、ビルごと崩しやがった。我が重厚《じゅうこう》なる盾《たて》、マージョリー・ドーは……まあ、親分の務めを果たして、この有様《ありさま》よ」

「あ……」

それはつまり、自分を守ってこうなったのだ、と佐藤は知る。

「そうだ、炎《ほのお》……デパートをここまで、壊すほどの」

ようやく事態に頭が追いついた。

全てが終わった、と油断した（彼に限ってのことだが）瞬間、周囲の壁、床、天井を突き破って炎と剣の洪水が溢《あふ》れかえったのだった。その無茶苦茶な光景の結果が、眼前の……

「マ、マージョリーさんは大丈夫なのか、――っ!?」

無理矢理《むりやり》に首を前に倒して、覆《おお》いかぶさるマージョリーの体を確認した佐藤は、再び絶句《ぜっく》した。群青《ぐんじょう》の中でも分かる蒼白《そうはく》な顔色の下、どこに負った傷のものか、肩から腰からを鮮血《せんけつ》が染め、滴《したた》り落ちていたのである。今になって、自分の背を濡《ぬ》らしていたものの正体を知る。

「マージョリーさん!!」

危機感から、もう一度叫んだ。瓦礫《がれき》に挟まれた狭い中で、ようやく片手だけを引きずり出して、なんとかその頬《ほお》に触ろうとする。

「……」

その寸前《すんぜん》で躊躇《ためら》った少年に、マルコシアスが言う。

「ケーサク、構わねーから引っ叩《ぱた》け」

「そんな、こと」

おずおずと、手を伸ばして、血の気のない頬に、触れる。

（熱い）

こんな状態でも、良かった、と一瞬《いっしゅん》思う。

「マージョリーさん」

さらにもう一度、名前を呼ぶ。自分は、せいぜいが床に打ちつけた打撲《だぼく》程度の痛み……怪我《けが》は全てマージョリーが肩代わりしてくれたのだ……そう、多少《たしょう》以上に買い被《かぶ》って、彼は頬に当てた掌《てのひら》に、力ではなく、気持ちを込める。

「起きてください、マージョリーさん」

僅《わず》かに揺すって、しかし反応はない。

と、どこの力が抜けたのか、いきなりガクンと首が前に倒れた。

「わだっ⁉」

佐藤《さとう》と額《ひたい》をぶつけて、ゴン、と鈍い音が瓦礫《がれき》の間に響《ひび》く。

「痛ーっ⁉」

マージョリーは叫んで、思わず頭を起こし、

「あっマージョ――」

ゴン、とさらに上の瓦礫に後頭部をぶつけた。

「――――っ‼」

声にならない声で涙ぐむ彼女は、

「ど、ども」

恐る恐る挨拶《あいさつ》する佐藤に、自分が覆《おお》いかぶさっている状態を自覚する。

「つな、ん、あ」

驚いて、気が付き、納得《なっとく》する、忙しいリアクションを経てから、ようやく傷の痛みを思い出して顔を歪《ゆが》めた。相棒《あいぼう》がすぐそこにいることを感じて、確認する。

「っく、あの茜色《あかねいろ》の炎《ほのお》……まさか」

「ああ、〝壊刃《かいじん》〟サブラクだ。どーも捜索猟兵《イェーガー》と巡回士《ヴァンデラー》込みで、奴の罠だったらしいな。こっちの手札を全部出させてから仕掛けてきた、ってとこか。噂《うわさ》どおりの厭《いや》らしい野郎だ」

フン、と鼻を鳴らす相棒《あいぼう》に同じく、マージョリーはフンと鼻で笑い返した。激痛から来る苦渋を隠しそこなった声で、途切れ途切れに、もう一度確認する。

「ってことは、この傷が、悪名高い『スティグマ』、ね……」

「ああ。正直こりゃ参るな。ボサーッとしてたら、人を超えたる異能《いのう》の討《う》ち手が失血でポックリ、なんつー締《し》まらねえオチになるぜ」

「じゃあ、シャナちゃんやカルメルさんも今頃……？」

佐藤の懸念《けねん》に、マージョリーは不確定な推測や気休めで答えない。

「さあ、ね。気配はあるようだけど……人の心配より、まずは、ここから出るわよ」

その身を、ゆっくりと起こしていく。

佐藤にとって、あるいは至福《しふく》の近さは、あっさりと取り払われた。

「いよい、しょ——!!」

ガラン、ゴスリ、ゴゴン、ドガ、と重量感《じゅうりょうかん》を伴った鈍く緩い音を鳴らして、分厚《ぶあつ》い壁か柱かが、幾《いく》つも傍《かたわ》らへと落ちてゆく。濛々《もうもう》と上がる粉塵《ふんじん》を、外の光——坂井悠二《さかいゆうじ》の張った封絶《ふうぜつ》の色〝銀〟——が、狭間《はざま》から白々と照らす。

（坂井《さかい》は無事だ）

まず佐藤《さとう》は、そう思った。

二人は慎重に辺りを窺《うかが》いつつ、依田《よだ》デパートだった瓦礫《がれき》の山から這《は》い出す。

念じて、瓦礫の下から〝グリモア〟を手元に転移《てんい》させたマージョリーは、

「よくケーサクは無事だったもんね」

言って、辺りを見回した。

「マージョリーさんのおかげですよ」

他意《たい》なく答えて、同じく目をやった佐藤は、思わず息を呑む。

見慣《みな》れた大通りに、やはり見慣れたビルが横倒《よこだお》しとなって道を塞《ふさ》いでいた。封絶《ふうぜつ》の中ではよくあること、と半《なか》ば慣れてはいたが、まだ半ばの恐れも残っている。

その耳に、マージョリーの、

「う、ぐ――」

力を入れたせいで再発したのか、傷の痛みを嚙《か》み潰《つぶ》すような呻《うめ》きが届いた。

「マージョリーさん！」

「やべえな、こりゃ……」

マルコシアスに言われて、佐藤ははっと気付く。彼には見えなかった背中に、ほとんど血溜《ちだ》まりのような傷が幾《いく》つも見えていた。溢《あふ》れる鮮血《せんけつ》に泡《あわ》を食って、瓦礫《がれき》の山を見回す。

「くそっ、包帯《ほうたい》、包帯は!?」

「ほれ、頼むぜ」

対照《たいしょう》的に冷静なマルコシアスが〝グリモア〟を開き、ガーゼや包帯などを吐き出した。

「傷口《きずぐち》にガーゼ当てて、包帯を巻くだけでいい。あとは俺の仕事だ」

ボン、と彼女の体が消毒・洗浄《せんじょう》の自在法《じざいほう》『清めの炎《ほのお》』に一瞬《いっしゅん》、包まれる。

佐藤はその、血や汚れの消えた傷口を見て僅《わず》かに怯《おび》え、しかし目を瞑《つむ》らず処置を行う。

背中に数《すう》箇所あった刺し傷《きず》と切り傷全てにガーゼを当て、服の上から包帯をグルグル巻きにする不器用《ぶきよう》な応急《おうきゅう》処置は、すぐに終わった。その間に、もう新たな血の染みができている。

焦りと恐れから声が上擦《うわず》るのを自覚して、それでも佐藤は訊《き》かずにはいられない。

「フレイムヘイズの治癒《ちゆ》力とか自在法で、治らないのか?」

「こいつはただの傷じゃねえ。一旦付けた刀傷をジワジワと広げてく、〝壊刃《かいじん》〟お得意の『スティグマ』ってえ自在法なのさ。俺たちを襲ってきた炎の中に剣があっただろ?」

ああ、と佐藤は戦慄《せんりつ》の光景を思い出す。

「剣自体は宝具《ほうぐ》でもねえ、単なる奴のコレクションで大した代物じゃないが、あれで斬りつけられた傷には全て、その『スティグマ』がかけられちまう。弱い奴は最初の攻撃でイチコロ、生き残った奴もジワジワ体力削《けず》られる、ってえ殺し屋の陰険《いんけん》な手口よ。今の包帯にも、妨害や解呪《かいじゅ》の式は刻《きざ》んであったわけだが……どーもほとんど効いちゃいねえようだな」

マルコシアスの冷徹《れいてつ》な解説に、佐藤《さとう》は悄然《しょうぜん》となった。

瓦礫《がれき》に座り込む、血塗《ちま》れ包帯姿《ほうたいすがた》の『弔詞《ちょうし》の詠《よ》み手《て》』マージョリー・ドー。

こんな彼女の姿など、見たくはなかった。振り払うように立って、周りを眺《なが》める。

(これが、マージョリーさんを傷つけた、俺がいつか向き合う、敵の仕業《しわざ》か)

胴震《どうぶる》いをしつつ、それでも可能な限り、理解できる範囲《はんい》で、観察する。

坂井悠二《さかいゆうじ》の張った銀色の封絶《ふうぜつ》は、未だに輝きを保っている。遠く駅の方では地響《じひび》きが上がって、桜色《さくらいろ》と茜色《あかね》が縺《もつ》れ合い交差している。紅蓮《ぐれん》の光は見えないが、大丈夫だろうか……。

と、

「ケーサク」

マージョリーが重たげに口を開いた。碌《ろく》に動けない自分のボロボロの体を見て、まずは受けた傷の進行度合いを正確に計《はか》るまでの休息、そして、ついでのこととして、口を開く。

「丁度《ちょうど》いいから、あんたの決意にもう一つ、水を差しとくわ」

「えっ?」

「言ったわね。私の手助けをしたいから、オヤジさんと仲直りして、転校までして、勉強も頑張《がんば》って、いつか外界宿《アウトロー》で働きたい、って……」

「は、はい」

それを最初に告げたとき、マージョリーは一言だけを、返していた。

（――「ケーサク、あんた大事なことを忘れてるわよ」――）

その大事なものがなんであるかは、何度訊《き》いても教えてもらえなかった。悠二《ゆうじ》にマージョリーがなんと言ったのか訊かれたとき、ハッキリと答えられなかったのも、無論《むろん》このみっともない指摘《してき》を余人《よじん》に漏らしたくなかったからである。

今という時になって……あるいは彼女の言うとおりだと、今という時だからこそ、マージョリーはその答えを示そうとしていた。あっさりと、はっきりと。

「あんた、も、し、私、が、死、ん、だ、ら、ど、う、す、る、つ、も、り？」

「――」

佐藤《さとう》は固まって、棒立ちになる。

マージョリーが懸念《けねん》したとおりの反応だった。

全くの想定外《がい》、欠片《かけら》も考えていなかった事態《じたい》を突きつけられて、答えるどころか思考《しこう》が停止してしまったのだろう。その、他人に基準を置く危険な生き方を選ぼうとしている少年に、戦いの中で生きるフレイムヘイズは己《おのれ》の惨状《さんじょう》を見下ろし、言う。

「こんなこと、これから幾《いく》らでも起きるわよ」

ところが、佐藤は彼女の推察《すいさつ》とは、違うことを考えていた。

（どうして、マージョリーさんのこんな姿を、見たくなかったんだ？）

「そうしていつか、このまま――ってことも、当然ありえる」

言うマージョリーの、傷つき憔悴《しょうすい》しきった姿を見て、考える。

(憧《あこが》れて羨《うらや》んだ、強さを持ったフレイムヘイズの、情《なさ》けない姿だったからか?)

「そこで意味をなくすような未来に、あんたは本当に全てを賭《か》けて生きるっていうの?」

その、よく見れば華奢《きゃしゃ》な肩と繊細《せんさい》な指先を持った、一人の女性を前に、考える。

(いや、そうじゃない……ただ、この人の傷ついた姿を見るのが、嫌だったからだ)

無謀《むぼう》には苦言《くげん》もいい薬、と思い、痛みを押して立ち上がろうとしたマージョリーの耳に、

「違うんです」

小さく、呟《つぶや》くような声が届いた。思わず見上げる。

「はあ?」

「違うんです、マージョリーさん」

「違うって、なにが」

「たしかに、あなたが死んだら、俺は何も考えられなくなるでしょう。でも、あなたのいなくなった後なんか、どうでもいいんです」

「……?」

今度は、マージョリーがポカンとなる番だった。

「あなたを生かすために、小さなことでも、できることをしたい。付いて行って足手纏《あしでまと》いになるよりも、そっちの方がずっといい。だから俺は、外界宿《アウトロー》を目指そうと決めた……」

佐藤《さとう》は片膝《かたひざ》を着いて、マージョリーに目線《めせん》を合わせる。

「俺は、あなたを生かすことだけに、全てを賭《か》ける……それだけでいいんです」

「……」

ポカン、から、キョトン、へと表情が変わり、最後に苦笑《くしょう》が浮かぶ。今までの、少年を見守るそれではない、勇んで進む若者に真正面から接する笑顔が、

「馬鹿ね」

一言だけ感想を口にした。ボロボロの身を、必要以上に勢いよく立ち上がらせる。

「こーりゃ、水どころか油さしちまったかな、ヒッヒヒヒヒブッ!?」

弱弱しい平手《ひらて》で〝グリモア〟を黙らせることで、フレイムヘイズの顔を取り戻した女傑《じょけつ》は、瓦礫《がれき》の山を一瞥《いちべつ》した。半《なか》ば見栄《みえ》、半ば照れ隠しから、強く言葉を繋《つな》げる。

「どっちみち、この有様《ありさま》じゃ戦闘には参加できないわ。今は戦場の様子を探って、次に動くための情報を集めることに専念《せんねん》しましょう。埋もれた『玻璃壇《はりだん》』を探すわよ」

「はい!」

律儀《りちぎ》に大声で返事をする若者に、苦笑《くしょう》をもう一つ。

ビルを丸ごと二つ引き倒した粉塵《ふんじん》に、桜色《さくらいろ》の火《ひ》の粉《こ》が無数、花弁《はなびら》と見紛《みまご》う可憐《かれん》さで舞う。

この恐るべき壮観《そうかん》を、道路向かいのビル屋上から見やっていたヴィルヘルミナは、

（！）

うず高い瓦礫《がれき》の隙間《すきま》から、再び茜色《あかねいろ》の炎《ほのお》が染み出し、溢《あふ》れかえることに、その波頭《なみがしら》に、マントと双剣《そうけん》の男が、悠然《ゆうぜん》平然と立ち上がってくることに、

（やはり、駄目《だめ》でありますか）

予想してなお、震撼《しんかん》させられていた。戦闘再開《さいかい》への備えとして、傍《かたわ》らにリボンで抱える悠二《ゆうじ》を、やや後方へと隠《かく》す。

〝壊刃《かいじん》〟サブラクは、不可知《ふかち》にして強力無比《むひ》な不意討《ふいう》ち、与えた傷を時とともに広げてゆく自在法《ざいほう》『スティグマ』の他にもう一つ、戦闘者としての異常な耐久力《たいきゅう》という特徴までも備えているのだった。

ヴィルヘルミナが『約束の二人《エンゲージ・リンク》』と逃げ回っていた頃、サブラクとの戦いは大抵《たいてい》、待ち伏せを回避《かいひ》しての逃走、というものであったため、真《ま》っ向《こう》からぶつかる機会には、幸い出会わなかった。耐久力は、次に出会ったときの変わらぬ様相《ようそう》から知る、あるいは他の〝徒《ともがら》〟やフレイムヘイズからの噂話《うわさばなし》に聞く程度だったが、今、実際に効力を目の当たりにすると、流石《さすが》の『万条《ばんじょう》の仕手《して》』も戦慄《せんりつ》を禁じえない。

そうでなくとも、彼女は直接的な破壊を得手《えて》としないタイプのフレイムヘイズである。積極攻勢に出て、有無を言わせぬ大打撃を与え状況を打開することは難しかった。それでも、

（もう少し、時間を稼《かせ》げば）

と心に銘《めい》じて、戦技無双《せんぎむそう》は宙を跳ぶ。

一秒遅れて、無数の剣を混ぜた茜色の炎が襲《おそ》い、砕いて焼いて切り刻んだ。

「これほどの長丁場《ながちょうば》を『万条の仕手《ばんじょうのして》』と行うのは初めてだったか。なるほど、あの二人の逃げ足の速さと『万条の仕手《ばんじょうのして》』の防御力《ぼうぎょ》は、俺にとって最悪の標的《ひょうてき》だったというわけだ」

またブツブツと言い募るサブラクは、素早く体を返して、ヴィルヘルミナの放ったリボンの槍衾《やりぶすま》を、両手の双剣《そうけん》と足元から生やした刃《やいば》で残らず切り払った。

と、その切れ端《はし》に桜色《さくらいろ》の光が点《とも》って、

「！」

声を出す間も与えず、爆発する。細かな切れ端の全てが連続して弾《はじ》け、その全景は、まるで茜色の怒涛《どとう》を桜色の爆発が上から押し潰《つぶ》そうとしているかのように見えた。

波頭は張力《ちょうりょく》を失ったゼリーのように雪崩《なだ》れ落ち、サブラクも炎の中、無数の剣とともに流れる。程《ほど》なく、その炎の中でサブラクはマントをすぼめ、再び独楽《こま》のような回転を始めた。中からの回転を受けた炎の怒涛は、崩れ落ちる寸前《すんぜん》に渦潮《うずしお》となり、いつしか本体の周りで放射状《ほうしゃ》に並んで回転していた剣が、その速度の高まりの頂点で、一挙《いっきょ》に解き放たれる。

炎を引いた無数の剣は、大通りの車に人、壁に窓に道に次々と突き立った。

「〝壊刃《かいじん》〟サブラク！」

その中を、軽くかわして飛ぶヴィルヘルミナが、やや宙に遅れるオマケの悠二《ゆうじ》を引っ張りつつ、独唱《どくしょう》するように声を上げる。

「同時期に襲い来た、と言うことは、先の捜索猟兵《イェーガー》と巡回士《ヴァンデラー》も、お前の仕掛けた罠《わな》の一環《いっかん》でありますか⁉」

その舞い踊る付近へと突き立った幾《いく》つかの剣、そこから伸びる炎《ほのお》のワイヤーに牽引《けんいん》されて、炎の怒涛《どとう》が再び動き出す。波頭《なみがしら》に変わらず双剣を構えるサブラクは、

「いかにも、俺が三眼《さんがん》の女怪《じょかい》に手配させた。油断《ゆだん》を誘い手管《てくだ》を探る、そのためだけに使った道具だ。あるいは彼奴《きやつ》らだけで事が済むか、と淡《あわ》い期待もしたが……所詮、役者が違ったか」

とあっさり白状《はくじょう》した。彼にとっては、出現した時点で全ての謀《たばか》りは用済《ようず》みになる、後は力押《お》しに襲い掛かるだけなのだから、確かに隠《かく》す意味はなかった。

「それでは、やはり依頼主《ぬし》は[仮装舞踏会《バル・マスケ》]、狙いは――」

「――『零時迷子《れいじまいご》』」

二人で一人の『万条の仕手《ばんじょうのして》』に指摘《してき》されて、しかし今度は答えがない。

代わりに、怒涛は速度を速めて、大通りの街灯を跳ね飛ぶ優美《ゆうび》な後姿《うしろすがた》に追いすがる。

「！」

察《さっ》したヴィルヘルミナは、再び幾十《いくじゅう》ものリボンを硬化《こうか》させて放った。

サブラクは同じ手を食わない。波頭から跳躍《ちょうやく》、マントの内から炎を巻いた短剣《たんけん》を、豪雨《ごうう》のよ

うにばら撒《ま》いた。それらは、まっすぐ飛ぶもの、曲がって飛ぶもの、ぶつかって回るものなど、数をばら撒いただけに見える。

(大した威力《いりょく》ではない……囮《おとり》？)

(本体《ほんたい》接近！)

ほんの僅《わず》か、短剣の仕掛けを警戒《けいかい》したヴィルヘルミナは、その一つの影から猛烈《もうれつ》な速度で迫る二つの切っ先《さき》、ビルの壁を蹴《け》って反動をつけたサブラク本体の突撃《とつげき》に気付くのが遅れた。

それでも、戦技無双《せんぎむそう》の舞踏姫《ぶとうき》の異名《いみよう》を取るフレイムヘイズは、意表《いひよう》を突かれた、その事実を全く感じさせない体捌《たいさば》きで突撃の傍《かたわ》らに体を舞わせ、

「──」

紙一重《かみひとえ》、間髪《かんはつ》すらもない戦機《せんき》を辿《たど》って、かわしてできた自分の余裕《よゆう》を使い、かわされてできたサブラクの隙《すき》に向けて、鬣《たてがみ》の半面を一気に、必殺の槍衾《やりぶすま》として繰り出す。

「──っはあ！」

「っおお!?」

サブラクは至近《しきん》、横合《よこあ》いから、恐るべき数と速度で繰り出された刺突《しとつ》を全て、まともに食らった。そのまま刺突《しとつ》の伸びる先、ビルの壁面へと、針しか見えない昆虫の標本《ひようほん》のように縫《ぬ》い付けられる。

密集《みつしゆう》した刺突の威力に、壁面は砂のように砕け、布に戻った鬣が、宙にあるヴィルヘルミナ

の元へと一斉《いっせい》に引き戻される。

そして、

「つな!?」

敵を縫い付けたはずのヴィルヘルミナの方が、驚愕《きょうがく》の声を上げた。

砕けたビルの奥から、たった今串刺《くしざ》しにしたはずのサブラクが、全く平然と立ち上がっていたのである。穴を空《あ》けたと思っていた体には傷《きず》一つない。修復《しゅうふく》、などというレベルの問題ではない、傷を負わなかったようにしか見えなかった……あれだけの攻撃を加えられて。

(在り得ない)

(不可解《ふかかい》)

堅い防御《ぼうぎょ》力を持つ敵となら、幾《いく》らでも戦った経験はあったが、それでもこんな無茶苦茶《むちゃくちゃ》な、傷つかない、などという奇怪《きかい》な敵と出くわしたことはなかった。

(幻術《げんじゅつ》の可能性は)

(皆無《かいむ》)

そう、手ごたえは確かにあった。幻惑《げんわく》に関係する自在法《じざいほう》の使用された痕跡《こんせき》もない。一つ、どころか四半《しはん》分間違えば死に直結するような剣士《けんし》が、不死身《ふじみ》の体をもって襲《おそ》い掛かってくるという理不尽《りふじん》な現実に、『万条《ばんじょう》の仕手《して》』も僅かに焦る。

と、そのサブラク本体に目を注《そそ》ぎ、気を取られた僅《わず》かな隙《すき》に、

「！」

　真下から一撃《いちげき》、細く鋭く束ねられた剣と炎《ほのお》が、神速《しんそく》の間欠泉《かんけつせん》として突き上げられた。

　この攻撃が、自身に向けられたものであれば、あるいはヴィルヘルミナも楽々とかわしていただろう。現に今も、かすらせてすらいない。が、サブラクの狙いは彼女ではなく、彼女が捕らえ、連れ回していた真の標的《ひょうてき》・坂井《さかい》悠二《ゆうじ》の方だった。

　互いを結び付けていたリボンが中ほどで断ち切られ、悠二は宙《ちゅう》に取り残された。さらに、切《せっ》断《だん》点を中心に炎と剣が飛び散って……気付けば、再び怒《ど》涛《とう》の波頭《なみがしら》に立つサブラクが、少年の首根っこをがっしりと摑《つか》んでいた。

「さて……」

　殺し屋は、右の手――その手にあったはずの剣は腰間《ようかん》の鞘《さや》に収まっている――に掲げた標的・『零時《れいじ》迷子《まいご》』の〝ミステス〟を、品定《しなさだ》めするように眺《なが》める。

「捕らえはしたが、戦いの最中である今、これをどうこうするという悠長《ゆうちょう》な――」

　と突然、その握っていた手が宙を摑《つか》む。

　悠二の形をしたそれが、中空《ちゅうくう》のリボンになって解《ほど》けていた。

（先刻の、今さらのような確認の会話は、俺の気をこいつに引くためか――本物は？）

　思う間に、悠二人形を編んだ長大なリボンが彼をグルグル巻きに包み込む。

　数秒、その表面に先と同じ桜色《さくらいろ》の自在式《じざいしき》が点《とも》り、今度こそという必殺の、至近《しきん》全身に対する連鎖《れんさ》的な大《だい》爆発が叩《たた》き込まれる。

封絶《ふうぜつ》による火線《かせん》の紋章《もんしょう》に、下から照らされる繁華街《はんかがい》は、静止する人ごみで埋まっている。常《つね》以上に飾り立てられた店々の間、道行く誰もが着飾《きかざ》り、楽しげに笑い、そうでなければ忙しそうに走っている。

そのクリスマスの点描《てんびょう》が、ままの姿で止まっていた。

止まって、打ち砕かれていた。

飾り立てられた店々のショーケースは割れ、棟《むね》は落ち、扉《とびら》も壁も混ざり合って倒れている。その周囲、着飾った人々は燻《くすぶ》り、笑顔は血に染まり、走る姿のままに潰《つぶ》れ……全てが完膚《かんぷ》なきまでに燃やされ、斬《き》られ、壊されていた。

その凄惨《せいさん》な一角に、珍しいアラストールの怒声《どせい》が響《ひび》く。

「施療《せりょう》は幾重《いくえ》にも感謝する。だが、すぐにこの場から立ち去るのだ！」

怒鳴《どな》られたのは、吉田《よしだ》一美《かずみ》である。ビクン、と身を竦《すく》めて、

「で、でも、私……」

ちっぽけな声で抗弁《こうべん》をしかけたが、それも、

「ここにいては、いかに親しき御身《おんみ》とて守りきれぬ！」

聞く耳を持たれることはない。問答《もんどう》無用に封殺《ふうさつ》されてしまった。

一般人である彼女が封絶《ふうぜつ》の中でも動いていられるのは、〝彩飄《さいひょう》〟フィレスの渡した宝具《ほうぐ》『ヒラルダ』の効果だった。といってもちろん、この宝具には、他に戦いの場で使える力など宿ってはいない。ただ一つ、本来の使い道を除いては。

その宝具を胸の内に握って、なおも少女は声を継ぐ。

「坂井《さかい》君が危ないとき……私は、これを使わないと」

体は、周りの状況から、自分の覚悟《かくご》から、小刻《こきざ》みに震えていた。

無鉄砲《むてっぽう》すぎる少女をなんとか押し止めようと、三度《みたび》怒鳴《どな》ろうとするアラストール、その意思《いし》を表出《ひょうしゅつ》させるペンダント〝コキュートス〟を、契約者《けいやく》たるフレイムヘイズが押さえた。

「シャナ」

「いい、アラストール」

包帯《ほうたい》の幾重《いくえ》にも巻かれた身を、通り脇にあるオープンカフェのベンチに横たえていたシャナである。

この繁華街《はんかがい》でサブラクによる不意《ふい》討ちを受け、炎《ほのお》による火傷《やけど》、剣による全身への裂傷《れっしょう》、自在《じざい》法《ほう》『スティグマ』による傷の拡大、という三重苦《さんじゅうく》によって、あえなく倒れた彼女を、吉田が助け、手当てを施《ほどこ》したのだった。

偶然《ぐうぜん》、ではなかった。どころか、吉田自身にとっての必然ですらあった。

御崎大橋《みさきおおはし》を渡りきった瞬間《しゅんかん》に発生した〝銀〟の封絶《ふうぜつ》……坂井悠二《さかいゆうじ》が戦っている証《あかし》、まだ生きているという実感、自分も動けるという事実が、少女を前へと進ませたのである。

ザロービの殲滅《せんめつ》、ビフロンスの撃退《げきたい》等、爆炎轟音奔《ばくえんごうおんはし》る方向へと、その方向だからこそ、ただ悠二の身を案じて——もちろん怖々《こわごわ》とではあったが——歩き続け、駅前の繁華街《はんかがい》に差し掛かった瞬間、サブラクによる不意討ちの第一撃《だいいちげき》が起きたのだった。

シャナは、そうして吉田《よしだ》に手当てしてもらった重傷の身を、ゆっくりと起こす。黒衣《こくい》『夜笠《よがさ》』を現して、その上に羽織《はお》った。黒焦《くろこ》げの上に血塗《ちまみ》れとなった服を見て、少し落胆《らくたん》する。

(せっかくヴィルヘルミナに選んでもらったのに)

少しでも体力の消耗《しょうもう》を避けるため、半身を起こすに止めた。

「一美《かずみ》、そんなに追い詰められた顔をしないで」

「……!」

言われて初めて、吉田は自分の頬《ほお》が強張《こわば》っていることに気付く。思わず触って、なお顔色を蒼白《そうはく》にした。状況から見て当然の反応も、今の彼女には不覚悟《ふ》としか思えない。

そんな友達を落ち着かせるため、シャナは激痛《げきつう》を押して説明する。

「心配ない。今、ヴィルヘルミナも頑張ってるみたいだし、私たちで何とかする。今、〝彩飄《さいひょう》〟フィレスを呼び寄せたりしたら、またとんでもない騒ぎになる。悠二が本当に危ないときは仕《し》様《よう》がないけど、今はまだ大丈夫」

そんな友達の優しさを感じた吉田は、細くて小さな肩を支える。

「シャナちゃん……」

ただの人間でしかない吉田一美が、尋常《じんじょう》ならざる敵との戦場を中ほどまで進んできた、という事実は、常から彼女が固めてきた覚悟《かくご》、その強さの表れと言えた。それだけで、シャナにとっても悠二にとっても、証明は十分のはずだった。

しかし、吉田は、

「でも、でも、その大怪我《おおけが》じゃ……」

丁寧《ていねい》に止血《しけつ》したはずの傷が、未だ癒《い》えるどころか悪化していく様《さま》に、恐怖を覚える。包帯《ほうたい》の白に広がる赤、流れる血の量に、常ならぬ事態《じたい》……強い上にも強い、戦いの中に当然のように屹立《きつりつ》するフレイムヘイズ『炎髪灼眼《えんぱつしゃくがん》の討《う》ち手《て》』の危機を感じる。危機ゆえに、支える方とは別の手で、『ヒラルダ』を押さえる。

苦痛の中、シャナは逆に、そんな吉田の気色《きしょく》に違和感《いわかん》を覚えた。

（……？）

自分で言った通り、フィレスを……あの他人には見え難い論理《ろんり》と心底で動く〝紅世《ぐぜ》の王〟を呼び寄せるのは、なにより悠二にとって危険な選択だった。しかし、かつて彼女が来援《らいえん》を約して別れた時点と、状況にさほどの進展や変化はない。突然の豹変《ひょうへん》がないとは言い切れないが、ここまでその到来《とうらい》を心配するほどとも思えなかった。

（心配……じゃ、ない？）

他人の心を慮《おもんばか》ることには無頓着《むとんちゃく》だった少女も、この一番の友達についてなら、ほんの少しだけ深く、察することができるようになっている。

吉田《よしだ》は、悠二《ゆうじ》に起きるかもしれない危機を心配する、それだけではない、もっと切迫《せっぱく》したなにかを抱いているように、シャナには見えた。

（使いたくない……違う……使うのが、怖い？）

そんなにフィレスの件が衝撃的だったのか、でも一美《かずみ》はむしろフィレスに共感すら持っていたのではなかったか、等々《などなど》思いを巡らして、

（ともかく、宝具《ほうぐ》『ヒラルダ』を使わせないに越したことはない）

と気遣《きづか》うつもりで極端《きょくたん》なことを言う。

「万《まん》が一《いち》、私たちフレイムヘイズが全員死んで、それでも悠二に危険があるときに、最後の手段として使えばいい」

ところが、全くの予想外、

「そんなの駄目《だめ》！」

「っ!?」

驚くほどに強烈な反発が返ってきた。

目を白黒《しろくろ》させるシャナに、吉田は支える手、『ヒラルダ』を押さえる手、それぞれに力を込

めて、言う。

「これは、シャナちゃんが死んじゃった後に使っても意味がない、坂井君《さかい》とシャナちゃんを守るために使わなきゃ、意味がないの」

「一美？」

友達の不可解《ふかかい》な物言いに、シャナは不審《ふしん》を抱いた。

（悠二と……私を、守るために？）

友情だけのことで、果たしてそういう言い方をするものなのか。

いったいどういうつもりで、どういう意味でその言葉を発したのか。

尋《たず》ねようとした背後に突然、
ガンッ、
と重い打撃音《だげきおん》がして、

「！」

シャナは重傷も構わず、吉田を背後に振り回し、突き飛ばした。

「あっ⁉」

驚き、ふらついた吉田を、仁王立《におうだ》ちした血塗《ちまみ》れのフレイムヘイズがかばう。ようやく気付けば、二人が座っていたオープンカフェの正面、惨憺《さんたん》たる情景を広げる繁華街《はんかがい》、その道路の真ん中にあるマンホールが、下からの打撃で盛り上がっていた。

「あれ？　駄目《だめ》か――もう一回」

くぐもった声が、その隙間《すきま》から聞こえる。

その声に、シャナと吉田《よしだ》は驚きと喜びで声を合わせた。

「悠二《ゆうじ》！」「坂井《さかい》君！」

「あ、やっぱりここで合ってるな。無事だったんだ、シャ――吉田さん!?」、、、、
バガン、と驚きの弾《はず》みで、ひん曲がったマンホールの蓋《ふた》が枠《わく》ごと路面から捥《も》げる。衝撃《しょうげき》で、付近に転がっていた数人が、マネキン人形のように固まったまま吹っ飛んだ。

歪《ゆが》んだ鉄蓋《てつぶた》と枠を被《かぶ》っているのは、どうやら頭突《ずつ》きしてしまったらしい悠二。

「く、くく、～」

声を殺して呻《うめ》く彼は、それでもすぐに立ち直り、重すぎる帽子《ぼうし》を放り捨てて上がってきた。

シャナは、痛みの中にも安堵《あんど》を表して訊《き》く。

「悠二、どうしてそんな所から？」

「カルメルさんが上手《うま》く逃がしてくれたんだ。それより！」

短く答えて、予想外の闖入者《ちんにゅうしゃ》へと詰め寄る。

「吉田さん、どうしてこんな所に！　すぐそこにいる〝壊刃《かいじん》〟サブラクは、飛びきり危険な奴《やつ》なん――!?」

と、怒鳴《どな》る前に、シャナが掌《てのひら》を出して制した。

「一美《かずみ》の手当てが早かったから、こうして立ってられる」

「……」

悠二は、いつもなら逆なのだろう、お互いの態度に面食《めんく》らい、また三人の変化に、場違《ばち》いな感慨《かんがい》を持った。そうしてやっとシャナの傷の深いことを見て取り、冷静さを取り戻す。

「……シャナ、これを」

「え？」

余計《よけい》な口論《こうろん》の代わりに、とあるものをその掌《てのひら》へと差し出した。

「これは？」

「サブラクの戦術の大前提《だいぜんてい》を崩すため、カルメルさんが持たせてくれた秘密《ひみつ》兵器だよ」

渡してから、吉田にも頭を下げ、とにかく大声を出してしまったことを詫《わ》びる。

「ごめん、吉田さん。驚いちゃって、つい」

「いえ、私の方も……分かってるんです」

吉田も同じように頭を下げた。

悠二は気分的なものはともかく、動作はきびきびと割り切って、

「詳しい話は後だ。今はとにかく、それを済ませて――」

とシャナに渡したものを指す。

「――すぐにマージョリーさんの所に向かおう」

「うん」

シャナは、やられ放題《ほうだい》だった立場からの解放を感じ、強く頷《うなず》いた。

吉田《よしだ》が、これは単純に適任者《てきにん》としての自覚から言う。

「私がやろうか」

「かたじけない」

「いえ」

アラストールにも微笑《ほほえ》みで答え、言うだけの見事さで、てきぱきと処置をする。

悠二《ゆうじ》は、そんな二人を見て、次に背を向けた。

「いいんだよ、吉田さん」

「えっ？」

つい手を止めて、見上げた背中、すぐ傍《かたわ》らに立つ少年の姿は、いつのまにか、目に見えるほどの意思《いし》と力を漲《みなぎ》らせる、別のなにかになっていた。

その大きさに距離を感じた、感じてしまった少女に、いつもの優しい少年の声が、好きになった少年の声だけが、背中越《ご》しにかけられる。

「シャナと戦い続けるから、とか、吉田さんが役に立つから、とか、そういう都合《つごう》で、僕は選ばない……つもりだから。今は、皆がやれるだけのことを全力でやってる、その中に吉田さんもいる、シャナもいる。分かったから、お願いだから、無理はしないで」

「坂井《さかい》君」

「ちゃんと、僕の想い……それだけで、二人に答えるから」

「はい。待ってます」

吉田も、わだかまりなく頷いた。

「……」

それが吉田だけではない、自分にも向けられたものだと知って、シャナは自分の覚悟《かくご》を決める。決めて、今はただ、悠二の言うように、やれることに向かう。それが待つと答えた吉田と同じ、自分の在り様《よう》なのだった。

「……一美《かずみ》、お願い」

「あ、ごめんなさい」

吉田は止めていた手を、再び動かす。

フレイムヘイズ『炎髪灼眼《えんぱつしやくがん》の討ち手《うて》』として、シャナは頼りになる『零時迷子《れいじまいご》』の〝ミステス〟坂井《さかい》悠二を見上げた。

「これの次は？」

「なにか対応策《さく》があるのだな？」

期待の弾《はず》みと信頼の落ち着きを声に表すアラストールが確認した。

「うん」

悠二《ゆうじ》は自覚してかせずか、力強い声で宣言する。

「反撃《はんげき》開始だ」


繁華街《はんかがい》に並ぶ不揃《ふぞろ》いなビル群、その道路側《がわ》の壁面を床に、『万条《ばんじょう》の仕手《して》』は華麗《かれい》に舞う。

〝銀〟の世界を彩《いろど》るように、桜色《さくらいろ》の火《ひ》の粉《こ》を散らしてリボンの端《はし》が通り過ぎた——直後、梁《はり》を柱を壁を、遂《つい》にはビルを丸ごと焼き砕いて、茜色《あかねいろ》の怒涛《どとう》が溢《あふ》れ出した。

鬣《たてがみ》の一端《いったん》を危うく焦《こ》がして、それでもヴィルヘルミナは逃げの一手《いって》に徹《てつ》する。

サブラクは待ち伏せによる不意《ふい》討ちを信条《しんじょう》とするためか、今までの戦いで、襲撃《しゅうげき》地点から遠く離れる追撃《ついげき》をかけてきた例はなかった。かつてはその特徴《とくちょう》を当てにして、出くわせば遠くへ逃げることだけを心がけてきたが、今日はその対処法《たいしょほう》を採るわけにはいかなかった。

（単一《たんいつ》箇所で戦うには最悪の敵でありますな）

（弱音《よわね》禁物《きんもつ》）

とにかくしぶとい。ビルの間に押し潰《つぶ》しても、無数の槍《やり》で串刺《くしざ》しにしても、多重爆発を至近《しきん》から浴《あ》びせても、傷一つ付けられないのである。いくらなんでもこの耐久力《たいきゅう》は異常だった。

さんざん痛めつけた今も、顔色すら窺《うかが》わせず、ただブツブツと言葉を垂れ流している。

「さて、そろそろ疲労の色も見えてきたようだが、果たして容易《たやす》く『万条《ばんじょう》の仕手《して》』を仕留《しと》められるものかどうか。つい引き摺《ず》られて戦っているが、本来はあの〝ミステス〟こそが……」

ヴィルヘルミナには、その倒しても倒しても起き上がってくる〝紅世《ぐぜ》の王〟が、それこそ手に触れ得ぬ幽鬼《ゆうき》のようにも見えた。

（遅いでありますな）

（不敏憤激《ふびんふんげき》）

危機感を募《つの》らせた二人は――次の瞬間《しゅんかん》、

「つむ!?」

「密使《みっし》達成」

声に出して言い、呼応《こおう》するかのように、しかし対照《たいしょう》的な声色《こわいろ》で、サブラクも驚愕《きょうがく》する。

「なに!?」

言う間に、ヴィルヘルミナを追っていた茜色の怒涛。そのど真ん中を、負けない赤の紅蓮《ぐれん》がぶち抜き、吹き飛ばした。猛火《もうか》と猛火が混ざり合い、その中に砕けた剣が雨のように降る。

「馬鹿な」

言って、サブラクは壁へと横向きに着地した。またすぐ足元から染み出し流れ落ちる茜色の激流《げきりゅう》に乗って、高速で壁面を滑降する。

その後を追って、立て続けに紅蓮の炎弾《えんだん》が壁面を貫《つらぬ》き、次々に爆発した。

「他のフレイムヘイズは我が『スティグマ』で瀕死《ひんし》のはず。だが、この紅蓮はまさしく――」

巻き布の間に光る目が、大通りに遠く浮かぶ姿を捉《とら》える。

火《ひ》の粉《こ》を舞い咲かす炎髪《えんぱつ》の中、これを真《ま》っ向《こう》、煌《きらめ》く灼眼《しゃくがん》が受け止めた。

「――『炎髪灼眼《えんぱつしゃくがん》の討《う》ち手《て》』!」

「シャナ――そう、後に付けるべきね」

自分の正式な名乗りを修正して、シャナは紅蓮《ぐれん》を点《とも》す大太刀《おおだち》『贄殿遮那《にえとののしゃな》』の切《き》っ先《さき》で、殺し屋を指す。

ようやくの来援《らいえん》と逆襲《ぎゃくしゅう》の再会に、仮面《かめん》を振り向けたヴィルヘルミナは、

「!?」

その、紅蓮の双翼《そうよく》を燃え立たせ宙に在る少女の右手に、空中戦をするには邪魔な錘《いかり》、せっかく逃したはずの標的が付属していることに気付いた。マージョリーの自在法《じざいほう》か、足元も危うく浮遊《ふゆう》して手を繋《つな》ぐ、坂井悠二《さかいゆうじ》である。

と、シャナの声を、

「悠二、流れに身を任せて」

「分かっ――――ああああああああ!?」

情《なさ》けない悲鳴が押し流す。

紅蓮の双翼が、二人を立った姿勢のまま真下へと急速降下《こうか》させていた。

その頭上、両脇《わき》のビルを砕いて、無数の剣を中に混ぜた茜色《あかねいろ》の怒涛《どとう》が、抱き締めるように交

差する。激突《げきとつ》する炎《ほのお》の中、混ざって躍る剣と剣と剣が半秒、一斉《いっせい》に切っ先を揃《そろ》え、今度は滝《たき》のように上から、降下した二人を追う。

「なぜだ」

その滝の頂《いただき》に立つサブラクが、動き回るシャナを見下ろし、再びの疑問を口にする。

「あそこまでの、力の発現《はつげん》は在《あ》り得《え》ん。この時刻ともなれば、我が『スティグマ』の与えた傷の深さは、確実に行動不能の段階まで達しているはず。それがなぜ、動けるのだ」

彼の滝から逃れ、さらに打ち寄せて追う怒涛も高速でかわす炎髪灼眼《えんぱつしゃくがん》。

と、その体に薄い桜色《さくらいろ》の紋様《もんよう》を点す包帯《ほうたい》状の布が巻かれているのが目に入った。

（まさか）

思わず、『万条の仕手《ばんじょうのして》』に目をやる。

彼女は、まるで注視を待っていたかのように、ビルの上に浮かんでいた。仮面《かめん》から、

「仇敵《きゅうてき》との再戦に、私が備えていないとでも思っていたのでありますか？」

「秘策周備《ひさくしゅうび》」

恐ろしいほどに冷たく研《と》ぎ澄《す》まされた声が届く。

「襲撃《しゅうげき》が感知《かんち》不能ならば、現れた後の対処《たいしょ》を万全《ばんぜん》にするのみ。この自在法《じざいほう》の元となる式を、考案・開発したのが誰かを、この地に勝利を呼ぶ者が誰かを……今こそ、お前は知る」

その、血も滴《したた》る重傷の身に、ハラリと現れたリボンが一条《いちじょう》、巻き付いてゆく。

ゆっくりと、まるでサブラクへと見せ付けるかのように、巻き付いてゆく。

その巻かれてゆくに連れ、血の滴りは止まり、赤い染みは広がりを止める。

「馬鹿《ばか》、な……」

サブラクは瞠目《どうもく》した。

仮面の奥から、ヴィルヘルミナは仇敵《きゆうてき》を射殺《いころ》すように見つめ返し、朗々《ろうろう》と告げる。

「そう。今こそお前は、『永遠の恋人』ヨーハンの力を、知る」

これこそ、ヴィルヘルミナ・カルメルが坂井悠二《さかいゆうじ》に託《たく》したもの——〝壊刃《かいじん》〟サブラクの自在法『スティグマ』を無効化《むこうか》する、とっておきの秘策の正体。

ビルの狭間《はざま》に入った際、ヴィルヘルミナは、遂に見つけたこれを悠二に託し、シャナとマージョリーに届けるよう言いつけて、マンホールへと放り込んだのだった。

かつて幾度となくサブラクに襲われてきたヨーハン、凄腕の自在師としても知られる〝ミステス〟の少年が開発した『スティグマ』破りの自在式……その完成品である。

ヴィルヘルミナは、サブラク打倒のため、この自在法を研究し続けていた。

親愛なる友、『約束の二人《エンゲージ・リンク》』と、世界中を巡り回っていたときから、一緒に。

ヨーハンが転移し、フィレスともはぐれ、ただ一人だけ取り残された、後も。

御崎市《みさきし》にシャナと暮らし、いつか来る復仇《ふつきゆう》の機《き》を待っていた間も、受け継いで。

駄目でも諦めずに、ひたすら繰り返し、あらゆる方法を試しながら、どこまでも根気強く。

　そして今日、
　彼女はそれら溜《た》め込んでいた自在式を延々《えんえん》、効くかどうか自分の身に試し続けた。失敗の次の失敗、また次の失敗、長く多く溜め込んできたものを数万、今こそ全て、吐《は》き出して使い続け――そして、研究の完成を、ヨーハンの勝利を、遂に掴《つか》んだ。

（在り得ん……我が秘奥《ひおう》、不破の自在法たる『スティグマ』を……〝ミステス〟如きが破っただと……っむ、『スティグマ』を破った、ということは……いかん……！）

　サブラクは気付いた。あの自在式が本当に『スティグマ』を無効化するとしたら、『炎髪灼《えんぱくしゃく》眼《がん》』だけではない、もう一人、極め付けに厄介《やっかい》な自在師《し》が解き放たれてしまっていることに。

（ゆえにこそ[仮装舞踏会《バル・マスケ》]の捜索猟兵《イェーガー》と巡回士《ヴァンデラー》を利用し、彼奴《きやつ》ら三者の所在と手の内を全て確かめてから、第一撃目《だいいちげきめ》を加えたのだが……いささか以上に見くびったか）

　長々《ながなが》と反省し、それでも彼は油断《ゆだん》していた。これまでの数百年、殺し屋に追い詰められる者はあっても、殺し屋を追い詰める者はいなかったからである。

（いずれ彼奴らは、この守るべき土地を離れられぬのだ、こうして戦い続けることで敵失《てきしつ》と消耗《しょうもう》を待てば良いだけのこと……いざというときのために、奥の手も用意してある）

　あるいは、その認識《にんしき》はフレイムヘイズらに限定すれば、正確であるかもしれなかった。しかし彼は、これまでに御崎市を襲《おそ》った〝徒《ともがら》〟らと同じように、一つの存在を見落としていた。

　フレイムヘイズらは各々《おのおの》好き勝手《かって》に暴れているわけではなかった。目に見える力をほとんど持たない存在……見透《みす》かす感知《かんち》能力と、その能力を生かす知性を備えた〝ミステス〟の見解を元にした共同作戦を立て、動き出していたのである。

サブラクは知らず正鵠《せいこく》を射《い》るように、まず眼前の敵から討つべく、炎《ほのお》の怒《ど》濤《とう》を差し向ける。

「シャナ、やっぱり僕の方に食いついた！」

〝ミステス〟坂井《さかい》悠二《ゆうじ》と、

「分かってる。悠二は封絶《ふうぜつ》の維持《いじ》だけに集中して！」

フレイムヘイズ『炎髪灼眼《えんぱつしゃくがん》の討《う》ち手《て》』シャナに。

紅蓮《ぐれん》の双翼《そうよく》が大きく炎の尾を引いて、低く繁華《はんか》街《がい》の中をすっ飛ぶ。その前方にT字路が迫るも構わず、翼《つばさ》は全開の力で加速する。

その砲弾《ほうだん》のような突進が、衝突《しょうとつ》の危機を覚えそうになる寸前《すんぜん》、ひらり、と横合《よこあ》いから舞い踊るようにヴィルヘルミナが現れた。悠二と繋《つな》いでいるのとは反対側、大太刀《おおだち》『贄殿遮那《にえとののしゃな》』を握る右手にリボンが絡む。

「うわ、わあああ――!?」

叫んだのは無論《むろん》、悠二だけである。

シャナは地に立つヴィルヘルミナをアンカーに、全速のままT字路を直角に曲がりきった。

その最後の放擲《ほうてき》の寸前《すんぜん》、ヴィルヘルミナも足元を固定していた自在法《じざいほう》を解く。

リボンを解いて、宙を悠々《ゆうゆう》と舞う彼女の眼下を、サブラクを乗せた怒涛が通り抜けた。

その上から桜色《さくらいろ》の炎弾《えんだん》を幾《いく》つも放つが、やはり毛ほどのダメージも与えられない。

追われる後方に、その接近を感じる悠二の耳へと、

《そんなところで、なにをしているのでありますか》

たった今、ターンの際に渡した（というより、マージョリーから彼女に渡すよう持たされたものを、ヴィルヘルミナが勝手《かって》に抜き取った）栞越《しおりご》しに険悪《けんあく》な声が届いた。

（怒らないでくださいよ……お互い、こんなときにふざけてる余裕《よゆう》はないんですから）

悠二は声に出さないまま、栞に念じる。

《たしかに》

短い返答は、正しいことを積極的に認めたくないから、ということは悠二にも察《さっ》することができた。慎重《しんちょう》に、彼女の機嫌《きげん》を解きほぐすつもりで言うが、

（僕がシャナと一緒に来たこと、怒ってます？）

紅蓮《ぐれん》に煌くシャナの炎髪《えんぱつ》に、図らずも抱かれるように飛ぶ安らぎを感づかれでもしたのか、声はどこまでも険悪である。

《まさか。なんらかの理由があるのでありましょう》

どうせ、という言葉がどこかに挟まったような錯覚《さっかく》を悠二は抱き、それでもさすがに公私《こうし》混同はしないな、と安堵《あんど》もした。

（ええ、まあ……もし『玻璃壇《はりだん》』のある場所に残っていたら、僕らの反撃に苦戦《くせん》したサブラク

が、最低限の仕事を果たすため、標的《ひょうてき》の僕だけでも潰《つぶ》そうと矛先《ほこさき》を変えてたかもしれないでしょう？　万《まん》が一《いち》にも吉田《よしだ》さんや佐藤《さとう》を巻き込む危険は冒《おか》したくなかったんです）
《なるほど》
やはり短い、渋々《しぶしぶ》の納得《なっとく》に悠二《ゆうじ》は苦笑《くしょう》して、本題《ほんだい》に入る。
（なにより、僕は奴《やつ》の正面に囮《おとり》として見せ付けておいた方がいいと思ったんです……マージョリーさんの行動から可能な限り目を逸《そ》らして、こっちを追わざるを得なくするためにも）
《そういえば、『弔詞《ちょうし》の詠《よ》み手《て》』はどこに？》
反攻《はんこう》開始の時だというのに、あの女傑《じょけつ》が先頭《せんとう》切って姿を見せないことへの不審《ふしん》を、ようやくヴィルヘルミナは抱いた。
悠二は、飛翔《ひしょう》の風に叩かれる中にも、努めて冷静に言う。
（今から、そのマージョリーさんやシャナと相談して決めた作戦を説明します……できるだけサブラクに悟《さと》られないよう、戦いながら聞いてください）
《作戦？》
（サブラクを倒すんです）
事もなげな言葉に、素《す》っ頓狂《とんきょう》な答えが来た。
《倒す？　〝壊刃《かいじん》〟サブラクを？》
交戦《こうせん》経験のある彼女だからこそ、その言葉を奇異《きい》に感じるのだろう。

悠二も、最初はそう思っていた。しかし、

（ええ、できます……できるんです）

今なら、そう言える。

（実は、今朝《けさ》からずっと、僕は胸が詰まるような……なんていうか、モヤモヤした違和感のようなものを感じてたんです……てっきり、まあ他のことが、理由だと思ってたんですが）

《……》

沈黙《ちんもく》に微妙《びみょう》な空気が漂うのを、念じる中に咳払《せきばら》いして仕切り直し、続ける。

（夕方になって、［仮装舞踏会《バル・マスケ》］の捜索猟兵《イェーガー》ザロービが接触《せっしょく》してきたときに、僕は確信したんです……こいつこそが、違和感の正体だと）

《それも、違ったと？》

（ええ、それも、半分は）

チリッ、と風の中に熱さを感じて、悠二は後ろを振り返った。

ほんの数メートルの間を置いて、剣を無数に混ぜた茜色《あかねいろ》の怒濤《どとう》、その波頭《なみがしら》に立ち、双剣を振りかざし迫る〝紅世《ぐぜ》の王〟……という、脅威《きょうい》の光景が一杯《いっぱい》に目を埋める。

慌《あわ》てて前だけを、自分の手を引き、炎髪《えんぱつ》をなびかせて飛ぶ少女だけを見た。

《説明続行《ぞっこう》》

（は、はい）

ティアマトーの求めに、動悸《どうき》を抑えつつ続ける。

（違和感の正体が〝徒《ともがら》〟の気配《けはい》だったこと自体は正しかったんです……ただ、ザロービを倒しても、直後に気配を表した巡回士《ヴァンデラー》をシャナが倒しても、それは消えなかった）

《付近に潜《ひそ》んでいたサブラクの気配だった、というだけのことでは？》

（やっぱり半分、当たりです）

自分の中で言葉を整理しながら、ゆっくりと説明を続ける。

（奇妙《きみょう》に思った……というより感じたのは、その巡回士《ヴァンデラー》が倒された後のことなんです……大爆《だい》発の後、モヤモヤした違和感に空白ができた……サブラクの気配に穴が、、、、、、、、、、開いたんですよ）

《気配《けはい》に、穴……？》

頷《うなず》く気配と、遠慮《えんりょ》にややの間《ま》を置いて、答える。

（いつだったか、カルメルさんが話してくれた『約束の二人《エンゲージ・リンク》』と別れることになった戦い……あれが、今感じたものと結びついて、やっと見抜《みぬ》けたんです……違和感の意味と、この〝壊刃《かいじん》〟サブラクの正体に）

ヴィルヘルミナ・カルメルと『約束の二人《エンゲージ・リンク》』――〝彩飄《さいひょう》〟フィレスと『永遠の恋人』ヨーハンが、遂《つい》に〝壊刃《かいじん》〟サブラクの魔手《ましゅ》に捕らえられたのは、今から八ヶ月ほど前。中央アジアに位置する、とある外界宿《アウトロー》においてだった。

そこは放浪《ほうろう》の間も幾度《いくど》か訪れた、〝紅世《ぐぜ》の王〟たるフィレスをも——ヨーハンから〝存在の力〟の供給を受け、世に害を為《な》さないとはいえ——気安く受け入れてくれる、三人にとって数少ない憩《いこ》いの場所だった。

見た目には、荒れた山間に建つ掘《ほ》っ立《た》て小屋《ごや》に過ぎないそこは、奥を古い石窟《せっくつ》寺院と繋《つな》げ、収容《しゅうよう》可能な人員、備蓄《びちく》された物資も下手《へた》な街中《まちなか》のそれを遥かに上回るという、中央アジアにおけるフレイムヘイズ陣営《じんえい》の重要拠点《きょてん》の一つなのだった。

三人は、ほとんど一年ぶりというこの外界宿《アウトロー》で、気のいい討《う》ち手のお婆《ばあ》さんや朴訥《ぼくとつ》な人間の山男たちと酒を酌《く》み交わすことを楽しみに、足を踏み入れた。

しかし、その望みは、果たせなかった。

いつ襲《おそ》われたのか、中には見る限りの惨状《さんじょう》が一面に広がっていたのである。打ち砕かれた階段、破り捨てられた地図、崩れた石室《せきしつ》、人間のものに違いない白骨《はっこつ》死体……お婆さんの持ち物だった空の写真立ては、わざわざ真《ま》っ二《ぷた》つに切り裂かれていた。

愕然《がくぜん》となった三人は、外界宿《アウトロー》を構成する最《さい》重要の宝具《ほうぐ》『テッセラ』の所在《しょざい》確認と、叶《かな》うなら皆を殺した犯人の足跡を見つけられはしないかと、石窟寺院の奥に入った。

入ってしまった。

そこにサブラクが潜《ひそ》んでいると、気付かぬまま。

執拗《しつよう》な殺し屋はそれまで、三人と戦う前に自らの予兆を感じさせるような無様な戦い、など行ったことがなかった。手口《てぐち》は必ず同じ。どんな場所でもお構いなしに、無数の剣で攪拌《かくはん》する茜《あかね》色《いろ》の怒濤《どとう》と双剣《そうけん》を振るう剣士《けんし》が唐突《とうとつ》に出現して、不意の一撃《いちげき》を加える。それだけ。

一撃目をかわして離脱《りだつ》すれば、サブラクはその罠から離れて追っては来ない。また、瞬時《しゅんじ》の離脱と鉄壁《てっぺき》の防御は、彼女らの得意《とくい》分野である。うるさくはあったが、対処も容易……追われる三人が、知らず二年の内に育《はぐく》み、芽吹《めぶ》かせ、実らせてしまった、それはただ一度きりの、油《ゆ》断《だん》の毒果《どくか》だった。

この殺戮《さつりく》と罠が誰の作為《さくい》と仕業によるものか。

彼女らには知る由《よし》もなかったが、一つ、確かなことはあった。

刈《か》り取ったのは、サブラクだった。

ただ、この最後の日だけ……恐らくは意図してのことだろう、殺し屋は通常の〝徒《ともがら》〟と同じように外界宿《アウトロー》を真正面から襲《おそ》い、斬《き》り合い、殺し、破壊されたそこに、潜《ひそ》んでいたのである。

そうして彼女らは外界宿《アウトロー》の、風もそよがぬ奥の奥、壁に石仏《せきぶつ》が居並ぶ地下道場《どうじょう》で、茜色《あかねいろ》の怒《ど》濤《とう》の避け得ない不意《ふい》討ちを受けたのだった。

狭く閉ざされた空間、その全周《ぜんしゅう》から襲い来たものを、それでもフィレスは炎《ほのお》を岩盤《がんばん》ごと吹き飛ばし、ヴィルヘルミナも迫る無数の剣を捉《とら》えて、防いだ。

が、

既《すで》に第一撃目《だいいちげきめ》で、勝負は決していた。

ヨーハンが、眼前に現れたサブラクの手刀に胸を一突《ひとつ》き、貫《つらぬ》かれていたからである。

二人が発揮《はっき》した全力も、この最も避けるべき一撃目から後を凌《しの》いだに過ぎなかった。

瀕死《ひんし》のヨーハンを捕らえたサブラクを、致命傷寸前《ちめいしようすんぜん》に傷ついたフィレスとヴィルヘルミナが地表まで引き摺《ず》り出したとき、既《すで》に少年の死は間近《まぢか》と見えた。

フィレスは事ここに至って、唯一《ゆいいつ》の解決策《さく》を採った。

この不倒《ふとう》の殺し屋を可能な限り遠くへと引き離し、もはや余命幾許《よめいいくばく》もないヨーハンを『零時迷子《れいじまいご》』の中に封じ、宝具《ほうぐ》の起こす無作為転移《むさくいてんい》を利用して回復と緊急避難を同時に行う、という解決策を。

「お願い、ヴィルヘルミナ！」

琥珀《こはく》色の暴風渦巻《うずま》く中、傷だらけの彼女は、血を吐くように叫んだ。

「こいつから、ヨーハンを引き離してぇ!!」

そして数秒、全く唐突《とうとつ》に音が消え、彼女の自在法《じざいほう》『ミストラル』が発動した。

山腹《さんぷく》の一部がごっそり、直径《ちょっけい》数十メートルもの球形に抉《えぐ》られ、消え去っていた。

ヴィルヘルミナのリボンでサブラクから引き剝《は》がされたヨーハンは、既に分解して『零時迷《れいじま》子《いご》』へと封じられつつあった。同様に瀕死の状態で蹲《うずくま》っていた彼女は、そこに、異様《いよう》なものを見た。

サブラクの手刀の残滓《ざんし》のように、不気味に蠢《うごめ》く自在法《じざいほう》が『零時迷子《れいじまいご》』に食い込んでいたのである。やがてそれは『零時迷子《れいじまいご》』全体を侵食《しんしょく》、歪《いびつ》に変形させ——諸共《もろとも》に、消えた。

今から八ヶ月前。

本物の、人間として生きていた坂井悠二《さかいゆうじ》が、〝狩人《かりうど》〟フリアグネの一党に存在を喰われ、トーチと化した直後の、出来事だった。

《その話のどこに、サブラクの正体が？》
ヴィルヘルミナは思い出したくもない話を持ち出されて、しかし聞かねばならない義務感から、せめて声色《こわいろ》だけに抗議の念を込めた。
悠二は冷や汗を頬に感じて、しかしハッキリと告げる。
（それも含めて、今から作戦を説明しますから、聞いてください。今頃マージョリーさんもその実行に飛び回ってるはずです）
《早々通達《つうたつ》》
ティアマトーまでもが刺々《とげとげ》しく促す。
やはり彼女らにとってこの話題が鬼門《きもん》であることを、悠二は改めて感じつつ続ける。

(いいですか、つまり――)

マージョリーは〝グリモア〟の上に立って、御崎市《みさきし》を覆《おお》う〝銀〟の封絶《ふうぜつ》の中を飛ぶ。

その体にはシャナと同じく、桜色《さくらいろ》の紋様《もんよう》を浮かべる、『スティグマ』破りのリボンが、幾重にも巻きつけられていた。言うまでもなく、ヴィルヘルミナから悠二に、悠二からマージョリーに託されたものである。このリボンのおかげで、傷を侵食《しんしょく》する自在法《じざいほう》は無効化されたが、突然傷が全快するわけでもない。フレイムヘイズの治癒力《ちゆりょく》によって徐々に回復しつつある、という状態である。あまり派手な行動は、本来避けるべきだった。

(けど、今はそんなこと言ってられない)

マージョリーはフレイムヘイズとして、ゆえに当然、無理をする。

その、ビルの高さを越えないよう谷間を縫《ぬ》う飛翔《ひしょう》の中、

《もう百メートルほどで、あの楽器屋《や》の交差点です。そこの真ん中が、第十三ポイント!》

遠く『玻璃壇《はりだん》』にある佐藤《さとう》の声が響《ひび》く。

言う通りの光景が前に広がった。

「**黄金《こがね》の卵は海の中！**」

マージョリーは〝銀〟の世界の下、回復途上にある傷を押して高らかに歌う。『弔詞《ちょうし》の詠《よ》み

手《て》』による、強力な自在法《じざいほう》発現の予備動作《どうさ》『鏖殺《おうさつ》の即興詩《そっきょうし》』である。

「**投げ捨てられちゃあ、いたけれど！**」

マルコシアスが答えて歌うと、前にかざされた右手の周囲に、群青色《ぐんじょういろ》に輝く自在式《しき》が、細かく複雑な紋様を持って渦《うず》を巻く。

「**キミョーな魚がもう一度!!**」

さらにマージョリーが歌うことで、普段、〝徒《ともがら》〟の前で展開するものより、格段《かくだん》に大きな自在式の渦が、広がり、加速してゆく。

「**持ってぇ帰ってきてくれたぁ!!**」

最後にマルコシアスが歌を切った瞬間《しゅんかん》、自在式の渦は眼下《がんか》の交差点へと錐《きり》のように打ち込まれ、路面《ろめん》には傷《きず》一つ付けず、ただ波紋《はもん》を残して消えた。

指先を軽く吹いて、マージョリーは不適に笑う。隠した傷の痛みをすら、女傑《じょけつ》の笑顔は絶妙《ぜつみょう》なアクセントとして飾っていた。

「もう、ちょいね」

「ほいほい、手順はチョイだが、やるこたデケぇ。まだまだ気ぃ緩めるにゃ早ぇぜ、我が果敢《かかん》なる重戦車《じゅうせんしゃ》、マージョリー・ドー？」

「はいはい、分かってるわよ」

窘《たしな》める相棒《あいぼう》に、やはり笑って答え、佐藤《さとう》に声を届ける。

「ケーサク、次は？」

「その筋《すじ》から左に！　線路《せんろ》の高架《こうか》近くです」

「りょーかいっ！」

姿勢をやや屈《かが》めると、〝グリモア〟が応えて、舵《かじ》を大きく左に切った。

左手《ひだりて》遠く、繁華街《はんかがい》の雑多《ざった》なビル街に、猛然《もうぜん》と巻き上がる茜色《あかねいろ》の怒涛《どとう》、それを打ち崩す紅蓮《ぐれん》の爆発、時折《ときおり》鋭く飛ぶリボンも見える。

「ホント――この街にいると退屈《たいくつ》しないわね。〝狩人《かりうど》〟と〝愛染《あいぜん》の兄妹〟に〝千変《せんぺん》〟、〝探耽求《たんたんきゅう》究《きゅう》〟から『約束《エンゲージ・リンク》の二人』、〝頂《いただき》の座《くら》〟に〝嵐蹄《らんてい》〟と来て、今度は〝壊刃《かいじん》〟よ？」

マージョリーが一つ、彼女にとって最《さい》重要な化け物を飛ばしたことは流して、マルコシアスも軽薄《けいはく》に笑い返す。

「ギイーッヒヒヒ！　同感、同感。おまけにその〝壊刃《かいじん》〟の正体、フレイムヘイズ感涙《かんるい》ものの秘密まで明かされるたあな。長生《ながい》きってなあしてみるもんだぜ」

数十分前《まえ》、旧依田《きゅうよだ》デパートの残骸《ざんがい》の片隅《かたすみ》に据《す》え直した『玻璃壇《はりだん》』を前に、シャナ、マージョリー、佐藤、吉田《よしだ》へと、坂井悠二《さかいゆうじ》は説明していた。

「――その穴の空いたモヤモヤに、なんの意味があるのか。最初は分からなかった」

当初は二人の〝徒《ともがら》〟、［仮装舞踏会《バル・マスケ》］の捜索猟兵《イェーガー》と巡回士《ヴァンデラー》のものとばかり思い込んでいた、漠《ばく》然《ぜん》とした気配《けはい》。それが実はサブラクのものであったらしいことまでは、シャナやマージョリーにも理解できた。ただし、いつものように、坂井悠二《さかいゆうじ》という〝ミステス〟の持つ感知《かんち》能力が、何らかの方法で潜《ひそ》む〝壊刃《かいじん》〟サブラクを捉《とら》えた、それ以上には考えなかった。

「だから、特殊な自在法《じざいほう》で気配を隠《かく》していたんじゃないの？　現に巡回士《ヴァンデラー》の方はそうだったんでしょう？」

マージョリーの至極《しごく》常識的な問いには、そうでない答えが返ってきた。

「ええ。だから変だと思ったんです」

悠二は皆で囲む、瓦礫《がれき》で組み直された箱庭《はこにわ》……破壊された御崎市《みさきし》を表現しているかのような宝具《ほうぐ》『玻璃壇《はりだん》』に視線を注《そそ》ぐ。

「僕がモヤモヤを〝徒《ともがら》〟の気配だと確信したのは、目の前に捜索猟兵《イェーガー》ザロービが現れることで、それがいつも感じていたのと同じだと気付かされたからです。妙《みょう》に希薄《きはく》で、とても〝王〟のものとは思えず……だからザロービだと思い込んでしまった」

その中に一際《ひときわ》目立つ大穴《おおあな》を空《あ》けた主《ぬし》、シャナが真剣な面持ちで呟《つぶや》く。

「あの〝壊刃《かいじん》〟サブラクの気配が、希薄？」

「そこだよ、シャナ」

悠二は目を落としたまま、

「僕がモヤモヤと思った理由は、小さいんじゃなく――あまりにも薄かったからなんだ。気配を隠《かく》していた巡回士《ヴァンデラー》が攻撃をかけようとしたときも、大きなものが現れて自在法《じざいほう》を使う、って感じだった。あの薄い感覚は、それとは明らかに違ってた」

「双方の差異《さい》が、奴《やつ》の正体と関連性があると？」

アラストールの問いに、少し考えてから答えた。

「あいつの最大の武器である不意討《ふいう》ちが、全てのヒントだったんだ。強大な力を持つ〝王〟でありながら、察知《さつち》されないまま潜伏《せんぷく》できる。広範囲《こうはんい》に強力な一撃目《いちげきめ》を放てる。なのに、その後に現れる本体がせいぜい人一人分程度の対処能力しかしない……」

全員が答えを待つ沈黙《ちんもく》を経て、悠二は推論《すいろん》を口にした。

「僕の感じていたモヤモヤが、『体のサイズが桁外《けたはず》れに大きな〝紅世《ぐぜ》の王〟の気配』だったとしたら、全ての辻褄《つじつま》は合う」

「大きな〝王〟？　そんなのがどこにいるんだ？」

佐藤《さとう》の予測された質問に、頷《うなず》いた。

「シャナの空けた穴《あな》に、なぜサブラクの気配《けはい》がなかったのか。それが答えだ」

最初にマルコシアスが叫んだ。

「この街か!!」

全員が、佐藤や吉田《よしだ》も含めて驚愕《きようがく》し、同時に理解した。

「そう。つまり、あの奇妙に薄い違和感《モヤモヤ》は『街《まち》全体に染み込むように広がっていたサブラクの気配』だったんだ。一撃目《いちげきめ》だけを広範囲《こうはんい》・同時に攻撃するのも、本命《ほんめい》の標的《ひようてき》以外をその後《ご》放置するのも、個人レベルしかない感覚で大筋《おおすじ》見当をつけて行う作業だったからだ」

マージョリーが、ようやく気付いた風《ふう》に悠二《ゆうじ》を見た。

「まさか、ほとんど不死身《ふじみ》と言われる耐久力《たいきゅう》の正体って……？」

「僕が出くわし、カルメルさんが戦っているあれは恐らく、奴の意識を仮に宿した司令塔代《しれいとうが》わりの人形……街に浸透《しんとう》しているサブラクが地上に染《し》み出させた、ほんの一部なんでしょう」

まさに驚くべき、〝壊刃《かいじん》〟サブラクの正体だった。

「あの破壊《はかい》力と耐久力で力押しされたら、大抵《たいてい》の相手は引くことを選ぶでしょうし、一撃目をかわせば容易《たやす》く逃げられる、という極端《きょくたん》な特徴《とくちょう》も持っています。そこまで突き止める猶予《ゆうよ》を得られた者もいなかったんじゃや？」

悠二は、自分が大きく謙遜《けんそん》していることに気付いていなかった。

「はっはー、もしそれがドンピシャ大当たりだとしたら、〝壊刃《かいじん》〟の野郎《やろう》を倒すにゃ、奴《やつ》が取り付いた御崎市《みさきし》全体を、あの爆発クラスの破壊で潰《つぶ》さなきゃなんねーのか。幾《いく》ら俺たちでも、そりゃ結構《けっこう》な大《おお》仕事だぜ」

マルコシアスの慨嘆《がいたん》に、しかし悠二は首を振った。

「そこまでする必要はないんだ。カルメルさんは今生きてる、それが全ての答えだ」

そうして、悠二の発案を元に各々《おのおの》意見を交換し合い、作戦は立てられた。

今、

マージョリーが市内の各所に打ち込んでいる自在法《じざいほう》が、まさにその一端《いったん》である。

高速で飛び行く〝グリモア〟から、マルコシアスが群青《ぐんじょう》の火《ひ》の粉《こ》と溜《た》め息を漏らす。

「いーくら『零時迷子《れいじまいご》』の〝ミステス〟がいるったって、こんな大騒動《おおそうどう》が何度も起こるもんかね。カタブツ大魔神《だいまじん》が、ココハ『闘争の渦《うず》』ヤモシレヌーなんつってたのも、あながち大袈裟《おおげさ》な物言《ものい》いじゃなかったのかも知れねえな」

騒動を引き寄せ、波乱の因果《いんが》を導き、激突《げきとつ》へと収束《しゅうそく》させる、誰にも止めようのない『時』の勢い……フレイムヘイズと〝徒《ともがら》〟は、それを『闘争の渦《うず》』と呼んでいた。

「……そうね」

マージョリーは、知る者と物の多くなりすぎた街に僅《わず》か思いを遣《や》り、しかし厳《げん》と対処《たいしょ》することを改めて決める。柄《がら》にもなく、フレイムヘイズとしての使命、というものを思った。

(守りたいものがあれば、お題目にも意味が生まれるかしら)

その脳裏《のうり》に、

(——「俺は、あなたを生かすことだけに……そう、全てを賭《か》けるんです」——)

若者の叫びが蘇《よみがえ》って、苦笑《くしょう》する。

「ケーサク」

なんとなく、口を利きたくなった。

《はい、自在式《じざいしき》はちゃんと円形に配置されてます。そのまま進んでください》

「ん」

そうじゃなくて、という言葉の代わりに頷《うなず》き、彼女もそうじゃない確認をする。

「カズミの方は？」

《そっちも大丈夫です。ちゃんとシャナちゃんやカルメルさんに、サブラクを効果範囲《はんい》から出さないよう、進路を誘導《ゆうどう》してます……結構、危なっかしいですけど》

「結構《けっこう》。もし危なくなったら、あんたが責任持《も》って逃がすのよ。あんた自身もね」

《分かってます。もういつかみたいな無茶《むちゃ》はしません》

「んんー、経験ってな偉大《いだい》だなあ、ッヒヒ！」

「――」

なんとなく平手《ひらて》で口を封じようとしたマージョリー、その先を取って、佐藤《さとう》が再び叫ぶ。

《あと百メートル！　自転車置き場の入り口前辺《あた》りが、第十四ポイント！》

「――はい、はい！」

笑って答え、マージョリーは〝グリモア〟を加速させた。

新たな即興詩《そっきょうし》が、口から零《こぼ》れ落ちる。

自身は御崎市《みさきし》全域《ぜんいき》に広げるほどに巨大でありながら、その制御《せいぎょ》を行う本体の感覚は個人レベル、というアンバランスな〝紅世《ぐぜ》の王〟、〝壊刃《かいじん》〟サブラクは、今《いま》在る状況に不審《ふしん》を抱く。
（なぜ全員でかかってこない？　なぜ『炎髪灼眼《えんぱつしゃくがん》』は引いた？　なぜ『弔詞《ちょうし》の詠《よ》み手《て》』は沈《ちん》黙《もく》している？　よもや、交互に戦い俺の疲弊《ひへい》を誘う等という愚策《ぐさく》を巡らせてはいまいな？）

　そう思いつつも、彼は追っていたシャナと悠二《ゆうじ》に代わるように、再び立ちふさがったヴィルヘルミナと、飽《あ》くなき交戦を続けていた。相手が逃げないのだから、戦うしかない。

　市庁舎《しちょうしゃ》屋上のヘリポートに着地したヴィルヘルミナが、その平面をステージとするようにクルリと舞い、その一《いっ》回転の終わりに乗せてリボンの槍衾《やりぶすま》を放つ。

「この程度の攻撃が通じるかどうか、今までの戦闘で理解できないお前ではないだろう。一つ所に在る限り、この〝壊刃《かいじん》〟サブラクには、なにをしようと無駄《むだ》だ――」

　ブツブツ言う間に、全てのリボンを双剣《そうけん》で切り払っていた。さらに、怒涛《どとう》を屋上までいっぱいに伸ばして、自身もヘリポートの端《はし》に降り立ち、飛びかかる。

「仮に自在法《じざいほう》『スティグマ』が破られたとて、俺の絶対的優位は動きはせぬ。消耗戦《しょうもうせん》は、常にフレイムヘイズの方が不利になるのが世の定めなのだからな！」

　なんといっても、周囲に人間さえいれば、〝徒《ともがら》〟は幾《いく》らでも回復は可能なのである。

　特に、悠二が見抜《みぬ》いたように、広大《こうだい》な範囲（正確には御崎《みさき》市全域《ぜんいき》ではなく、東側の市街地一《いっ》帯《たい》）へと浸透《しんとう》する特徴《とくちょう》を持つ彼は、戦いながらでも容易《たやす》く他の場所で人間を喰らうことができた。市街地における戦闘なら、スタミナ切れは確実にフレイムヘイズの方が早い。

とはいえ、それは彼が無謀《むぼう》な戦いをすることを意味しない。彼が敵の攻撃を喰らい耐久力《たいきゅう》をアピールしているのは、敵に徒労感《ひろうかん》と恐怖心を与え、抵抗が無意味であることを痛感《つうかん》させ、攻撃の手を鈍らせるための手管《てくだ》なのである。そうして、じっくりと囲い込んで、殺す。

互いにへリポートの対角線《たいかくせん》を辿《たど》るように、マントを翻《ひるがえ》し双剣《そうけん》を振るうサブラク、ゆらりと風に漂うように向かうヴィルヘルミナが、近付く。

サブラクの剣の殺界《さっかい》、刃の届く圏内《けんない》に到達した瞬間《しゅんかん》、ヴィルヘルミナはまるで相手が剣を振る動作と拍子を合わせたダンスであるかのように、避ける動作を同時に起こした。

「！」

振り下ろす両手首にリボンが絡み、サブラクは反射的に、毛ほどの力で仰《の》け反《ぞ》る。

「――」

その、毛ほどの力を察知《さっち》したヴィルヘルミナは、爆発的な力で、摑《つか》んだ手首を押した。両手首の左右で微妙《びみょう》に力加減《かげん》を変え、捻《ひね》る向きも歪《いびつ》にずらして。

「おおっ!?」

サブラクは、壮絶《そうぜつ》な速度で斜めにひっくり返る。まるで自分から飛びあがったような、奇怪《きかい》な動作で。しかし、床面《ゆかめん》に激突《げきとつ》する寸前《すんぜん》、放り出された手首を返して剣尖《けんせん》を突き刺す。もう片方の剣が、ひっくり返された速度をそのまま一《いっ》回転させて、投げ終わった敵に向かった。

「――」

その剣にもリボンを絡め、今度はその速度を大きく上に放り投げる糧《かて》にしようとした、ヴィルヘルミナの手応《てごた》えが突然、軽くなる。

「――――ッ!?」

仮面越《かめんご》しに目を見張る先で、いつの間にか肩から捥《も》げていた腕が爆発した。茜色《あかねいろ》に燃え広がる炎《ほのお》の中から、影絵《かげえ》のように湧《わ》いた無数の剣が襲《おそ》い掛かる。

それらを全てリボンで捕らえるヴィルヘルミナの前、炎の中から――否《いな》、炎が形を成して生まれたサブラクが横に一閃《いっせん》、至近《しきん》から強烈な斬撃《ざんげき》を打ち込んだ。

シャリィイ――イイン、

と硬い物同士《どうし》の擦《こす》れ合う快音が響《ひび》いた。

今度は投げ飛ばされず、剣を振り抜いた姿のサブラク、

リボンを体の周囲へと渦状《うずじょう》に鎧《よろ》い、斬撃を凌《しの》いだヴィルヘルミナ、

その二人の舞台、ヘリポートの周囲には、既《すで》に剣を混ぜた茜色の炎が立ち上っている。

戦う僅《わず》かな間に、サブラクは下方の市庁舎《しちょうしゃ》を自分の炎で充満《じゅうまん》させていたのだった。

次になにが起こるか理解し、相手が理解したことを察《さっ》する沈黙《ちんもく》の刹那《せつな》を経て、

御崎市《みさきし》市庁舎が、内部からの高熱と大《だい》圧力によって、粉々《こなごな》に弾《はじ》け飛んだ。

(やはり、容易《ようい》ならぬ奴《やつ》であります)

(堅守用心《けんしゅ》)

　爆風《ばくふう》を利用して、付近にあるビルの屋上伝いに跳躍《ちょうやく》、離脱《りだつ》するヴィルヘルミナは、背後の爆発の膨張《ぼうちょう》が、そのまま流れ落ちて自分を追ってくる、脅威《きょうい》の光景をチラリと見やった。
　坂井悠二《さかいゆうじ》からの説明を受け、その衝撃《しょうげき》的な正体を知らされた二人は、作戦通りにサブラクを誘導《ゆうどう》し、一定区域《くいき》に貼《は》り付けることに専念《せんねん》していた。以前とは戦い方が微妙に違う。自分たちと『約束の二人《エンゲージ・リンク》』に起きた出来事から着想《ちゃくそう》を得た復讐戦《ふくしゅうせん》に、まさに奮い立つような気迫を持って臨んでいる。

が、それでもこの戦いをただ続けるという行為は過酷《かこく》だった。仕掛けを知らなければ、その耐久力《たいきゅうりょく》を不死身《ふじみ》と恐れざるを得ない。仕掛けを知れば、その擁《よう》する力の巨大さに戦慄《せんりつ》させられる。まさに〝壊刃《かいじん》〟サブラクは怪物《かいぶつ》と呼ぶに相応《ふさわ》しい〝紅世《ぐぜ》の王〟だった。

　しかし、

(それでも、戦わねばならない)

(鶴首待命《かくしゅたいめい》)

　こうして引き付けていることが、その殲滅《せんめつ》と勝利に繋《つな》がる。
　今はひたすら待機して力を溜《た》める『炎髪灼眼《えんぱつしゃくがん》の討《う》ち手《て》』、
　遠く自在法《じざいほう》を仕掛けて回っている『弔詞《ちょうし》の詠《よ》み手《て》』、
　全ての手はずの、自分は一歯《いちは》車《ぐるま》なのである。
　と、その背後に新たな力の集中を感じて、

（む）

ヴィルヘルミナは宙《ちゅう》を跳ぶ身を振り向かせた。

（っ!?）

炎の怒濤《ほのおどとう》が、圧縮されるように容積を縮めていた。巨大な鞴《ふいご》とも見える大圧力の集まるその先頭に、無尽《むじん》の耐久力を持つサブラクの姿が——

（いけない！）

（緊急回避！）

宙に在《あ》る身から伸びた無数のリボンを、付近のビルや看板に絡《から》め、牽引《けんいん》する。

その間に、
サブラク自身を弾丸にした巨大な圧力砲が撃ち放たれた。

予測を遥かに上回る速度で迫る一撃、

（できるか!?）

その先端たる剣尖《けんせん》を、ヴィルヘルミナは広げていたリボンで辛うじて取り、捻《ひね》り飛ばしていた。方向を制御するほどの余裕がない。衝撃に鬣《たてがみ》の幾分かが弾け飛び、思わず眩暈《めまい》を覚える。

一方、捻り飛ばされたサブラクは、その着地した先で、さらに湧《わ》き上がらせた炎を圧縮し、新たな強襲を行おうとしていた。二次、三次とこの攻撃を行うつもりなのである。

「もらった、ぞ」

さらなる圧力砲が、宙に彷徨《さまよ》う標的を筒先《つつさき》に捉えた、

そのとき、

（――準備完了！　おっぱじめるわよ!!）

（ヒャーッハーッ！　派手に行くぜぇ!!）

待ちに待っていた号令が、来た。

その叫びで目を覚ましたかのように、

「……むっ!!」

「作戦開始！」

ヴィルヘルミナとティアマトーは、僅《わず》か地上に絡んでいた数本を引いて、逃げた。

「なに……？」

驚くサブラクをその後に引き付けて、ひたすら速く。

悠二の説明を、『万条の仕手《ばんじょうのして》』たる二人は、心中で再確認する。

（――「シャナやマージョリーさん、カルメルさんも一気に襲《おそ》ったことからも分かるように、サブラクが浸透《しんとう》している範囲《はんい》自体は、相当に広いものです。これを全部片付《かたづ》けるには、巡回士《ヴァンデラー》とシャナが撃《う》ち合ったあの爆発を数十回は起こす必要があるでしょう」――）

彼女らに号令を発した『弔詞《ちょうし》の詠《よ》み手《て》』たる二人、マージョリーとマルコシアスは、

「貰《もら》った時間分は、きっちり仕上げて見せなきゃね」

「きっちりかっきり……ブチッ殺そうぜ、我が怪力《かいりき》の起重機《きじゅうき》、マージョリー・ドー！」

遠く離れたビルの屋上、給水タンクの上に立って、轟《ごう》と吼《ほ》える。そこからは、二人が戦いそっちのけで仕掛け続けた自在式《じざいしき》、大きく御崎市《みさきし》駅と繁華街《はんかがい》一帯を囲った円が一望できた。

「——っやるわ‼」

「あいあいよー‼」

と突然、眺めやる体軀《たいく》が群青色《ぐんじょういろ》の炎《ほのお》で包まれ、ずんぐりむっくりの獣《けもの》の姿を取る。『弔詞《ちょうし》の詠《よ》み手《て》』の全力を発揮《はっき》させる炎の衣『トーガ』の顕現《けんげん》だった。

「**現れたのはぁ、おっかさん！**」

マージョリーの歌う『鏖殺《おうさつ》の即興詩《そっきょうし》』が、仕掛けた自在式を一斉《いっせい》に起動《きどう》させる。

「**雌《めす》のガチョウを、捕まえて！**」

マルコシアスの歌が、それらを互い、横に円、縦に円、全体で球へと結びつける。

「**やおら、背中にまたがれば！**」

マージョリーのさらなる歌で、球は破壊《はかい》の力を殻《から》に漲《みなぎ》らせた隔離《かくり》空間を織り上がる。

「**お月様まで——ひとっ飛びぃ‼**」

マルコシアスのさらなる歌、結びの一句《いっく》で自在法は完成し、殻が丸ごと、浮き上がる。

その上半分に林立するビルが境界で崩落《ほうらく》し、電線が火花を上げて引き千切れ、下半分の地盤を覆う道路が中途で割れ落ち、晒《さら》された地下パイプが破断《はだん》して水を吐き出す。

まさに自在師『弔詞《ちょうし》の詠《よ》み手《て》』の面目躍如《めんぼくやくじょ》、二人は悠二《ゆうじ》の提案した作戦を見事、現実のものとしていた。サブラクに意図を看破《かんぱ》されるギリギリ外、可能な限り大きな直径の空間を、浸透《しんとう》していた地盤ごと切り取り、浮かび上がらせたのだった。

「そう長くは、持たせられない……!!」

ただし、未《い》だ癒えきらない重傷《じゅうしょう》の身が絞《しぼ》り出す全力である。

「なーるたけ早く、仕上げを頼むぜえ!!」

トーガの中、弱音《よわね》とも聞こえる声を発したマージョリーは、しかし驚異《きょうい》的と言っていい精神力で、全《ぜん》神経を空間の維持《いじ》に集中させ、咆哮《ほうこう》とともに猛然《もうぜん》と力を吐き出し続ける。

(――「でも、サブラクの正体に気付いていなかったフィレスさんは、奴《やつ》の意思《いし》総体を宿した人形を巨大な炎《ほのお》を生み無数の剣を操《あやつ》る〝紅世《ぐぜ》の王〟そのもと見て、遠くへと運び去った。奴が浸透した範囲《はんい》に比べれば、格段《かくだん》に小さな、数十メートルの範囲だけを」――)

自分を乗せて浮き上がる街の一郭《いっかく》に、

「な、なんだとぉ!?」

さすがの〝壊刃《かいじん》〟サブラクが、大きく驚愕《きょうがく》の叫びを上げていた。

御崎市に浸透していた巨体から、この区画だけが切り離されてゆく。隔離され上昇《じょうしょう》する球の下半分で、文字通り地に根《ね》を張っていた体がブチブチと引き千切れ、茜色《あかねいろ》の火花を撒《ま》き散らしていた。このままでは、浸透《しんとう》させた体の大半と切り離されてしまう。

（ちっ……こうなれば、奥の手を使うしかないか……互いの位置によっては、俺の身にも危険は及ぶだろうが、今という状況、背《せ》に腹は代《か》えられん）

殺し屋は、一つの諦念《ていねん》とともに、決断した。引き千切られかけていた根の一つを、力の集中によって維持し、そこから意思を伝わせて、制御する。その作業の中、

（つむ!?）

驚愕の僅《わず》かな隙《すき》に球の外へと脱していた『万条の仕手《ばんじょうのして》』が、外部からリボンを、球を補強するように素早く大量に巻きつけていることに気付いた。かつて〝彩飄《さいひょう》〟フィレスに体の大半を引き千切られた忌《い》まわしい記憶《きおく》が蘇《よみがえ》る。

（おのれ、させる、か――!!）

しかし今度は、あの時のように持ち去られるわけではなかった。

坂井悠二《さかいゆうじ》の作戦の仕上げは――。

（――「なのに、サブラクは、そこに瀕死《ひんし》のまま倒れていたカルメルさんを殺しに現れなかった。なぜなら、その持ち去られた人形に宿っていたもの……巨大な力に比べて非常に小さな、人一人分の感覚しか持たないそれこそが、奴《やつ》を統御《とうぎょ》する本体《ほんたい》だったからです」――）

浮き上がり、切り離されてゆく球を、すぐ脇のビル屋上から眺《なが》めつつ、

「いくね」

「うむ」

シャナとアラストールが、短く言い交わした。

悠二をこれ見よがしに示すことで、サブラクの気を街中《まちなか》での追いかけっこへと引き付け、後はヴィルヘルミナに任せてひたすら体力の回復に当てる。これが基本方針だった。

「悠二」

シャナは振り向いて、そこに在る少年を見る。

今日という一日、捜索猟兵《イエーガー》を助力の間もなく殲滅《せんめつ》し、巡回士《ヴァンデラー》の存在にいち早く気付き、殺し屋サブラクの正体を看破《かんぱ》し、撃退《げきたい》の作戦を立てた『零時迷子《れいじまいご》』の〝ミステス〟。

いつの間に、こんなに大きな存在になっていたのだろう。

シャナは思い、
今日という一日、本来ならクリスマス・イブの夜を、吉田《よしだ》一美《かずみ》との『決戦』で迎えるはずだった……二人の内どちらかを選び、その告白を受けるはずだった少年・坂井悠二。

いつの間に、こんなに大きな存在になっていたのだろう。

シャナは想う。

この今、
過ごしてきた全てが収束《しゅうそく》したように感じる今なのではないか。

「悠二《ゆうじ》」

彼に、告白すべき時は。

急速に体中を、熱い衝動《しょうどう》が支配してゆくのを感じる。気持ちだけでできた言葉を、今こそぶつけて、彼を連れて飛ぶべきではないのか。そうすれば、自分は何でもできるだろう。

(サブラクを丸ごと、この御崎市《みさきし》を破壊し尽くすことだって!!)

実際には五秒となかった、その情動《じょうどう》は、しかしまた急速に抑え込まれる。

今は、そんなことをやっている場合ではない。吉田《よしだ》一美《かずみ》との約束もある。告白のための戦いを挑《いど》んだのは自分なのだ。それに……もし、もし断られてしまったら、どうするのか。

(私は——)

と、二度《にど》名前を呼ばれた少年が、

「どうしたの、シャナ?」

少女の葛藤《かっとう》に気付かない、真剣な戦いの面持《おもも》ちで、答えた。

シャナも当然、葛藤を隠《かく》した真剣な戦いの面持ちで、返す。

「なんでもない。行く」

「うん」

頑張《がんば》って、と悠二は言わない。少女が頑張らないわけがないことを知っているのである。その強さ温かさを背にして、フレイムヘイズ『炎髪灼眼《えんぱつしゃくがん》の討《う》ち手《て》』シャナは、飛び立つ。

炎《ほのお》を一線、紅蓮《ぐれん》の双翼《そうよく》に引いて。

悠二の示した最後の一手《いって》を打つために。

（──「つまり〝壊刃《かいじん》〟サブラクを倒すためには、その巨体全《すべ》てを相手する必要はない。奴《やつ》の意識を宿した人形、あるいはその周囲を切り離し、切り離した部分だけを叩《たた》き潰《つぶ》してしまえば、残りの巨体も無力化《むりよくか》できる……はずです」──）

互いの手に触れもせぬまま、シャナと悠二は別れた。


シャナはサブラクの意思《いし》総体を閉じ込め浮かび上がる球……下半分に地盤を抱き、上半分にビル街を乗せる巨大な牢獄《ろうごく》めがけ、飛んだ。

数秒して、紅蓮《ぐれん》の双翼《そうよく》の逆噴射《ぎゃくふんしゃ》で滞空《たいくう》、今まで溜《た》めていた全ての力を、腰だめにした『贄殿遮那《にえとののしやな》』を軸《じく》とした空間へと集中させる。凄《すさ》まじい、力のあまりな密度に火《ひ》の粉《こ》が嵐《あらし》となって撒《ま》き散らされるほどの、凄まじい破壊が生まれる。

その紅蓮の勇姿を、球が持ち上げられた後の穴の縁から見守っていたヴィルヘルミナは、

（……？）

球の下方、幾十百と引き千切《ちぎ》られたサブラクの根の中に──地面に向けて太く繋《つな》がっている一本のあることに目を留めた。

（しぶとい奴《やつ》！）

この一本を梃子《てこ》に牢獄《ろうごく》の球を破ろうとしているのか、と思った彼女に、

「九時方向!!」

ティアマトーが大きく叫び、危機を伝える。

驚き注視する、その振り向く途中で、

「つな!?」

それがなんであるかを知り、対処《たいしょ》と検討を先に頭に流している。

（――こちらが攻撃するには遠い――）

シャナが討滅《とうめつ》したはずの［仮装舞踏会《バル・マスケ》］の巡回士《ヴァンデラー》が、瓦礫《がれき》の奥から、自らの存在までも変換した力を砲口《ほうこう》に漲《みなぎ》らせて、宙に在るシャナを横合いから狙っている!!

（――まだ生きて……いや、違う――）

巡回士《ヴァンデラー》本人の意思《いし》は感じられなかった。自らをこの世に存在させるための、最低限の力までも解いて、砲へと集中させている。尋常《じんじょう》な精神状態で行える技ではなかった。

（――根を切る時間も、もうない――）

あのサブラクの根は、街にそうしたように〝徒《ともがら》〟にも浸透《しんとう》し、自在《じざい》に操《あやつ》っている。恐らくは、不慮《ふりょ》の事態に備えて用意された奥の手、再びの不意《ふい》討ちの道具だったのだろう。

（――他の討ち手らは、動けない――）

シャナは今まさに最後の一撃《いちげき》を放射しようとしている。マージョリーはサブラクを閉じ込める球を維持《いじ》するのに手《て》一杯《いっぱい》。坂井《さかい》悠二《ゆうじ》は戦いでは役に立たない。できるのは、

（――間に、合え――!!）

自身の称号《しょうごう》『万条《ばんじょう》の仕手《して》』たるの力を全て、砲撃の来る方向へと振り向けること。

まさに万条《ばんじょう》、彼女の仮面《かめん》の縁《ふち》からリボンが無数、白い旋風《つむじかぜ》のように溢《あふ》れ出し、表面に防御の自在法《ほう》を点《とも》しながら、シャナの横に大きく、巨大な盾《たて》を織り上げてゆく。

その間に、来た。

破壊力の塊《かたまり》が、盾の表面に間一髪《かんいっぱつ》、ぶつかる。

サブラクの根による強制《きょうせい》力は相当なものなのか、巡回士《ヴァンデラー》はボロボロの体に残された〝存在の力〟を残さず全て破壊力に変え、砲撃として撃ち放っていた。

シャナが最後の一撃を放ち、サブラクを討滅するまでの数秒、持てばいい――

「!!」

そう念じたヴィルヘルミナの予想をも上回る莫大《ばくだい》な破壊の濁流《だくりゅう》が彼女の盾《たて》を焼く。見る間に桜色《さくらいろ》を点した純白が、光を明滅《めいめつ》させ、茶色《ちゃいろ》に、やがて黒に変わる。

それが破れるか、という発射から瞬《また》きの間を経て、

「つだああああああああああああああああああああああ――――っ!!」

空を裂く咆哮《ほうこう》とともに、紅蓮《ぐれん》の一撃が、遂《つい》に放たれた。

球の内に閉じ込められ目を見張るサブラク、

「‼」

それが灼眼《しやくがん》に映し出された刹那《せつな》、
高熱高圧《こうねつこうあつ》の大破壊力が、球の中で増幅《ぞうふく》され、循環《じゅんかん》し、渦巻《うずま》き、荒れ狂い、炎の中にビルを溶かし去り、紅蓮《ぐれん》の中に地面を消し飛ばし、そして静止する人々までも、塵《ちり》に変えた。

一瞬遅れて、空を揺《ゆ》るがす爆発音が轟《とどろ》き渡り、
二瞬《にしゅん》遅れて、巡回士《ヴァンデラー》の砲撃《ほうげき》が、ぷつりと途絶《とだ》えた。

御崎市《みさきし》の一部だったものは空の中に燃やし尽くされ、濛々《もうもう》たる噴煙《ふんえん》と、名残《なごり》のように舞う紅蓮の火《ひ》の粉《こ》……そして、サブラクを宿していたものの灰として降り注いだ。

この灰の舞い散る中、
トーガを解いたマージョリーとマルコシアスは、立っていた給水タンクの上に、どっかと胡坐《あぐら》をかいた。傷による消耗、全力を使い切った脱力、双方ともに力の抜けた声で、それぞれ大きな吐息《といき》を、軽く漏らす。

「ふう……今度こそ、終わった、わね」

「ヒー、ハー！　こーっから先は、マジで勘弁《かんべん》だ」

二人の栞越《しおりご》しの終戦宣言を、旧依田《よだ》デパートの瓦礫《がれき》の陰で聞いていた佐藤《さとう》は、思わず背後のコンクリートブロックに凭《もた》れかかった。今までに経験した中で、最も危機を肌身に感じた戦い

の終わりを、未だ実感できない。

「終わった、のか……?」

彼の傍《かたわ》らにあって、同じく瓦礫の作った『玻璃壇《はりだん》』を見ていた吉田《よしだ》は、その上に動く光点、彼女の知る人たちが一人も欠けなかったことに、心底からの安堵《あんど》を覚えていた。呟きとも言えない小声で、思いを口にする。

「良かった、本当に」

ビルの屋上から全てを見ていた悠二《ゆうじ》は、いつしか額に滲んでいた汗を拭《ぬぐ》って、サブラクの気配、今日一日、彼を悩ませ続けたモヤモヤした違和感が、今度こそ完全に消滅したことを、確認した。栞越しに、フレイムヘイズの少女を労う。

「お疲れ様、シャナ」

「私は、自分に割り振られた役目を果《は》たしただけ」

シャナは最後の一撃を加えた場所に浮いたまま、全力を放出しきった余韻《よいん》に大きく天を仰《あお》いだ。銀の封絶《ふうぜつ》、守った少年の象徴《しょうちょう》たる色が、大きく広がっている。その胸からアラストールも短く、余計なことを付け加えずに応じる。

「うむ」

そして、街の片隅。

辛うじて砲撃を防いだ、自身も半ば焦《こ》げたヴィルヘルミナとティアマトーは、

「我々の……勝利でありますな」

「無念昇華」

ここにいない友らのことを思い、密やかに小さく、声だけの祝杯《しゅくはい》を交わした。


旧依田《きゅうよだ》デパートの残骸《ざんがい》をすぐ横に見下ろすビルの屋上に、一同はようやく集う。

その中、マージョリーが悠二《ゆうじ》に、

「はいこれ、回収しといたわよ」

大剣《たいけん》『吸血鬼《ブルートザオガー》』を、軽く投げて寄越《よこ》した。

「つう、わ……!?」

驚き受け取ろうとした目の前で、それは栞《しおり》に変わる。

ひらりと舞うこれを、慌《あわ》てて手に掴《つか》んだ『零時迷子《れいじまいご》』の〝ミステス〟たる少年に、

「ユージ、あんたこっちの筋者《すじもの》になるんでしょ?」

「自分の武器くれぇは大事にしねーとな、ヒーッヒヒヒ!」

二人で一人の『弔詞《ちょうし》の詠《よ》み手《て》』は、お軽い口調で大きな助言を贈った。

彼女の隣《となり》に立って、クスリと笑う佐藤《さとう》には、もう羨望《せんぼう》の色はない。

友達のそんな態度に渋い顔を作る、作れるようになった悠二は、

「まあ、たぶん……」

と、いささか以上に曖昧《あいまい》な答えを返していた。

「では、そろそろ封絶《ふうぜつ》内の修復《しゅうふく》を」

「実演《じつえん》監督」

その彼に、今度はヴィルヘルミナとティアマトーが求める。

悠二は頷《うなず》き、屋上の端《はし》に進んだ。

「……」

御崎市《みさきし》を、大きく臨む。

自身の張った〝銀〟の封絶《ふうぜつ》の下、とんでもない惨状《さんじょう》が広がっていた。

最初の戦場となり、自分が破壊した駅北のイルミネーションフェスタの通り抜け、シャナが最初の砲撃《ほうげき》を阻止《そし》してできた巨大な穴、逃げ回った繁華街《はんかがい》、それになにより、サブラクと延々戦い続け、最後には丸ごと破壊し消滅《しょうめつ》した駅前の一角……封絶《ふうぜつ》の中とはいえ、これほどまでに大《だい》規模で徹底《てってい》的な戦いの傷跡《きずあと》は初めてだった。

(でもまあ、夏に〝探耽求究《たんたんきゅうきゅう》〟が襲来《しゅうらい》したときみたいに、封絶《ふうぜつ》の中じゃない、損害が後に残る戦いじゃなかっただけマシだろう)

と、努めて良いところを探そうと思いつつも、つい見てしまったものの現実に、気が重くなる。戦いに巻き込んだモノは、街だけではなかった。

クリスマス・イブの飾り付けも鮮《あざ》やかだった大通りは、注視を躊躇《ためら》うほどに殺され焼かれ砕かれ、物言《ものい》わぬ人々だったもので埋め尽くされている。旧依田《きゅうよだ》デパートの瓦礫《がれき》に潰《つぶ》され、倒れた街灯の下敷《したじ》きになり、どこからか延焼《えんしょう》した火に炙《あぶ》られ……。

戦いの間は、仕様《しよう》のないこと、後で修復する、という免罪符《めんざいふ》を心に掲げることで、悠二も辛《かろ》うじて無視することができていたが、全てが終わった後に改めて一人一人に目を移すと、吐き気すらこみ上げてくる。

(田中《たなか》の気持ちも、分からなくはないな)

これがもし吉田《よしだ》や池《いけ》、母だったりしたら、と思うと身震《みぶる》いしそうだった。

(緒方《おがた》さんをつれて遠くに離れたみたいだけど……大丈夫かな)

戦いの中、『玻璃壇《はりだん》』で大きく戦況《せんきょう》を確認した際、無事な栞《しおり》が一枚――つまり田中に持たせたもの――が、一貫《いっかん》して戦禍《せんか》の及ばなかった住宅地の北西あたりに点《とも》っていたと言うから、無事は無事なのだろう。思って、とりあえずの精神安定の糧《かて》とする。

その背中に、

「まだでありますか」

「行動迅速《じんそく》」

また厳《きび》しい二人からの注意を受けた。

「はい、今やります」

不服《ふふく》が声に出ないよう気をつけて、悠二《ゆうじ》は再び、壊れた街に向き合う。

壊れた人々の日々を、元通りにするために。

未だ封絶《ふうぜつ》は大きく御崎市《みさきし》を覆《おお》い、〝銀〟の陽炎《かげろう》を揺らめかせている。既《すで》に巨大な〝存在の力〟を身に備えている悠二にとって、この維持《いじ》はさほど難しいものではない。修復《しゅうふく》に使うための力も十分に余裕《よゆう》がある……ように思えるが、僅《わず》かに不安もある。なにしろ、今回は破壊の規模が並ではない。学校一つビル一つを直すのとは、それこそ桁《けた》で違った。

（とにかく、やるしかない）

シャナの真似《まね》をして、指で陽炎のドーム頂点を差す。本来はトーチを探し、これを使うのが常識というが、今は自分の力を使えばいいので、そういう酷《ひど》いことはしなくてもいい。

（封絶《ふうぜつ》の、外との違いを感じて、外に合わせるんだよ、な）

封絶《ふうぜつ》は、外部と内部の因果《いんが》を断絶させる自在法《じざいほう》である。張られた間、世界の流れから孤立する内部は、どれだけ変化があっても（要するに戦闘で破壊されても）、本来の流れである外部へと整合《せいごう》させることで、元の姿を取り戻すことができる。これが修復の原理だった。

（言うは易《やす》しってやつ……っ、……酷い、な）

思う間に内外の齟齬《そご》、つまり内部の破壊された規模を、独特の感覚として実感し、悠二は眉《まゆ》を顰《ひそ》めた。その傍《かたわ》ら、自身から齟齬を整合、繋《つな》ぎ合わせるための力に見当を付け、指先に集める。僅かな間で、指先に銀色の炎《ほのお》が点《とも》った。

(よし、行け！)

齟齬《そご》を整合させる、という意思《いし》を受けた〝存在の力〟が、指先で火花に、火花から火《ひ》の粉《こ》に弾《はじ》けて砕け、目の前の惨状《さんじょう》、また見えない場所へも、一斉《いっせい》に散ってゆく。それら、御崎市《みさきし》に降り行く銀色の火の粉は、まるでクリスマス・イブの皮肉《ひにく》めいたデコレートのようにも見えた。

(直れ、壊れる前に……戻って来い、僕らの日常……！)

念じるまま、瓦礫《がれき》の一塊《いっかい》から肉の一片《いっぺん》まで、火の粉を宿らせた全ては動き出す。イルミネーションは継ぎ合わされ、アーケードは屋根を張り直し、砲撃《ほうげき》でできた大穴《おおあな》に吹き飛んだビルが立ち上がり、駅前の一角も燃焼《ねんしょう》と蒸発の果てから帰ってくる。折れた骨も潰《つぶ》れた肉も、なくした命すらも、失った形跡《けいせき》を止めず、元に戻る。

程《ほど》なく目の前に、常日頃《つねひごろ》見慣《みな》れた旧《きゅう》依田《よだ》デパートが、ゆっくりと無音で、ＶＴＲを逆回しするように復元して、作業は完了した。

「できた……」

これほど大《だい》規模な修復を、自分が。

全てが直った喜びに、悠二《ゆうじ》は不意な感動すら覚えていた。

一同の間にも同じく流れる、静かで穏やかな喜びの時を、

「さって、と！」

マージョリーが突然、大きく破る。

「全部終わったし、とっとと帰りましょーかね。カズミ、なんなら送ってくわよ？」

少女には優しい『弔詞《ちょうし》の詠《よ》み手《て》』の誘いを、

「ありがとうございます」

しかし吉田《よしだ》は微笑《ほほえ》みを浮かべ、断った。

「でも私たち、これからすることがあるんです」

「これから……？」

「おーいおい、頭もバテちまったのか、我が混濁《こんだく》の遠眼鏡《とおめがね》、マージョリー・ドー？」

マルコシアスに言われて、マージョリーは私たちなのだろう三人——頬《ほお》を染《そ》め唇を引き結ぶ吉田一美《かずみ》、はっと気付いた風情《ふぜい》の坂井《さかい》悠二、赤くなった顔を強く勇めるシャナ——に、そして覿面《てきめん》に表情を硬くしたヴィルヘルミナに目をやって、悟る。

「はあん……なーるほどなるほど。じゃあ——」

「えっ!?」

ヴィルヘルミナは、強引に肩を組まれて驚いた。

「——聖夜《せいや》に寂しい女同士、のんびり朝まで飲みましょーか」

「あ、し、しかし……」

彼女は（元）養育係として、今日の夜をどう迎えるのか気にかかってしょうのない少女を、狼狽《ろうばい》の風も隠せずに見やる。

「ヒッヒヒヒ！　こーりゃまたひでえ誘い文句だなあ、〝夢幻《むげん》の冠帯《かんたい》〟よお？」

「評言自粛《ひょうげんじしゅく》」

マルコシアスの馬鹿笑《わら》いに、ティアマトーは観念《かんねん》した風に答えた。

「じゃ、二人が酒飲んでる間は、俺が付き合うよ。色々訊《き》きたいこともあるし」

事態を察した佐藤《さとう》が笑って、悠二《ゆうじ》に軽く手を振る。

「じゃあ、またな」

「あ、ああ」

悠二が頷《うなず》く傍《かたわ》ら、マージョリーは軽く吉田《よしだ》の肩を叩《たた》いて、ヴィルヘルミナはシャナを気遣《きづか》わしげに見送りつつ、佐藤はその後に続いて、屋上の出口から去った。

「……」

屋上に、三人だけが残される。

「……」

「……」

シャナと吉田は、改めて悠二を見つめ、すぐお互いに目線《めせん》を変えた。

「一美《かずみ》、私たちも」

「うん、そうだね……あっ」

吉田は、シャナの格好がボロボロになっていることに、今さら気が付いた。

「シャナちゃん、服は、どうするの？」

「仕様《しよう》がないから、『夜笠《よがさ》』にしまってあるのを見繕《みつくろ》うつもり」

「なら、私が下のお店で似たようなのを選ぼうか？」

「……うん、お願い」

「じゃあ、行こう」

頷き合って、言葉に詰まる悠二へと、もう一度、手紙の文面を伝える。

「待ってるから、悠二」

「私は南側で、シャナちゃんは北側で」

少女二人は、今日、自分たちが決めたことを、あくまで貫《つらぬ》き通すつもりなのだった。

そうして、悠二に背を向け、彼女らも去る。

一人、最後まで悠二は残され、目の前の景色を見やる。

特に意味などない、その行為で、まだ封絶《ふうぜつ》を張ったままだったことに気付く。少し考えて、短く長い、自分の作った戦いの舞台を、ようやく解いた。

天を覆《おお》っていた陽炎《かげろう》が薄れ、地に燃え走っていた火線《かせん》は消え、街明《まちあ》かりを返す雲厚《くもあつ》い夜空、ホッとさせられる人々の気配《けはい》に満ちた街の喧騒《けんそう》が、唐突《とうとつ》に戻ってくる。

「――――よし」

早い日暮れに暗い地平《ちへい》を見て、悠二は息を吸い、選ぶ。

一人の少女を。
踵《きびす》を返そうとした悠二《ゆうじ》は、ふと気付いた。
(……ん?)
手を入れたジャケット右のポケットに、覚えのない物が入っている。
その感触《かんしょく》は、金属の——鍵《かぎ》。
と自覚した瞬間、
(——……選 ん だ な 、坂《さか》 井《い》 悠 二——)
遠くから、深くから、声が零《こぼ》れ落ちてくる。
「!?」
悠二は、ギョッとなって、辺りを見回した。
ビルの屋上には、誰もいない。
視線を前に戻した。
「な、んだ——、ッ!?」
眼前に、真っ黒な自分が立っていた。
そこから、さらなる声が零れる。広い空洞《くうどう》を渡るように、声は反響《はんきょう》していた。

(おまえは『この戦いを、いつか』と望んだ……おまえだからこその望みを、抱いた)
(な、なにを、言ってる……ん、だ)
悠二はなんとか鍵から手を離そうとするが、体は意思に背《そむ》いていた。
心身を凍りつかせる眼前で、真っ黒な自分の輪郭《りんかく》が、幽《かす》かに揺れる。
そこから零れてくる声はどこか虚《うつ》ろで、吹き荒《すさ》ぶ風鳴《かざな》りのようにも聞こえる。
(おまえこそが……おまえこそが、相応《ふさわ》しい)
悠二は、手にする鍵から、自在法《じざいほう》展開の予兆《よちょう》を感じ、恐怖した。
真っ黒な自分が、平面の存在となって、ゆっくりと、近付いてくる。
虚ろな声は構わず、零れてくる。まるで、確認するような口ぶりで。
(この余《よ》とともに歩《あゆ》む、ただ一人の……人間よ)
悠二は、恐怖《きょうふ》以上の誘惑《ゆうわく》に、拒絶《きょぜつ》の絶叫《ぜっきょう》を上げた。
真っ黒な自分、水面に映った影のような自分が、近付く。
虚ろだった声に突然、感情の火が入る。僅《わず》かな憤怒《ふんぬ》が、燃え広がっていくように。
(なぜ、拒む? おまえの真に望んだものは……余に、他ならぬ……)
声に震え、言葉に震え、心に震え――恐怖が、麻痺《まひ》する。
真っ黒な自分、その影の奥は、遠く、深い。
声が、熱く強く、耳に届く。

「さあ……踏み出せ」

（ど、こ、に……？）

前にあるのは、ビル屋上の縁《ふち》。その中空に浮かぶ、真っ黒な自分へと、それを映す、遠く、深い水面へと、悠二《ゆうじ》は自分から歩みを進めていた。

いつしか声は、心にではなく、口から発せられている――悠二自身の口から。

「大命《たいめい》の、王道《おうどう》を」

（大命の、王道？）

鍵《かぎ》が、自在法《じざいほう》を展開させた……が、もう恐怖はなかった。

真っ黒な影の奥の奥、水底へと、飛び込むように、行く。

渇《かわ》くように脅《おど》すように、その声は脳裏《のうり》を揺るがせ、響《ひび》く。

「そう。おまえこそが――余を、望んだのだ」

（僕、が……だからこそ貴方《あなた》が、いるんだ）

そうして、空へ踏み出された足は、地へと辿《たど》り着かず

忽然《こつぜん》と、消えた。

御崎大橋《みさきおおはし》を渡りきった池《いけ》は、一度も後ろを振り返らず、歩き続けた。
街外れの道端《みちばた》で、田中《たなか》は強引《ごういん》な彼を怒る緒方《おがた》に、何度も頭を下げていた。
坂井千草《さかいちぐさ》は、明日の朝、少女とその保護者にご馳走《ちそう》するケーキを焼いていた。
佐藤《さとう》は、マルコシアスとティアマトーから、聞けるだけの情報を問い続けていた。
マージョリーは、問答無用《もんどうむよう》で鯨飲《げいいん》に走るヴィルヘルミナを、必死で宥《なだ》めすかしていた。

シャナは、北の出口で坂井悠二を待つ。
（悠二が来たら、言う）
彼が来たら明確に告げようと思う、一つの言葉を胸に抱いて。
彼ではない人の波の中で、ただ一人。
吉田一美《よしだかずみ》は、南の出口で坂井悠二を待つ。
（坂井君が来たら、言うんだ）
彼が来たらもう一度誓《ちか》おうと思う、一つの想いを胸に抱いて。
彼ではない人の波の中で、ただ一人。
少女たちは待つ。

来ることのない少年を、ちらつく雪の中で、ずっと。

エピローグ

世の空を人知れず彷徨《さまよ》う、［仮装舞踏会《バル・マスケ》］の本拠地《ほんきょち》たる移動要塞《ようさい》『星黎殿《せいれいでん》』。

その奥《おく》まった一室、『星辰楼《せいしんろう》』と呼ばれる静謐《せいひつ》な空間に、いずれも名の知れた強大なる〝紅《ぐ》世《ぜ》の王〟らが居並《いなら》び、今にも訪れんとしている一つの時の到来を待っていた。

その一人、貧相《ひんそう》な容貌《ようぼう》に悪魔の特徴を持つ男、〝嵐蹄《らんてい》〟フェコルーが、これから迎えるモノへの緊張と歓喜、興奮から、広い額の汗をハンカチで拭っていた。

「いよいよ、いよいよなのですね……『大命詩篇《たいめいしへん》』が、遂に一式組み上がり、本格的な稼動を始める日……我ら［仮装舞踏会《バル・マスケ》］悲願の成就《じょうじゅ》される日……いよいよ、なのですね」

その気ぜわしい様《さま》をか、計画への早とちりをか、右目に眼帯をつけた三眼《さんがん》の美女、参謀《さんぼう》〝逆《ぎゃく》理《り》の裁者《さいしゃ》〟ベルペオルが笑った。

「ふふ……少しは落ち着いたらどうだい、〝嵐蹄《らんてい》〟。それに、まだ成就じゃない。成就への長い道のりが始まるに過ぎないよ」

そうして、無事依頼を果たし、帰還《きかん》した男に声をかける。

「ご苦労だったね、〝壊刃《かいじん》〟。さすがに良い手際だったよ」

その、巻き布で顔を隠《かく》したマントの男、〝壊刃《かいじん》〟サブラクは、答えるでもなく、ただ棒立ちにブツブツと声を零《こぼ》す。

「なるほど、確かに手強《てごわ》い連中《れんちゅう》だった。あわよくば〝ミステス〟への襲撃《しゅうげき》を餌《えさ》に、あの厄介《やっかい》な三者を片付けたかったところだが、やはりそう上手《うま》くは行かぬか。俺とて、砲撃《ほうげき》に紛《まぎ》れて巡回士《ヴァンデラー》の非常手段《ゴルディアン・ノット》に込められた転移《てんい》を使わねば、あるいは討滅《とうめつ》されていた可能性もある……」

その長口舌には請合《うけあ》わず、ベルペオルは傍ら、部屋の側面で古いようにも新しいようにも見える奇怪《きかい》な機械を弄《いじ》っている男に声をかける。

「それで、打ち込んだ最後の式は、ちゃんと稼動《かどう》しているのだろうね？」

「もおーちろんです！」

叫んだ拍子《ひょうし》にうっかり折ったレバーを、一瞬《いっしゅん》見てからポイと捨てた『教授』こと〝探耽求《たんたんきゅう》究《きゅう》〟ダンタリオンは、異常なハイテンションで回りくどく返した。

「二ぃーケ月！　こぉーの期間を、傘《かさ》の研究にもネジの改造にも使わず！　ひぃーたすら解読《かいどく》と実働《じつどう》試験に費やしてきた私のっ、エエークセレントな、っ成果!!」

その背に鼻で笑う気配、さらに延々《えんえん》の文句が、小さく浴びせられる。

「ふん、またもこ奴のイカレたカラクリを使う、と……このような物を計画の根幹《こんかん》に据《す》えて、大命《たいめい》とやらを無事に遂行できるものかどうか。好き放題に弄られた挙句《あげく》、路傍《ろぼう》のガラクタと化して全てが水泡《すいほう》に帰《き》す、という始末を迎《むか》えねば重畳《ちょうじょう》、と言うところか痛っ——ぬう!?」

その頭に小さなスコップをぶつけられたサブラクは、犯人を強く睨《にら》みつけた。

「んー、アアークシデント発生！　私愛用の『我学《ががく》の結晶エエークセレント11450—地変《ちへん》の匙《さじ》』がすぅーっぽぬけて行方不明になってしぃーまったよぉーうですよぉー？」

「今という状況に一体どのような用法があってこのようなガラクタを紛失する、この——」

「んーっふふふ！　起ぉーこる全てには因—果《いんが》あり！　となあーれば、先の状況にも——」

「お、お止めくださいお二方とも。このような時に、些細なことで」

仲裁《ちゅうさい》にとフェコルーが間に入ったが、かえって双方ともに語気《ごき》が陰陽《いんよう》それぞれ荒《あら》くなる。

「些細《ささい》と言いきれるほどに貴様が状況を理解しているのか、とくと考えてみてはどうだ——」

「ノォーンストップすなわち制止無用！　なぁーんとなれば私はこの因習《いんしゅう》旧弊《きゅうへい》の徒《と》に——」

「あわわわわ」

両者を交互に見て慌てるだけとなった哀《あわ》れな腹心に、

（やれやれ……）

ベルペオルが溜《た》め息とともに助け舟を出そうとした——そのとき、

「参られました」

円形に柱を配した部屋の奥、漆黒《しっこく》の水晶《すいしょう》のような床から競《せ》り上がる、純白の祭壇《さいだん》——その上に跪《ひざまず》く少女、巫女《みこ》〝頂《いただき》の座《くら》〟ヘカテーが、静かに宣告《せんこく》する。

サブラクは棒立ちのまま仰ぎ、
フェコルーは泡《あわ》を食って片膝《かたひざ》を突き、
ベルペオルは指示して教授が装置を動かす。

そうする内に、祭壇《さいだん》の直上、星辰撒《せいしんま》かれた天空に、先刻《せんこく》サブラクが帰還《きかん》したときと同一の現《げん》象《しょう》が起きる。

澄《す》んだ音を立てて、何もない場所に皹《ひび》が入っていた。

捜索猟兵《イェーガー》の命を糧《かて》に発動の時を待っていた金の鍵《かぎ》……出現と同時に標的へと『大命詩篇』を、打ち込んでいたサブラクが、そのポケットに滑り込ませていた宝具《ほうぐ》『非常手段《ゴルディアン・ノット》』による、対《たい》象物《しょうぶつ》の転移《てんい》、出口の発現である。

ほどなく、祭壇のさらに奥、等間隔《とうかんかく》の柱しか見えない突き当りに銀色の雫《しずく》が渦《うず》を巻き、中から、磔刑《たっけい》に処された罪人のような姿で天井《てんじょう》に架《か》けられた西洋鎧《せいようよろい》が現れた。汚れて歪《ゆが》んだ板金《ばんきん》の全身には、周囲から伸びる細いコードや太い管が繋《つな》がれ、無数の札が貼《は》り付けられている。

教授が静寂《せいじゃく》を必要以上に破って叫ぶ。

「シィ——ステム・イッジエ——ックト!!」

声か操作かを受けて、西洋鎧から全てのコードや管が切り離された。まるで解放された処刑者のように、それは力なく床に倒れこむ……というより、中空のそれは、ただ落ちた。同時に衝撃で、札もハラハラと剝《は》がれ落ちてゆく。

「さぁーあ、いぃーよいよ始まりまぁーすよぉー!?」

教授は分厚い眼鏡を、倒れた西洋鎧に、続いてその上に広がる空間の輝に向け、挙動一つ現象の欠片すら見逃さないよう、熱い視線を注ぐ。

「人間の強ぉー力な感情採集を役割とする、こぉーの『我学《ががく》の結晶ェエークセレント13274ー暴君《ぼうくん》II』から常《じょ》ぉー時《じ》転送されていた人格《じんかく》鏡像《きょうぞう》を、今回『零時迷子《れいじまいご》』に打《う》ぅーち込んだ自《じ》在式《ざいしき》により一《い》っ挙《きょ》に、連・結！　すぅーることで！　遥か〝久遠《くおん》の陥穽《かんせい》〟内と共振させ、こぉーちら側で自ぃー在に動かす仮想意思総体を構成する！　そして、そぉーの完成形としてぇー今っ！　『我学《ががく》の結晶ェエークセレント13274ー暴君《ぼうくん》I』が、素体を核に合一っ！　完全稼動と完全復活をぉー果たすのっです!!」

いつもなら無視するか制止している、彼の長々とした独演会に、今日ばかりはベルペオルも聞き入る。ままならぬこの世の中の、ほんの僅《わず》かな成功を見ることは、最高の悦楽《えつらく》である。

「さぁーあ、成功してくぅーださいよぉー!?」

「ふふ、失敗などされてたまるものかね……」

思わず口も軽く、笑いに弾《はず》む。

「紛《まが》い物の仮称《かしょう》などではない、我ら[仮装舞踏会《バル・マスケ》]真の盟主《めいしゅ》が、あの〝ミステス〟の素体《そたい》そのものに、興味を持たれたのだ……　消滅《しょうめつ》や転移は、今さら許されない。是《ぜ》が非《ひ》にでも、成功してもらわねば、の」

言う頭上で、

ジャリンッ、

と軋《きし》みが限界を超え、破砕《はさい》の音を奏《かな》でた。

割れた空間の中から、それは、ゆっくりと降りてくる。

サブラクですら、思わず片足を下げ腰を沈めて、最低の儀礼《ぎれい》を取っていた。

床に倒れた『暴君《ぼうくん》』の上へと、ゆっくりと降りてくる。

フェコルーは片膝どころかひれ伏して、この降臨《こうりん》に歓喜《かんき》し、身を震《ふる》わせた。

自然と引き寄せられるように、『暴君《ぼうくん》』の上へと、立つ。

教授は自身の研究の完成を見届けるべく、眼鏡の奥の瞳を爛々《らんらん》と輝かせた。

途端《とたん》、歪《ゆが》んだ板金鎧《ばんきんよろい》は紙のように潰《つぶ》れて平面となった。

ヘカテーは宣告《せんこく》したときと同じ、祈りを捧《ささ》げる姿で、彼女の神を出迎《でむか》えた。

降りてきたモノの下で、燦然《さんぜん》と銀色に輝く、それは影。

ベルペオルは、降臨者の前に改めて進み出、膝《ひざ》を着き、深々と頭を垂れた。

上に立つ少年の体から溢《あふ》れ出る、黒い炎《ほのお》が生んだ、影。

降臨した盟主《めいしゅ》たる少年――坂井《さかい》悠二《ゆうじ》は、悠然《ゆうぜん》と一同の様へと目線を流した。

ベルペオルが、恭しく言上する。

「一先《ひとま》ず、仮のご帰還《きかん》に、寿《ことほ》ぎをば申し上げます。我らが盟主――」

「よい」

意外な一言が、それを遮《さえぎ》った。

少年の声であり、また同時に、遠く、深い、男の声。

重なる声に、思わずベルペオルは声の意味するところを忘れ、陶然《とうぜん》となった。

「我が軍師《ぐんし》……いや、参謀《さんぼう》〝逆理《ぎゃくり》の裁者《さいしゃ》〟ベルペオルよ。数千年か、かつて余が人間たちにそう呼ばれていた通名――理解し難《がた》き敗亡《はいぼう》の末に追逐《ついちく》を受けた、汚名《おめい》に等しき通名は、新たな出立へと掲《かか》げるには、およそ似合うまい」

盟主の覇気《はき》には、いささかの衰えもない。

どころかむしろ、より燃え盛ってすらいる。

その力の充溢を喜びとともに感じて、

「――は」

ベルペオルはようやくの声で返した。

「では、いかなる通名を」

「既に、前に示しておる」

盟主たる少年は、黒き炎を吹き上げ、銀の影を踏む自身の胸を、ゆっくりと掌《てのひら》で打った。

ベルペオルは、聞き返すほど無粋《ぶすい》ではない。瞬時に理解し、一同へのお披露目《ひろめ》も兼ねるつもりで、大きく明晰に、彼女らの偉大な盟主の名を、呼ばう。

「御望《おのぞ》みが儘《まま》に——〝祭礼《さいれい》の蛇《へび》〟坂井《さかい》悠二《ゆうじ》——」

時は弾け、動き出す。
誰にも止め得ぬ、力を持って。
世界は、その意味を応えず、ただ動き続ける。

二学期終業式からの帰り道、
緒方真竹《おがたまたけ》が、ハンカチを風に攫《さら》われた。
冴《さ》え渡った青い空の中に、その白いハンカチは吸い込まれるように、飛んでいった。
強く冷たい冬の風を受け、どこまでも遠くに、軽やかに飛んでいって、なくなった。
目の前の信号は、赤だった。
みんなで追いかけていれば、なくさずに済んだのだろうか。
大通りに、車は疎《まば》らだった。
フレイムヘイズとしての力を使えば、取り戻せたのだろう。
封絶《ふうぜつ》を張って、ただ跳べば。
造作《ぞうさ》もない些事《さじ》を、しかしそのとき、なにもせず見送った。
それができたのに、しなかった……それだけのことだった。
どうして、そうしなかったのだろう。
どうして。

あとがき

はじめての方、はじめまして。
久しぶりの方、お久しぶりです。
高橋弥七郎《たかはしやしちろう》です。
また皆様のお目にかかることができました。ありがたいことです。

さて本作は、痛快娯楽《つうかいごらく》アクション小説です。今回は、転《てん》の最終編として、あの殺し屋が大暴《おおあば》れします。次回は、意外だったり順当だったりする人たちによる外伝となる予定です。

テーマは、描写的には「願いと方途《ほうと》」、内容的には「めぐりあい」です。今まで各々に積み重ねてきた事象と感情が、一先《ひとま》ずの結実《けつじつ》たる行動と大きな変転による推移を齎《もたら》します。

担当の三木《みき》さんは、迷惑をかけ通しの人です。ええもう、今回は他に言葉がありません。とはいえやはり、戦いに傾く展開へのサービスシーン挿入に水面滑走《すいめんかっそう》を競う艇《てい》と艇《てい》（以下略）。

挿絵のいとうのいぢさんは、破壊力に富《と》んだ絵を描かれる方です。前巻の、ヘカテー対シャナ、ヨーハンとフィレス、例の質問等々、多岐に渡る筆の冴《さ》えには感服させられます。ご多忙の中、この度も拙作《せっさく》への甚大《じんだい》なる御助力をいただけたことに、深く深く感謝いたします。

県名五十音順に、愛知のO田中さん、青森のK田さん、茨城のS尾さん、岩手のC葉さん（どうも申し訳ありません）、T野さん、大阪のN村さん、鹿児島のS冥さん（ありがとうございます）、U田さん、神奈川のI部さん、岐阜のS戸山さん、高知のT田さん、千葉のM原さん、Z保さん、東京のHさん、S井さん、長野のT津さん、兵庫のF島さん、福岡のN本さん、北海道のY田さん（お見事です）、宮城のI深さん、山形のS々木さん、T嶋さん、和歌山のS野さん、いつも送ってくださる方、初めて送ってくださった方、いずれも大変励みにさせていただいております。どうもありがとうございます。アルファベット一文字は苗字一文字の方で、県が同じ場合はアルファベット順になっています。

ところで、たまに記名をお忘れの方が見受けられます。当方、いささか事情あって、返信ができません。お手紙をしっかり読ませてもらっていることを右に示すことで、これに代えさせて頂いておりますので、どうぞ十分ご確認の上、お送りください。

それでは、今回はこのあたりで。
この本を手に取ってくれた読者の皆様に、無上《むじょう》の感謝を、変わらず。
また皆様のお目にかかれる日がありますように。

二〇〇六年十一月　　高橋弥七郎

■こんにちは、いとうです。
いつもココでどんな絵を描こうか結構迷うのですが
ほとんど身の回りにあるものとか、作業しながら見
てるTVからインスパイアされることが多いです。
今回のテーマは、もうおわかりかと思いますが。。。
フィギュアスケートを見ていて、改めて美しいなと
感じました。何だかそんな事を考えてると手が勝手
に動いて、こんなシャナたんを描いていました。
運動神経超良さそうな彼女、きっと無茶苦茶上手だ
ったりするんだろうなあ。炎髪灼眼だったりしたら
更に美しいだろうなーと思いながら。

■さて、今回本編、すごい展開で終わりましたね。。
我らが主人公の悠二くん、どうなってしまうんだろ
う、、目が離せませんね。。すごく気になる。
最近割とかっこいい見せ場の多い悠二ですが、今回
もちょっと男らしい場面がありましたね。
成長が楽しみなんですが。。。ち、ちゃんと帰ってく
るよね。。？汗

それではでは、また次回 お会いしましょう（・◇・）/

いとうのいぢ

ITO NOIZI WEB

http://www.fujitsubo-machine.jp/~benja

◉高橋弥七郎著作リスト

「A／Bエクストリーム　CASE-314［エンペラー］」（電撃文庫）
「A／Bエクストリーム　ニコラウスの仮面」（同）
「アプラクサスの夢」（同）
「灼眼のシャナ」（同）
「灼眼のシャナⅡ」（同）
「灼眼のシャナⅢ」（同）
「灼眼のシャナⅣ」（同）
「灼眼のシャナⅤ」（同）
「灼眼のシャナⅥ」（同）
「灼眼のシャナⅦ」（同）
「灼眼のシャナⅧ」（同）
「灼眼のシャナⅨ」（同）
「灼眼のシャナⅩ」（同）
「灼眼のシャナ0」（同）
「灼眼のシャナⅪ」（同）
「灼眼のシャナⅫ」（同）
「灼眼のシャナS」（同）
「灼眼のシャナⅩⅢ」（同）

本書に対するご意見、ご感想をお寄せください。

■

あて先

〒102-8177 東京都千代田区富士見 2-13-3
電撃文庫編集部
「高橋弥七郎先生」係
「いとうのいぢ先生」係

■

電撃文庫

灼眼《しゃくがん》のシャナ XIV

高橋《たかはし》弥《や》七郎《しちろう》

◆◇◇

2007年2月25日　初版発行
2023年10月25日　15版発行

発行者　山下直久
発行　株式会社KADOKAWA
〒102-8177　東京都千代田区富士見2-13-3
0570-002-301（ナビダイヤル）
装丁者　荻窪裕司（META＋MANIERA）
印刷　株式会社 KADOKAWA
製本　株式会社 KADOKAWA

ISBN978-4-04-868747-8　C0193　Printed in Japan

電撃文庫　https://dengekibunko.jp/

電撃文庫創刊に際して

文庫は、我が国にとどまらず、世界の書籍の流れのなかで〝小さな巨人〟としての地位を築いてきた。古今東西の名著を、廉価で手に入りやすい形で提供してきたからこそ、人は文庫を自分の師として、また青春の想い出として、語りついできたのである。

その源を、文化的にはドイツのレクラム文庫に求めるにせよ、規模の上でイギリスのペンギンブックスに求めるにせよ、いま文庫は知識人の層の多様化に従って、ますますその意義を大きくしていると言ってよい。

文庫出版の意味するものは、激動の現代のみならず将来にわたって、大きくなることはあっても、小さくなることはないだろう。

「電撃文庫」は、そのように多様化した対象に応え、歴史に耐えうる作品を収録するのはもちろん、新しい世紀を迎えるにあたって、既成の枠をこえる新鮮で強烈なアイ・オープナーたりたい。

その特異さ故に、この存在は、かつて文庫がはじめて出版世界に登場したときと、同じ戸惑いを読書人に与えるかもしれない。

しかし、〈Changing Times,Changing Publishing〉時代は変わって、出版も変わる。時を重ねるなかで、精神の糧として、心の一隅を占めるものとして、次なる文化の担い手の若者たちに確かな評価を得られると信じて、ここに「電撃文庫」を出版する。

1993年6月10日
角川歴彦

電撃文庫

灼眼のシャナ

高橋弥七郎

イラスト／いとうのいぢ

平凡な生活を送る高校生・悠二の許に少女は突然やってきた。炎を操る彼女は悠二を〝非日常〟へいざなう。『いずれ存在が消える者』であった悠二の運命は!?

た-14-3 0733

灼眼のシャナⅡ

高橋弥七郎

イラスト／いとうのいぢ

『すでに亡き者』悠二は、自分の存在の消失を知りながらも普段通り日常を過ごしていた。悠二を護る灼眼の少女・シャナはなんとか彼の力になろうとするが……。

た-14-4 0782

灼眼のシャナⅢ

高橋弥七郎

イラスト／いとうのいぢ

吉田一美は決意する。最強の敵に立ち向かうことを。シャナは初めて気づく。この感情の正体を。息を潜め、忍び寄る〝紅世の徒〟。そして、坂井悠二は——。

た-14-5 0814

灼眼のシャナⅣ

高橋弥七郎

イラスト／いとうのいぢ

敵の封絶『揺りかごの園《クレイドル・ガーデン》』に捕まったシャナと悠二。シャナは敵を討たんと山吹色の空へと飛翔する。悠二は、友達を、学校を、吉田一美を守るため、ただ走る!!

た-14-6 0831

灼眼のシャナⅤ

高橋弥七郎

イラスト／いとうのいぢ

アラストール、ヴィルヘルミナ、そして謎の白骨。彼らが取り巻く紅い少女こそ『炎髪灼眼の討ち手』シャナ。彼女が生まれた秘密がついに紐解かれる——。

た-14-7 0868